追梦之路
潮涌珠江向大海

城市的温度

广州志愿服务纪实

喻 敏 著

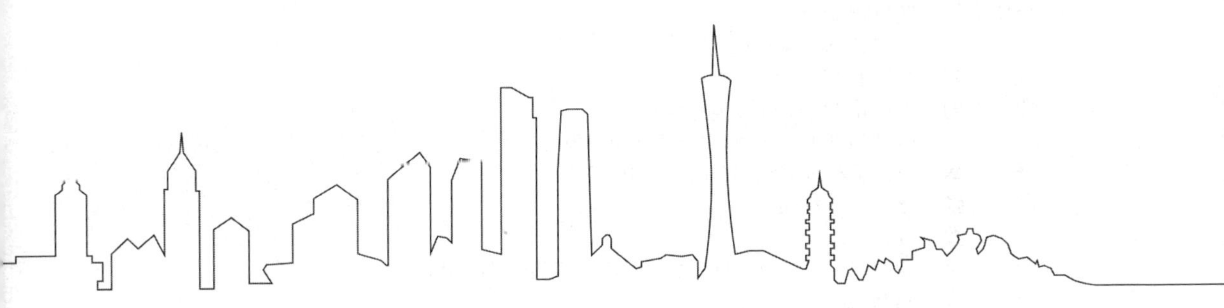

SPM 南方传媒 | 花城出版社
中国·广州

图书在版编目（CIP）数据

城市的温度 : 广州志愿服务纪实 / 喻敏著. -- 广州 : 花城出版社, 2021.11
（追梦之路 : 潮涌珠江向大海）
ISBN 978-7-5360-9474-1

Ⅰ. ①城… Ⅱ. ①喻… Ⅲ. ①报告文学一中国一当代 Ⅳ. ①I25

中国版本图书馆CIP数据核字(2021)第178028号

出 版 人：肖延兵
策划编辑：张　懿　陈宾杰
项目统筹：陈诗泳
责任编辑：林　菁
技术编辑：凌春梅
封面设计：荆棘设计

书　　名　城市的温度：广州志愿服务纪实
　　　　　CHENGSHI DE WENDU GUANGZHOU ZHIYUAN FUWU JISHI
出版发行　花城出版社
　　　　　（广州市环市东路水荫路 11 号）
经　　销　全国新华书店
印　　刷　深圳市福圣印刷有限公司
　　　　　（深圳市龙华区龙华街道龙苑大道联华工业区）
开　　本　787 毫米 ×1092 毫米　16 开
印　　张　15.75　2 插页
字　　数　212，000 字
版　　次　2021 年 11 月第 1 版　2021 年 11 月第 1 次印刷
定　　价　56.00 元

如发现印装质量问题，请直接与印刷厂联系调换。
购书热线：020-37604658　37602954
花城出版社网站：http：//www.fcph.com.cn

追梦之路
潮涌珠江向大海

总序

在百姓生活中感受自信

中共中央总书记习近平在庆祝中国共产党成立100周年大会上庄严宣告：“经过全党全国各族人民持续奋斗，我们实现了第一个百年奋斗目标，在中华大地上全面建成了小康社会，历史性地解决了绝对贫困问题，正在意气风发向着全面建成社会主义现代化强国的第二个百年奋斗目标迈进。”

当今世界正处在百年未有之大变局。伫立云山珠水，面向浩瀚的海洋，在实现全面小康社会迈步向建设现代化国家征程的大道上，探寻其奋斗与梦想的实践逻辑和文学逻辑，是一件很有意义的事情。报告文学是一个很好的表达方式。

文学作品是一种价值创造。一个社会的发展，往往充满了曲折、坎坷、苦难，坚定就成为一种重要的力量。当面对黑暗，寻找那一缕星光，梦想就成为一种重要的力量。任何一种文明的发展，肯定会出现这样或那样的问题，任何问题都有其多面性，但向上的力量永远是其主要价值。这也是文学作品的一个价值取向和重要功能。一切的形式都要服务于作品的内容，好的形式深化了好的内容，这就是价值创造。有价值就有灵魂，有灵魂的东西能让人走远，能让人看到希望。

文学作品的含金量就是这个时代的含金量。当面对纷繁复杂的世界，聆听时代的声音，揭示社会本质，寻找发展规律，让人看到内心的光芒，让温暖成为一种强大的力量。文学是追寻大道的脚步，是人类文明的音符。

文学作品能看见未来。上接“天气”，下接“地气”，是人与自然的邀约。从出发的地方看初心，从改革开放的大潮中看远方，写的是现在，看到的是明天，走过一道道坎坷，遇见的是美好，成就的是未来。

文学有根才能见到魂。苦难从这里开始，辉煌从这里起步。在这里，感受广州，读懂中国。风云激荡后留下的满天霞光，都将成为人类所仰望的美景。

广州是中国民主革命的策源地，具有红色文化的独特气质。中国民主革命的思想建设、组织建设、人才建设、武装力量建设、农民运动、工人运动、青年运动、妇女运动、武装起义和发生在近代史上的一系列重大事件，很多是在广州发生发展的。广州，对中国革命产生了深远的影响。

广州是中国改革开放先行地，具有开放、创新的独特气质。“敢为天下先”“杀出一条血路”的勇气与担当成为这座城市又一独特的精神标志。市场经济的发展，吸引成千上万的人南下务工。“东西南北中，发财到广东。”从产权确认、价格闯关、商品流通到全面开放，从个体到民营、合资、独资，各种不同类型的企业在这里创业、融合、激荡、成长。在短短四十年的时间里，广州就成为世界制造中心，走完资本主义国家几百年才能走完的路。从计划经济、商品经济、社会主义市场经济到十九大报告进一步明确，市场在资源配置中起决定性作用，广州更好地发挥了政府的作用，形成改革开放建立市场经济的基础理论架构，创建一种前所未有的、科学的经济结构和运行体制，运用中国理论、中国方案、中国实践解锁了一个时代的禁锢。广州，为中国特色社会主义制度的形成与成熟提供了生动的实践，为推动深化全国改革开放提供了重要经验，见证了国家整个工业化发展的进程，成为人类发展史上的奇迹，对中国和世界都产生了深远的影响，成为中国特色社会主义改革开放的重要窗口。

广州是粤港澳大湾区文化中心城市，具有多元文化的独特气质。“粤港澳大湾区”不仅是一个地理概念、经济概念，同时也是一个文化概念。香港、澳门与珠三角文化同源、人缘相亲、民俗相近。鸦片战争以来，大湾区人民一起历经苦难，一起斗争，一起流血，一起奋斗，共同成长，在国家民族争取独立解放的过程中，做出了不可磨灭的贡献。特别是改革开放以来，共同创造、共同发展、共同富裕，岭南文化在不断吸收国际文化元素中碰撞、融合、创新，焕发出新的无限的魅力。创造性转化、创新性发展，逐步形成了大湾区人民的国家认同、民族认同、文化认同等多元文化特质。

一个时代有一个时代的主题。建党百年全面建成小康社会，这是人类文明发展史上的大事件。十四亿人口摆脱绝对贫困，成为世界第二大经济体，完备的工业体系、强劲的科研态势，成为人类发展的奇迹。这次蔓延全球的新冠肺炎疫情给人类带来了灾难，也引发了思考。哪种制度机制更有效，哪里的人民生命财产更安全，哪里的幸福更多、更长久，在老百姓的生活里都能得到答案。没有对比的生活，很难让人找到坐标。眼前没有硝烟，觉得和平很平常；没有饥饿，感到温饱很平常；没有灾难，感到团聚很平常。几十年的和平、几十年的发展，让人们心里淡化了危机。小康社会是党的功劳，也是人民的功劳，在分享这份荣光的同时，人民感受到的是小康生活背后的制度优势。数字化、全球化、市场化是我们这个时代的必然生态，社会主义制度的体制机制是引领时代的内在逻辑和根本主题。

一个崛起有一个崛起的密码。追求梦想，实现全面小康，我们为什么能成功？是什么基因？有什么密码？奔跑的每一个人都清楚，从出发到现在的成就，都超出了自己的想象。从一个文盲大国到一个人才大国，从一个农业大国到一个制造大国，从一个贫穷大国到一个经济大国，从一个制造大国到一个科技大国，短短几十年，中国让世界震撼。在回顾历史，感受辉煌中，我们很容易找到“四个自信”的理由和逻辑。我们走过的路、做成的事，没有哪一件是容易的，但中国人做成了，广州人是先行者。中国的发展用西方理论解释不通，中国自己也没有教科书，是摸着石头过河蹚过来的。中国特色社会主义有两个让人们看得到的逻辑：一个现实逻辑就是每一次大的改革、大的阵痛之后，人们都能过上更好的日子；一个理论逻辑是只要以人民为中心，一切的矛盾都可以化解，一切的敌人都可以战胜。这是共产党人成功的密码。

一个生态有一个生态的滋养。全数字化时代，有什么样的需求就有什么样的传播，有什么样的传播就会形成什么样的舆论。生态的核心是受众。全数字化时代的全球化，人们的视野是世界的，但不一定看得清；人们的信息是海量的，但不一定都有用；人们的工作和生活离不开物质享受，但其品质需要精神追求。人们在浮躁后的冷静中，对精神文化产品的需求会有一个很大的提升。用读者喜欢的方式做传播，用读者成长所需的内容做连接，用读者正向需求做引导才会有一个好生态。生态的动脉是时代。社会转换中的矛盾点、人们精神需求的提升点、产品呈现方式的吸引点，就是时代的脚步声。生态的感动是故事。故事是焦点性、支点性的，具有创新性和深刻性。读者在故事中感动，在故事中思索，用一种舒服的方式聊天，和心中的迷惑和解，让内心光明，充满力量，在寻找故事的本真中发现更好的自己。

站在世界看广州，站在广州看未来。“追梦之路：潮涌珠江向大海”丛书，讲述的故事鲜活、深刻、有力量。我国全面建成小康社会，让我们有了足够的自信和底气，昂首阔步迈向社会主义现代化国家新征程。只有经历风雨，走过坎坷，才能遇见美好，看见未来。

本书序

习近平总书记说：“志愿服务是社会文明进步的重要标志。”

志愿服务，指人们基于良知、信念和责任，志愿奉献个人的时间及精力，在不为任何物质报酬的情况下，为改善社会服务、促进社会进步而提供的服务。联合国对志愿者的定义是“自愿进行社会公共利益服务而不获取任何利益、金钱、名利的活动者”。

志愿服务是时代发展的产物，是社会文明程度的高度体现，是现代慈善的核心内容，是“爱心GDP”的重要指数，是广州市精神文明建设亮丽的名片。它体现了人与人、人与社会之间唇齿相依、共生共荣的关系。

志愿者在自身条件许可的情况下，利用业余时间尽己所能地投身到车站、码头、机场、公园、景区、广场、医院、赛场、政务大厅、养老院、会展中心、南国书香节、抗击非典和新冠肺炎疫情一线等地方，为那些茫然无助的人引路、翻译、答疑、解惑……他们不为名、不为利，不以谋求金钱、物质和私欲为目的，利用自己的专业、技能、特长、资源以及拳拳之心，默默地为无数需要帮助的人排忧解难、奉献爱心、互助进步。

广州市是我国志愿服务的先行之地，起步早、发展快，以特有的广州模式为中国志愿者事业树起了一面旗帜。改革开放以来，广州市志愿者事业在广州市委、广州市政府、共青团广州市委的关怀和指引下得以蓬勃发展，它伴随着广州市精神文明建设的步伐，在每一次重大事件、大型活动以及每一个公共场所和社区，志愿者们都默默无闻地用汗水和虔诚擦亮广州的名片，为广州的美好蓝图争光添色，使南国花城更加美好温馨。

自从2010年亚运会以后，广州市志愿服务事业得到了长足的发展。目前，广州市有注册志愿者400.6万人，其中社区志愿者66万人，志愿服务队伍16000多支，组织参与志愿服务的社会组织2000多家。志愿者的善行义举就像无数盏灯笼和火把，照亮和温暖了花城广州大街小巷的每一颗孤独彷徨的心。

在广州市的志愿者群体中，涌现了许许多多可歌可泣的事迹。报告文学《城市的温度——广州志愿服务纪实》真实地记录了新时期以来广州志愿者事业的成长历程及改革开放40年来志愿服务在广州市精神文明建设中涌现的可歌可泣的事迹，追寻和还原这些平凡的志愿者的不平凡的义举和情怀；艺术地呈现这些默默无闻的志愿者鲜为人知、感人衷肠的故事。同时努力挖掘志愿者服务对广州市民尤其是一些小人物的深刻影响，因志愿者服务使个人境遇或个体命运发生不同程度的改变，文学性地展现志愿者服务带给广州市民小康生活的精神面貌的变化。

引　言

文明的广州城，名闻天下。

善美的五羊城，志愿先行。

花城广州，是中国重要的中心城市、国际商贸中心和综合交通枢纽，被世界各国的人们亲切地称为“世界第三首都”，吸引了海内外无数的宾朋前来经商旅游、会客访友。所有来到广州的人，都会被人间温情所感染而由衷地伸出大拇指，因为这里是中国志愿事业的发祥地之一，是一个充满爱的善美之城。

广州拥有悠久的历史和灿烂的文化，也诞生过许多美丽的传说，其中以“五羊仙人”传说为著。这个流传千载的传说，最早见于晋人裴渊的《广州记》：“初有五仙人，皆持谷穗，一茎六出，乘五羊而至。仙人衣服，与羊同色，五羊俱五色，如五方。既遗穗与广人，仙忽飞升而去。羊留，化为石，广人因即其地祠之。”从此，这个五仙献穗普济苍生的故事，便在岭南的大地上代代相传，五羊也由此成为广州人的图腾，成为广州城的标志。

传说寄托着先人们的美好向往，也激励着无数的后人效法先人，去用真诚与挚爱来传承先人的美德，建设广州这座美丽的家园。这些久远的传说在岁月的长河中，业已演变成偌大的文化符号，凝结在中华历史与传统文明的骨髓里，流动在东方文明的血脉中，镌刻在中华民族的史册上。

为了纪念这个美丽的传说，早在1960年，广州市政府就在越秀公园建起了一座壮观的“五羊石像”雕塑。60多年来，这座雕塑见证了广州城市飞速发展的历程，见证了广州市民满满的幸福生活，也代表着广州人敢为人先、团结友爱、奋发向上、自强不息的精神。它是智慧的化身，是广州人民的精神图腾。

浪漫动人的五羊传说，是广州志愿事业的始祖，也是这座城市的生肖，有着勤劳、沉默、刚毅、坚强、奋发的性格，每一种性格无不演绎出一个个仁爱信义的良善故事，这些动人的故事， 成就了广州志愿者的事业。

目录

第一章

志愿者，城市的生命之光

城市是“生命的共同体”，一座城市不仅囊括冰冷的基础设施、繁忙的产业和公共服务系统，而且包含着特定的社会历史文化和人文精神。从某种程度来说，活跃在城市中的志愿者就是这座城市的生命、灵魂，就是这座城市的精神品质。

萌芽期：由学雷锋热潮向志愿文化迈进

伴随着中华人民共和国成立的隆隆礼炮声，伴随着天安门广场冉冉升起的五星红旗，英雄的广州人民在广州市委、市政府，共青团广州市委的带领下，成立了广州青年突击队、志愿垦荒队，他们把全部的热血和青春，都投入到建设祖国的伟大行动中。

红色中国建立之初，面临着国内外的复杂形势，帝国主义的封锁禁运，使新生的共和国举步维艰，于是，在党中央的正确领导下，全国人民掀起了轰轰烈烈的建设社会主义新热潮。1955年8月9日，青年团员杨华、庞淑英等5名同志在北京市的郊区，联名发出了到“北大荒”开发边疆的倡议，在他们的积极倡议下，新中国第一支青年志愿垦荒队成立，开启了新中国第一批青年志愿者开发祖国边疆的先河。北京已经行动起来了，广州城里的热血青年也不甘落后，积极响应团中央的伟大号召，在共青团广州市委的组织下，1956年1月28日，成立了由80名优秀队员组成的广州青年志愿垦荒队。这是广州的第一支开发边疆志愿队，他们将梦想打包进行囊，排着整齐的队列步行来到码头，在岸上亲人的热烈欢呼声中，含着热泪登上了发往海南岛的客船。

岸上的民众向他们挥手，他们也在船上向着岸上的亲人们挥手。为了表达他们建设海南岛的决心，他们一边挥着手，一边高声唱起了《共青团之歌》：“再见吧妈妈，别难过，莫悲伤，祝福我们一路平安吧……”

次日下午，广州青年志愿垦荒队抵达海口秀英港码头，他们不像现在的年轻人，来到海南岛的第一件事是去海边旅游，因为那时的海南岛还很荒芜，亟需他们参加海南岛的建设，祖国和人民也都热切期盼着他们能够尽快种出国家建设急需的橡胶来。所以，80名志愿队员刚刚下了客轮，便登上了军用大卡车，经过一路的颠簸，终于来到了此行的目的地——琼山县土桥区红旗农业高级合作社。

他们与叶剑英元帅亲自带出来的华南垦殖局的建设者们一起，向着瘴疠丛林砥砺前行，热带台风与瘴疠丛林阻挡不住他们开垦橡胶园的热情，蚊虫毒蛇与滩涂荒山，更是让他们飞扬起青春的热情。他们种橡胶，满足新中国的用胶需要，他们的壮举是广州志愿事业队伍的萌芽。

20世纪80年代初，改革开放的春风吹遍了神州大地，为了搞活经济发展生产，广州市各级团组织积极号召广大团员青年开展服务集市活动。于是，无数个团员青年在节假日摆起了“为您服务集市”。一时间，“服务集市”的服务理念深入广州人民心中，为打破僵化体制与盘活市场经济带了个好头，并逐渐成为学雷锋、义务劳动的载体，“服务集市”不但受到了人民群众的好评，更受到了全国人民的广泛关注。

在“服务集市”过程中，团员青年们主动为市民们提供各类咨询服务，并为市民们提供力所能及的帮助，甚至还为市民们提供修自行车、修煤气灶、修家具、修家电等免费服务，得到了广州市民的一致称赞。在“服务集市”活动期间，一位团员为老伯修自行车的故事广泛流传。那时，有一位老伯骑着一辆“除了铃铛不响哪里都响”的70年代凤凰牌自行车，一大清早就来到“服务集市”上，把他心中的苦恼说给了“服务集市”的团员青年们。原来，他的自行车太破旧导致很多零件没法更换，一般的修车摊根本修不了，有的维修师傅直接劝他换辆新的，可是，他又舍不得扔掉自己骑了多年的自行车，就来到“服务集市”上问一下，看看团员青年们能不能帮上自己的忙。

那个时代的人们，尽管还没有志愿服务这一说法，但是大家却有着向雷锋同志学习的热情，了解到老伯急于修好自行车的迫切心情，不愿意老伯失望的团员青年们，便开始忙活起来了。他们从早上一直修到天黑，需要换的零件确实很难找，他们甚至要骑着自行车到处跑。最后，他们跑遍了大半个广州城，终于找来了修车的零件。夕阳西下的时候，热心的团员青年们终于帮老伯修好了自行车。老伯非常感动，连声称赞“服务集市”上的团员青年手艺特别高，并称赞改革开放后的团员青年们都是热心肠。

“服务集市”的团员青年们帮助老伯修好自行车的事，在广州成为美谈，很多广州市民纷纷夸奖团员青年们的学雷锋义举。“服务集市”这一创意不但擦亮了广州“学雷锋”服务的品牌，也为广州成为改革开放的前沿阵地，奠定了良好的精神与物质基础。

千百年来，广州都是一座包容的城市，无数的英雄俊杰在这里筑梦。近代以来，随着乾隆皇帝“一口通商”谕旨的发布，使广州在以后的近两百年里成了中外文化的交流地带，所以，改革开放以后，这里的人们思想十分活跃，也十分包容。尽管随着国门打开涌入了各种各样的新潮流、新思想，但是，一脉相承的向秀丽精神没有丢，向雷锋同志学习的热情永远保留着。不但如此，在改革开放大潮下，广州人民还掀起了一浪高过一浪的“学雷锋、做好事”热潮。

1983年2月28日，共青团广州市委根据改革开放的新特点，在教育路、西湖路、多宝路等多处地点，同时举办了广州青年“学雷锋、树新风，便民利民服务”活动。这次大规模的学雷锋活动，激发了无数团员青年的热情，全市500多支青年服务队、学雷锋小组、共产主义劳动小组投入到活动中，数千名个体户青年也不甘落后，共摆设了712个便民服务摊档。这些优秀的广州团员青年，在集市开办期间，大力发扬“学雷锋、做好事”的精神，共为群众做好事11万余件，使广州这座善美的城市，变成了一座涌动着大爱的城市，也为广州学雷锋热潮向志愿文化迈进，起到了巨大的推动作用。

是的，善良的广州人民乐于做好事；

没错，光荣的广州人民就要做好事。

在广州市委、市政府，共青团广州市委的指引和带领下，全市团员青年们行动了起来，全体广州市民行动了起来，他们通过爱心与善举的真情接力，在美丽的历史文化名城广州，谱写出一曲曲优美动人的奉献乐章！

成长期：组织推动，渐成“广州模式”

随着改革开放的不断深入，随着广州经济的飞速增长，1986年11月，公共交通运输体系难以满足人们出行要求的问题在广州凸显。每当上下班高峰，人们乘坐公交车时一窝蜂拥向车门，结果谁也上不了车……

针对市民出行争抢的乱象，共青团广州市委率先发起了“友爱在车厢”活动。据亲历者回忆，当年的“友爱在车厢”活动，是一汽巴士5路公交线与文化公园、南方大厦、广州火车站、爱群大厦等12个沿线单位共同发起的，这次的文明出行倡议活动，向全市驾驶员与乘务员发起了“四必”“三方便”“六种人”等文明倡议，在号召公交员工提升服务质量的同时，也号召广大乘客主动相互礼让。为了保证倡议活动有序进行，发起单位还在全市90多个主要交通路口、200多个公交站台和100多个居民社区开展文明交通服务活动。

通过加强文明出行宣传，引导广大乘客遵守乘车秩序。倡议发起后，十万多名团员青年积极响应，他们自觉走上街头开展志愿服务，带头倡导文明出行理念。他们的示范引领作用，使文明出行的活动深入人心，并形成了文明礼让的新风尚。在当时，许多外地游客也被“广州式排队乘车”所感动，主动加入到文明礼让的行动中，“友爱在车厢”活动渐渐成为广州精神文明建设一张光彩夺目的名片。

“友爱在车厢”倡议发出后，时任广州市副市长石安海也积极响应倡议，他专程搭乘公共汽车，在全市起到了良好的带头示范作用。由于广州市政府高度重视，广大团员青年走上街头积极宣传引领，使全市的公交秩序得到了很大改观，文明出行的理念得到了快速普及。由“友爱在车厢”这一活动衍生出来的“友爱在商场”“友爱在学校”“友爱在医院”等不同行业的文明活动在全广州市迅速展开，也使助人为乐的雷锋精神得到了很好的传承，为后来的志愿者服务工作打下了良好的基础。

作为中国改革开放的前沿阵地，由于地缘因素加之频繁的国际贸易，广东在借鉴世界文明智慧方面较好地具备了兼容并蓄的胸怀。1990年，与广州市毗邻的深圳市，率先注册成立了深圳义工联，这使它成为中国内地第一个志愿服务法人社团。鉴于此，广州市在总结这一经验的同时，立足广州市情，开创了有别于其他地方志愿者发展的模式，那就是除了由机关单位、街道社区成立志愿服务队以外，还在共青团广州市委的组织带领下，成立了5支“挂靠”形式的青年志愿团队：松柏服务队、启智服务队、手拉手服务总队、助残服务总队、医疗服务总队。正是它们，成了广州市志愿服务的先锋品牌，为全国志愿者事业发展提供了广州经验，贡献广州力量！尽管岁月的长河沉寂于时间的泥沙，时光的荏苒蓬松了经年的记忆，但这五支志愿队伍却在广州人民心中历久弥新。

它们专业性、针对性的服务，深受广州市民的欢迎。比如，松柏服务队主要是服务老年人，启智服务队则服务智障儿童、孤儿为主，这些也都是在共青团广州市委的大力推动下建立起来的。可以说，广州成立这么多业务对口的志愿服务组织，使更多需要专项帮助的人得到了最专业、最温馨的贴心服务，共青团广州市委作为组织机关功不可没。看到“广州模式”的志愿服务组织得到了长足的发展，国内各城市也纷纷紧跟步伐，创建了拥有各自城市特色的专业志愿服务组织。

在国外，人们把志愿者称为义工，在国内，人们则把义工亲切地称为志愿者。虽说出自同一个英文单词，但两者却有着本质区别。这是因为中国志愿者的骨子里有着仁善的传统文化基因，并具有雷锋精神的高贵品质，是一种为人民服务的生动实践。他们的一言一行、一举一动既是善举，也是时代青年的榜样、力量，更是中华民族优秀文化品质的传承再现。

在中国，无论在任何一个时代，志愿服务的先锋军和主力军永远是青年，而在这个志愿服务快速成长的时代，尽管已经成立了五个专项的志愿服务组织，但是共青团的组织带动作用却最为明显。于是，共青团广州市委就在1995年6月6日，正式成立了广州青年志愿者协会，把广大团员青年团结到志愿服务大旗下的同时，也积极发挥团员青年的主观能动性，联合各志愿者组织，举办了一系列志愿服务活动，如1996年“真情在广州”系列活动、2000年的志愿者植树活动、大学生志愿者“三下乡”活动的开展，得到了全体广州市民的一致称赞。

广州，既是一座温暖的城市；广州，更是一座温情的城市。

在这座美丽的花城里，英雄花开，珠江奔流，而志愿者的热情也感动了整个广州，看到后浪们如此热情，前浪们自然也不甘寂寞，广州市民争先恐后地走上街头，为建设美丽的家乡奉献自己的爱心和行动。在共青团广州市委的带领下，志愿者组织的服务领域也越来越广泛，覆盖了环境保护、安全教育等多个领域，并针对不同人群、不同需求，分别成立了不同的志愿服务队，广州市“全民志愿”的理念也更加深入人心。

争当志愿者，服务广州城。

善行学雷锋，处处树新风。

青年人、中年人、老年人甚至小学生，也积极响应共青团广州市委各级志愿组织的号召，他们用自己的热情与行动，关心与呵护身边需要关爱的人，温暖了一个个需要温暖的心灵，帮助了一个个需要帮助的人。尽管那时的志愿者组织并不是很多，但在具有学雷锋光荣传统的广州城，各志愿者组织也在不断地成长着、壮大着！

发展期：多元助力的缤纷时代

在共青团广州市委等多个部门的全力推动下，一个个志愿者组织如雨后春笋般应运而生，政府部门、民间力量和境外爱心组织也都为广州志愿组织的发展提供了帮助，广州志愿服务的发展进入多元助力的缤纷新时代。

爱是人类共同的语言，不只是中国，就是在国外，义工队伍也在蓬勃发展。为了更好地在全球范围内倡导志愿精神，不断地推动志愿服务事业的发展，号召更多人参与志愿服务活动，联合国特意将2001年定为“国际志愿者年”，而中国政府和人民也积极响应联合国发出的倡议，成立了“国际志愿者年委员会”。

联合国行动起来了，国家各部门行动起来了，广州市各部门也积极地响应号召，在2002年成立了广州市义务工作者联合会，将散落在街道和社区的志愿服务站整合起来，为社区居民提供暖心的志愿服务。而与此同时，民间的志愿组织也在迅速发展，荔湾区在2002年11月21日成立了逢源街长者义工队，义工队把社区里的长者发动起来，让已经退休的长者们发挥“老有所为，快乐有为”的余热，在义工的岗位上继续发扬“学雷锋、做好事”的爱心。

说起荔湾区逢源街长者义工队，其历史可以追溯到1998年5月27日成立的文昌邻舍康龄社区服务中心。当年，文昌街道办事处积极取经，通过引入香港义工的理念与模式，与香港邻舍辅导会一起合办了文昌邻舍康龄社区服务中心。在当时，很多社区居民干了一辈子革命工作，即便退休，也根本闲不下来，而邻舍康龄社区服务中心的成立，则为长者义工继续发挥余热提供了一个新的平台，使长者义工们在中心积极地服务于各项志愿活动中，真正地做到了老有所学、老有所为与老有所乐。

为了更好地让香港模式融进街道，服务中心刚成立时的第一任主任李涛，也是从香港请来的，她是一位做了多年义工的香港女孩。当26岁的她在1998年5月拿着介绍信来到文昌社区报到时，社区里很多工作人员，根本不知道什么叫作义工。于是，热情的李涛就将香港义工的理念给社区里的同志进行讲解。在与大家聊天的过程中，她将筹办服务中心的愿景、规划跟社区领导提了出来，在她的积极推动下，文昌邻舍康龄社区服务中心很快就成立了。而李涛尽管推辞，还是被文昌街道办推举为文昌邻舍康龄社区服务中心首任主任。

李涛是一个心细的姑娘，她带领着服务中心的志愿者们走家串户，陪着孤寡老人聊天，为行动不方便的老人做家务活，使社区里需要帮助的老年人感受到了社区的温暖。更为重要的是，因为服务中心的志愿者都是退下来的老年人，所以他们上门服务时，与被服务者没有代沟，更能引起被服务老人的共鸣。而李涛作为主任也是身先士卒，将社区里需要关爱的老年人的名单做成表格，没日没夜地为老人们奔忙。看到李涛这位香港来的社工这么努力，社区领导就劝其注意休息，而李涛听完，则笑着说："老年人需要我们，我也喜欢与老年人在一起。能够跟他们在一起，是我最快乐的事情，人生还有比做快乐的事情更开心的事情吗？"

听到李涛说做志愿服务很开心，社区领导也就不再多说什么了，可是，心里却在为李涛担忧，因为没日没夜地操劳，对她的身体确实带来了很大的压力。

在工作中，李涛发现了一个问题：老年义工尽管都怀有一颗学雷锋的善心，也愿意为社区做些力所能及的贡献，可他们的志愿服务并不专业。针对这个情况，李涛主任就制订出了一系列的培训计划，并将培训计划细化成爱心、亲善、关怀、园丁、乐善、万能、探射灯七个类型。通过分期组织细化的专业培训，让老年义工学习到了专业志愿服务的内容和知识，这样，老年义工再做起志愿服务来，就更加得心应手了。

老年义工经过了培训，专业性就体现出来了，被服务人员也被这一帮充满朝气的老年义工所感动，纷纷夸奖他们是一群与国际接轨的老年义工。是的，“与国际接轨”这个说法在当年很流行，而这帮经过李涛培训过的志愿者，则先期与国际接轨了。

一次，李涛带着几名老年义工去探望孤寡老人，在回社区的路上，义工们就跟李涛开玩笑说：“李主任，我们做了这么多好事，都是活雷锋，你不给我们来点奖赏吗？”

李涛笑着问道：“你们想要什么奖赏？我尽全力满足你们。”

义工们说：“物质奖赏就免了，你给我们唱支歌吧，来了这么久，还从来没有听你唱过歌哪。”

李涛听到大家的要求后哈哈大笑，就给大家唱了一曲《中国人》。在赢得大家热烈掌声的同时，她想，老年义工们确实很辛苦，也应该给他们制订一个详细的奖励计划，更好地调动起他们的积极性。于是，李涛主任经过与社区负责人商量后，推出了一个叫“金色晚年”的义工奖励计划，如果志愿服务达到50小时，可获得铜奖，志愿服务达到150小时是银奖，而如果能够达到志愿服务350小时以上，那就是妥妥的金奖。老年义工纷纷称赞这个奖励计划好，志愿服务的热情也更加高涨了。

在李涛主任的率先垂范下，在长者义工的大力奉献下，社区服务中心各项志愿服务工作取得了明显的进步。2002年，中心义工队伍已经发展到一百多人，文昌邻舍康龄社区服务中心也正式发展成为广州市首支长者义工队——逢源街义工联队。

逢源街义工联队不但是广州首支长者义工队，也是全国首支长者义工队。逢源街义工联队的成立，推动了广州市各级志愿服务组织的快速发展，政府、民间以及境外爱心组织也纷纷来到花城广州。他们共同的志愿是：把广州市的志愿服务事业，提升到一个五彩缤纷的新时代！

提升期：四级联动，完善管理

广州是一座有温度的城市，全民志愿者的热情十分高涨，面对着层出不穷的志愿者组织，广州市出台了一系列的志愿服务管理措施，以此来推动志愿服务组织走向组织化、专业化与社区化，并形成了全国瞩目的广州模式。

要想推动志愿服务持续向好发展，加强组织管理必不可少，而经过30多年的蓬勃发展，广州的志愿服务组织规模日趋庞大。为了加强志愿服务组织的管理，广州市建立了由文明委领导、文明办组织协调、党政部门分工负责、社会各方积极参与的志愿服务领导体制，形成了四级志愿服务组织协同联动。在各级领导的积极管理下，广州市的志愿服务队伍取得了长足的发展。

为了持续完善志愿服务的相关政策法规体系，广州市先后出台了《广州市志愿服务条例》《关于进一步发展广州志愿服务事业的意见》等指导文件，并通过加强培训，使广大志愿者充分了解到法律法规出台的重要性与必要性，又通过报纸、电视、互联网等多种渠道进行广泛的宣传，使这些法律法规深入到每一名志愿服务者的心中。

为了更好地推动志愿服务事业快速发展，广州市各级管理部门还把志愿培训纳入到工作日程。2010年10月8日，在广州市团校正式挂牌成立了广州志愿者学院。这座学校一成立，便在全国引起了广泛的关注，因为它是全国第一家政府主导建立的公益性志愿学校。而这座学校的领导之一，就是1987年

“中学生心声热线”的首批接线咨询员之一杨伟雄，当时还在上中学的他，亲身见证了广州志愿服务的启蒙历史，而现在的他，则是作为志愿学校的领导，亲自参与对志愿者的培训和指导。

通过创建志愿者学校，广州不止为本市，也为全国培养了很多专业化的志愿服务人才。志愿者学校培养出来的广大学子，很多都走上了志愿服务的领导岗位，成为各级组织与各行业的志愿者骨干，并通过他们的率先垂范与引领带动，带出了更多专业化的志愿者队伍。

随着广州志愿服务政策法规的不断完善，广州把志愿服务纳入到文明城市测评项目，通过建立健全考评机制，营造良好的全民志愿氛围。在志愿服务全民行动的今天，每个人都是参与者、考评官与监督者，通过志愿服务、考评考核等多级联动，持续提升广州志愿服务的质量，使需要帮助的广州市民，感受到星级的志愿服务。

社区及街道是最基层的管理组织，而志愿组织社区化，也是广州市尝试的管理办法之一。因为所有的志愿者都来自社区、街道或村庄，每一名志愿者都是社区里的居民，这样，就为“背靠社区，面向街头”的志愿服务提供了可行性的管理方案。不管是逢源街义工联队，还是其他的志愿队伍，其鲜明的特点便是依托社区，并通过自己的专业志愿服务，间接推动了“和谐社区”的建设，为广州“全国文明城市”的创建工作奠定了良好的基础。

志愿服务社区化也是文明的体现，通过组织志愿者们深入居民院落、沿街铺面、企业厂区和商务楼宇提供志愿服务，密切了不同行业之间的联系，也把志愿服务的阵地延伸到了所有需要帮助的地方，扩大了志愿服务的覆盖面。

社区化的志愿服务站点，也是广州志愿服务的一大特色。自从2009年起，为了服务广州亚运会、亚残运会的举办而设立的一百余间“西关小屋”，成了全亚洲乃至全世界人民关注的焦点，而专业化的志愿服务驿站，也成了广州市志愿服务的新特征。广州全市共设立179个康园工疗站和168个家庭综合服务中心，编织出一张志愿服务的暖心大网，不管你是谁，也不管你来自哪里，只要你人在广州，说出你的需要，那么，这张由爱心志愿者组成的暖心之网，便会上门为你提供温馨的个性化志愿服务，让你感受到广州"善城"的温暖。

专业的志愿化服务也可以是个人品牌，广州市志愿服务管理部门充分地发挥志愿者个人的模范带头作用，通过建立个人志愿工作室的方式，来打造志愿服务明星效应，这不但体现了个性化，还增强了命名者的责任感和使命感。为此，广州市先后成立了"赵广军生命热线工作室""徐克成关爱健康工作室""尚丙辉关爱外来人员工作室"等以个人命名的志愿服务站点。这些明星志愿者及其团队，也通过不断提升志愿服务质量，为志愿广州的持续发展做出了突出贡献，受到了广州市民的交口称赞！

其实，不只是广州市民感受到了志愿服务的温暖，就连外国人也感受到了广州人的温暖。2007年，中国积极响应联合国的志愿服务号召，团中央、商务部正式启动了中国青年志愿者海外服务计划塞舌尔项目。广州市作为全国首个可以独立承接中国青年志愿者海外服务计划的城市，也向塞舌尔派出了首批代表中国的广州志愿者。1月27日，代表着首批中国援外青年志愿者风采的广州志愿者，踏上了被誉为"印度洋明珠"的非洲塞舌尔的国土。他们通过暖心的志愿服务，不但让塞舌尔民众感受到了中国人的热情，更让异国他乡的中国同胞们感受到了广州志愿者的风采，这为广州赢得"第三世界首都"的美誉奠定了良好基础。

普及期：全民在行动

穿志愿者服、戴志愿彩、唱志愿者歌、行志愿者礼、跳志愿操，这是广州市民现今的最美时尚，随处可见的志愿者身影充分地说明，广州的志愿服务事业已经得到了长足发展。在这座缤纷美丽的花城里，好人好事随处可见，暖心画面随时上演，具有“善城”美誉的广州，已经建设成为一座闻名国际的“志愿之城”。

2020年12月5日，世界各地举办了一系列的志愿者活动，以迎接第35个“国际志愿者日”的到来。当天的广州，猎德大桥、广州塔、海印桥等广州地标式建筑亮起了“志愿者，节日好！”的缤纷光幕，浪漫璀璨的光幕，将广州变成不夜城，也在向全广州的志愿者致敬，而因为广州志愿者超高的全民普及度，流光溢彩的光幕，也可以说是在向全体广州市民致敬！

志愿者们发自内心的微笑，让广州变成了最美的暖心之城。据统计，截至第35个“国际志愿者日”当天，广州市实名注册志愿者人数已达360多万人，比2019年同期增长70多万人。其中，35岁以下青年志愿者的占比达到了八成多，志愿服务组织及团体数达1.4万多个，这是广州这座“志愿之城”向祖国母亲交出的满意答卷。

千百年来，有容乃大，成就魅力花城。无论土生土长的“老广州”，还是南漂而来的“新广州”，唯有善待城市、呵护城市，方能赢得尊重和支持，方能乐享其中、融入其中。试想，如果没有广州志愿者的倾情参与，在

2020年春天的新冠病毒疫情防控阻击战中，人们是否能够取得完胜？那一个个靓丽的“志愿绿马甲”，构建起了守护羊城的“绿色健康长城”。美丽的羊城志愿者们，不但用真情与挚爱守护着我们美丽的家园，还派出广州最优秀的志愿尖兵驰援荆楚大地——那一个个逆行的白衣天使，不但是一个个视死如归的勇士，更是我们心中最伟大的英雄。是的，我们应该向所有的志愿者致敬，因为正是有了他们，我们才赢得了抗疫战争的阶段性伟大胜利！

全民志愿的广州，全民幸福的感动，由此回溯改革开放初期的20世纪80年代，从“中学生心声热线”再到“友爱在车厢”活动，一个个志愿活动的倡议者，一个个时代的见证人，他们参与广州的建设，也见证时代的峥嵘。“中学生心声热线”逐步发展成遍布全市的“手拉手青少年辅导中心”，也延伸成为“赵广军生命热线”和12355广州青少年服务台热线，当年的“中学生心声热线”的接线咨询员们，已经成为志愿广州的领军人物。岁月的年轮虽然在不断地增长，可是，作为志愿者的他们却永远年轻。

“友爱在车厢”活动走过34载的光荣岁月，为文明广州的发展做出了突出贡献。据发起人之一陈文燕介绍，通过“友爱在车厢”活动的开展，争吵、上车推搡等不文明现象越来越少，取而代之的是越来越多司乘互助、见义勇为、拾金不昧的好人好事，这是时代的进步，也是广州的进步。而据广东城市公共交通协会调查显示，如今，广州公交让座率已经超过了百分之九十五，即使在上下班出行高峰时期，也有百分之八十的让座率，这组放眼全国也是名列前茅的数据，让广州人特别骄傲。

真的难以想象，如果没有志愿者的参与，我们需要花多少钱，才能举办一届史无前例的广州亚运会。正是因为志愿者的无私奉献，那些在外国人看来无法实现的目标，在美丽的广州却可以轻松得到实现。你看，遍布全市的“西关小屋”志愿驿站，随处可见的“绿马甲”，那一个个绿色志愿者的身影，就是一道道亮丽的风景线，让所有来到广州的游客，都情不自禁地为广州伸出大拇指。志愿者的绿色身影也溢满了珠江两岸，就连在广州生活的外国友人，也加入到志愿服务的行列，用无私的行动，热情地参与广州亚运会。而所有中国人与外国人一起在广州发出的激情呐喊，汇聚成唱响整个时代的六字箴言：一起来，更精彩！

在广州人的血液里，传承着向秀丽的奉献精神；

在广州人的图腾中，绽放着活济公的最美笑容。

向秀丽，已经离开61年了，雷锋，也已经离开58年了，在岁月的年轮里，时间虽然在不停地飞逝，但一个向秀丽倒下去了，雷锋冲上来了，雷锋的身影远去了，无数个雷锋又挺身而出，这种全民“学雷锋，做志愿”的热情，在激励着志愿服务的广州人，永远向着美好的未来砥砺前行。

广州，永远都是一座“敢为天下先”的城市，这里是改革开放的前沿阵地，这里也是中国最富裕的城市之一，富裕起来的广州人，并没有小富即安，也没有关起门来过自己的小日子，他们把自己对这座城市的热爱，化成了最平凡的志愿服务行动。“家家学雷锋、家家做志愿”已经在广州实现，甚至有些家庭是全体成员一起出动，全家争当更美的志愿者。

“有一分光，便发一分热”，所有志愿者一起发出的光，让广州成为地球村里最耀眼的明星城市。2020年上半年，共青团广州市委依托广州市志愿者行动指导中心和广州青年志愿者协会，通过与越秀区北京路直接对接，发动街道辖区内及周边的党团员青年和社会志愿者，共同组成了一支300人左右的“羊城家政”志愿服务队伍，建立了三个志愿服务方阵，通过长者陪伴、消防安全隐患、居家清洁、健康义诊等13项志愿服务项目的开展，打造了首个广州市“羊城家政”北京路志愿服务模范示范点，这也为志愿服务的行业化提供了一个可供参考的样板。

如今的广州志愿者，已经把心中的大爱转化成了有组织的志愿行动，而所有志愿者组织的共同努力，则把广州志愿服务推向了一个全新的维度。在这个高维度里，“我为人人，人人为我”的大同理念也得到了最广泛的体现，使广州真正变成了全世界闻名的美丽“善城”。

| 第二章 |

上善若水，润泽世代

历史文化是一座城市隽永的诗篇，传承着祖祖辈辈关于仁爱的故事，这些故事蕴含着独特的精神基因，润泽世世代代，生生不息。

从清朝的商人伍秉鉴，到近现代的医者何福庆，再到新中国成立之初的普通女工向秀丽，一直到改革开放时期的拾荒阿婆张菲，无不说明仁爱是人与人相处的最高智慧与生存状态，无不说明仁爱是我们立足现实走向世界的理想境界。

您从远古走来

自古以来，广州港就是中国对外贸易的重要港口，从秦汉时代至鸦片战争之前的2000年里，广州港几乎都居全国港口的中心地位。作为“海上丝绸之路”的重要起点，广州也吸引了国内外无数的商人前来贸易，被人们亲切地称为“千年商都”。1757 年，乾隆皇帝颁发“只许在广东收泊交易”的一口通商谕旨，拉开了“广州十三行”辉煌的关口贸易序幕，而名闻天下的十三行，则诞生了中国近代以前最富有的商人群体——潘有度、卢观恒、伍秉鉴、叶上林号称“广州四大富豪”，其家产总和比当时的国库收入还要多，是货真价实的“富可敌国”。这些富商虽然坐拥巨大的财富，却并没有为富不仁，而是依然秉承中华民族悲天悯人的传统精神。

十三行的大商人伍秉鉴是当时的世界首富，他不仅在国内拥有巨额资产，还是东印度公司的最大债权人，且在美国投资铁路、证券交易和保险业务等。伍秉鉴旗下的“怡和行”主要经营丝织品、茶叶和瓷器等，由于伍家人成功地把贸易触角延伸到世界各地，所以，“怡和行”也一度成为世界级的跨国财团。

当时的伍秉鉴不只是在广州，就是在全中国、全世界都有着巨大的商业影响力，被誉为1000年来世界上最富有的50人之一。关于他的传奇故事很多，有一则他与美国波士顿商人的故事更是成为美谈，流传至今，成了广州人乐善好施的代名词。据说在当时，有一位美国波士顿商人来到广州做生意，由于经营不善，欠了伍秉鉴7.2万银圆的债务，他很头疼也很着急，因为没有还清钱，他就没有办法回到美国。在当时，大清朝的GDP是世界第一，中国人也是世界上最有面子的人，可以说，在当时那种条件下，没有外国人敢在中国人的地盘上跟中国人要赖皮。

伍秉鉴得知后，也曾经认真思考过，这点钱对于他来说虽然不多，可是，任何一笔财富都是他辛辛苦苦赚来的，如果每一笔都收不上来，他肯定会破产。都说慈不掌兵义不掌财，可是，面对着这个外国人，伍秉鉴却表现得非常大方，他立即命人把这位美国人给请到了府上。起初，这位波士顿商人不知道怎么回事，还以为伍秉鉴是要逼债，所以，在去见伍秉鉴的路上，他一直战战兢兢的。等到他来到伍秉鉴府上后，伍秉鉴府上的人立即给他上了好茶，伍秉鉴这才让人把他签下的借据拿出来。这一下，波士顿商人更紧张了，拿出借据来，这还不是要钱逼债吗？就在这时，伍秉鉴对他微笑着说："你是我的第一号'老友'，你是一个最诚实的人，只不过不走运。"

说完，伍秉鉴就把借据撕了个粉碎，并向对方表示他们之间的账目已经结清，对方可以随时离开广州返回美国。听到伍秉鉴这么说，这位波士顿商人被感动得热泪盈眶，伍秉鉴的这一义举，对于当时正处于债务中的他来说无异于雪中送炭。他深深地被这位广州富商所折服，并在心里发誓，一定要把伍秉鉴的义举在美国传扬。

很快，伍秉鉴重义轻利的美名就传遍了美国各地，很多美国人被伍秉鉴的儒商仁风深深地感动了，以至于当时美国有一艘商船下水时，也以"伍浩官"来给它命名，伍秉鉴的影响力由此可见一斑。

这个故事当中，我们就可以感受到，广州自古便有乐善好施的仁义之风，当然，在商业氛围浓厚的广州，还有无数个乐善好施、济世救人的故事，而中华老字号"何济公"的创始人何福庆，就是其中的典型代表。

何福庆出生于1909年，这个时候的清王朝正处于风雨飘摇之中，近代西方列强入侵，老百姓生活在水深火热当中。身边父老乡亲的疾苦被何福庆看在眼里，很小的他便在心里发誓，长大以后，要么成为良相治国平天下，要么成为良医悬壶济世。因为家境贫寒，更因为家里孩子多无力供何福庆读书，所以，只读了8年私塾的何福庆，便辍学回家跟着父亲务农。别看只有8年的读书时间，他也是兄弟们中读书最多的那一个。何福庆从小便开始关心人民的疾苦，尤其是广州地处温热带地区，蚊虫较多，所以，已经不读书的何福庆不久便放弃了务农，于20世纪20年代末北上汉口华安公司当伙计，后来，又与人合伙在汉口民生路开办广东药行，主要经销广东柠檬精、鹧鸪菜，兼营汉昌牌雪茄烟和广东云纱绸等。为人和善的他，药行生意也渐渐地好了起来。

何福庆始终没有放弃当一名良医的志向，他一边经商一边研读《黄帝内经》《本草纲目》等传统药学书籍，并在经商之余，尝试着为街坊邻里看病问诊。渐渐地，他的医术越来越高明，又因为他有菩萨心肠，所以，来找他看病的人也越来越多。其实，何福庆一直深受佛学等传统文化的影响，儿时听过的“活佛济公”扶危济困的故事，一直在感动着何福庆，在何福庆的心里，懂中医医术的济公不只是一位活佛，更是榜样。于是，他一边问诊看病一边研制药物，终于在1936年成功研制了“灭痛星”，后改名为“解热止痛散”。

武汉三镇的经商生活，给年轻的何福庆积累了丰富的治病救人经验。他在28岁时回到故乡广州成婚，为了救治更多故乡的亲人，他没有再北上汉口。1938年，他在广州河南鹤洲直街积善里开设了何济公药行，立下了“利己利人驰盛誉，半为慈善半营生”的经营宗旨。此宗旨充分地体现出何福庆效法济公活佛的志向，而“何济公”这个名字也是“活济公”的谐音。在何福庆的心里，医药行业是慈悲向善的行业，不能只想着赚钱，还要想着让更多的病人吃得起药治得起病，这是何福庆创办“何济公药行”的初衷。

其实，药行初创时，尽管何福庆想着对病人患者让利，可是他对广州市场的行情不太了解，为此，何福庆特意跟一个前来买药的人打探行情：等到买药人买完药走到街上以后，何福庆跟在后面，并叫住了他，向他咨询这个药的疗效。买药人先是夸奖药效非常好，可是，转口就说好是好，就是有些贵了。就是这一句话，让何福庆刚才还得意的神情消失了，他知道，如果这些普通的老百姓都嫌药贵，那肯定是药价定得太高。于是，回到药行的何福庆便召集伙计们开会，一起商议药品降价的事情，最终，将药价降到了一分半钱一包。降价的消息传开来以后，人们对何福庆交口称赞，纷纷称赞他是一位治病救人的“活济公”。由于药品货真价实、物美价廉，解除了不少人的病痛，所以，“何济公”何福庆的名声便不胫而走，不但传遍了整个广州城，也传遍了整个广东省，一直传到大江南北、长城内外，那时的很多国人都知道，在南国的广州城里，有一位济世救人的活济公——何福庆。

任何一个良医都是有着强烈的家国情怀的，在“何济公药行”创业两年以后，日本人便占领了广州。不愿意做亡国奴的何福庆，便带着药行的伙计们辗转上海等地，一路上，他们生产药品支援抗日前线，也在救治伤员和百姓。那时，“何济公，何济公，止痛唔使五分钟”“发烧发热唔使怕，何济公止痛散顶呱呱”的民谣传誉民间，何济公的良好品牌形象也深受老百姓的信赖。

在全国军民的共同努力下，14年艰苦卓绝的抗日战争取得了伟大胜利。在抗战胜利后，何福庆便将药行重新迁回到羊城广州，继续着他济世救人的人生理想。“物以类聚，人以群分”，想进入何福庆的药行，人品是第一通行证。何福庆作为这家良心药行的掌门人，会专门对新入药行的伙计进行考察，他仔细地观察新入行伙计的一言一行，甚至，在生活当中出一些小的难题，看一看此人的人品。何福庆常说：“伙计们在药材的专业程度上有高有低，但这个是可以学习的，而唯独人品不能差，因为药行直接关系到老百姓的身体健康。”

这是何福庆始终坚守的原则，因此每一个进入药行的人，也都是光明磊落的谦谦君子，都有着仁爱的菩萨心肠。

新中国成立以后，人民政府发起了“私有制改造”运动，1956年，何济公药行与惠民药厂等13间药坊合并，成立了新的何济公联合制药厂，至此，何济公药行走上了全新的发展大道。

从那以后，何济公这一传统的品牌得到了保留，何福庆老先生的高尚医风得到了弘扬，而每一代白云山何济公制药厂的掌门人，在成为掌门之前，都会先学习何福庆老先生治病救人的事迹，并以其仁者医风为榜样，用金质良心做上乘良药。不但如此，他们还积极弘扬志愿者的无私奉献精神，号召广大党员团员和干部职工走出制药厂，走上广州的街头做志愿服务，利用业余时间为广大老百姓送药，用质朴的志愿之心，帮助了很多需要帮助的人，这不但为何济公制药厂积累了良好的口碑，也树立了何济公制药厂良好的形象。

从伍秉鉴义撕美国波士顿商人的欠债字据，再到何福庆老先生创办何济公药行，他们所传承和弘扬的都是优秀的中国传统文化。尽管那时还没有“志愿者”这个名词，可是，从他们的善行所体现出来的精神来看，这就是广州人做志愿服务的雏形，也为广州成为中国志愿服务的重要发祥地，奠定了良好的传统基础。

志愿服务传承着五羊城五仙“愿此阛阓，永无饥荒”的兼爱精神，是对我国儒家的“仁爱”、释家的“布施”、道家的“行善”等慈善文化的发扬光大。中国优秀的传统思想对我国慈善文化的建构，以及志愿服务事业的发展，都有着重要的启示意义和榜样作用。

秀丽扑火永存英名

“向秀丽，爱集体。投身烈火，防止爆炸，救了全厂，英勇牺牲了自己……成千封信从全国各地，送来慰问你。向秀丽，你当得起这样的深情厚谊。”这是新中国元帅陈毅同志特意写给向秀丽的赞美诗——《向秀丽歌》，它亲切地道出了中国人民对革命烈士的深切怀念。

向秀丽是广东清远人，1933年出生在一个贫困的工人家庭，在那个水深火热的旧社会里，穷苦人家的孩子是没有地位的，更别说是一个女孩了，所以，向秀丽在9岁的时候就到地主家当婢女做活，11岁时，就要到火柴厂做童工挣钱糊口，可以说，在1949年新中国成立以前，向秀丽的生活是十分悲惨的。

新中国成立时，向秀丽已经16岁，那时的她是私营和平制药厂的一名工人。由于经过了日寇侵华和国民党政权溃败，向秀丽一开始以为不管谁来了，她都要做苦工，谁来了都与她一点关系也没有。令她没有想到的是，在新中国刚刚成立不久，党组织就向她所在的和平制药厂派出了工作队。这对于向秀丽和所有的工友来说，确实是一件新鲜事，她隐隐地感觉到新生政权与旧政权的不同，因为新中国成立前的那些官老爷，才不会向制药厂派工作队，在向秀丽的心里，好像除了收税以外，那些旧社会的官老爷啥也不会做。

新生的人民政权派来的工作队员确实不是官老爷，他们主动帮助制药厂的工人们干活，工余时间还找厂里的工人聊天，这让向秀丽感到这些人很亲民也很和善，一点也没有旧社会官老爷的架子。于是，向秀丽那颗漠然的心开始了转变，每当有工作队的队员们过来帮她干活、和她聊天，她主动地与队员们聊天，工作队员们也热情地做她的思想转变工作。最终，经过工作队的启发和教育，她开始懂得了剥削制度是穷人受苦受罪的根源，认识到共产党是能替天下穷苦老百姓谋幸福的党。

在了解到这些情况以后，向秀丽的工作态度有了积极的改变，她开始主动找工作队汇报自己的情况，将自己在旧社会吃的苦受的罪全部告诉工作队的亲人。是的，她活得实在是太苦了、太累了，给地主家当婢女时，她曾经给地主倒过尿盆；当童工时，她曾经挨过资本家的毒打。这些伤害已经镌刻在向秀丽的心里，形成了一道道心灵上的伤疤，永远也无法愈合。她本来想将这些受过的苦永远地埋藏在心里，可是，在遇到工作队以后，她觉得自己终于找到了“翻身做主人”的感觉。于是，虽然还在私营的和平制药厂工作，向秀丽的思想却发生了积极的转变，并在厂里第一个申请参加了工会，成了一名光荣的工会会员。

在工作队的帮助下，向秀丽进步很快，在1952年，由于工作出色，她当选为和平药厂的工会组织委员和基层工会女工委员。那时，新中国虽然建立了，可是，却还没有彻底地完成公私合营，资本家依然过着高高在上的生活，自然，对工人的克扣剥削也是家常便饭。作为工会组织委员，向秀丽便主动地做身边同事的思想工作，可因为药厂还是资本家的，所以，任凭向秀丽说破嘴皮，同事们参加工会的积极性依然不高。最终，在一次对同事的说服工作失败以后，向秀丽的工作积极性也受到了打击，但这还不是最致命的，最致命的事情是她积极参加工会的事情，也有人向药厂老板告了黑状。她被老板当成了眼中钉肉中刺，打击报复也接踵而来。这些打击使向秀丽丧失了信心，觉得虽然党组织派来的工作队是工人的靠山，可制药厂毕竟还是资本家的，想要实现“工人当家做主”的梦想，那简直是痴人说梦。

在那段时间里，向秀丽的工作热情不再高涨，工会的活动她参加得也少了，仿佛又回到了以前漠不关心的样子。党组织和工会组织也感受到了向秀丽态度的变化，于是派人来找向秀丽谈心，让她坚定自己的想法。最终，积极的向秀丽又回来了，她不顾资本家的强势打击与有些落后同事的排挤，积极地做同事的帮扶工作，并勇于拆穿不法资本家的剥削阴谋。

其实，不只是向秀丽，制药厂里很多工人的思想，也在激烈地斗争着，他们一开始都对共产党建立的新政权抱有好感，可是，在看到制药厂依然姓资的时候，很多工人的热情也受到了打击，工作上消极不说，还出现了一些不好的浪费现象——工人们想，反正浪费的也是资本家的东西，跟自己有什么关系？作为同事，向秀丽对于工人们想什么自然非常清楚，于是，她就告诉工人们，尽管工厂还是资本家的，可是，在中华人民共和国这块土地上，所有的一切都是属于人民的，所以，浪费的材料不仅仅是资本家的，也是属于新中国的，为了新中国的建设，必须增产和节约。经过向秀丽反复劝说，一些思想先进的工人也开始认识到问题所在，跟着向秀丽一起揭发不法资本家的阴谋，并一起想办法开展增产节约运动，使制药厂的生产得到了快速的恢复和发展。

1953年，向秀丽正式成为何济公药厂工会委员。1954年，她又进一步加入了团组织，此后，向秀丽积极投入到制药厂的公私合营进程中。1956年，公私合营在全国全部完成，这意味着所有的人都成了国家的主人，不再是地主资本家的劳动工具。也是在这一年，一心想要加入党组织的向秀丽，向党组织递交了入党申请书。在当时的向秀丽看来，能够从一名婢女成长为一名工会委员，只有在伟大的中国共产党的领导下才能实现，所以，她要加入伟大的中国共产党，更好地为人民群众服务。向秀丽同志的入党决心非常大，她也用自己的实际行动感动了党组织，最终，经过一番考察，向秀丽同志于1958年正式加入党组织，成为一名光荣的中国共产党党员。

党员向秀丽是以主人翁的姿态出现在工作中的，她时常在想，在国家和个人的利益发生冲突的时候，她会毫不犹豫地献出自己的生命，因为红色政权来之不易，是无数革命先烈抛头颅洒热血换来的。所以，工作中的她任劳任怨，经常加班加点毫无怨言，用自己的实际行动履行着当初对党组织的神圣誓言。

1958年12月31日，向秀丽和罗秀明、蔡秋梅两名女工一起，正在四楼化工车间加班生产“甲基硫氧嘧啶”。向秀丽看到一旁的罗秀明正费力地将一瓶50斤的无水酒精往量杯里倒，向秀丽非常热情地走上前，主动帮助罗秀明倒酒精，一开始，两人配合得十分默契，可是，就在向秀丽开始倒第三杯酒精时，手一抖的工夫，酒精瓶一下子掉在地上摔得粉碎，瓶身破碎后，瓶里的酒精便向着楼下流了下去，而车间里有十个烧得正旺的煤炉，如果让酒精流到煤炉里，瞬间就会引起大火。更可怕的是，七大桶接近半吨的用煤油浸泡的金属钠，就放在离酒精倾泻处不远的地方，而金属钠遇到水或者高温便会立即发生爆炸，如果不及时阻止酒精的流向，制药厂被炸掉不说，也会给附近的居民楼造成严重的损失。

看到酒精快速地向外流出，再看到那十个煤炉，还有不远处的金属钠，刚刚反应过来的向秀丽本能地脱掉了帽子和外套来拍打酒精，试图改变酒精的流向，可是，酒精是液体，根本就阻挡不住。已经来不及多想了，向秀丽猛地伸出双手去阻挡酒精流向金属钠，只一刹那的工夫，大火便烧向了向秀丽。同事一看着火的向秀丽，也被眼前的一幕吓傻了，向秀丽忍着烈火焚身的疼痛，冲着两位同事高声喊道：“不要管我，快去找人救火……”

金属钠被高温炙烤得已经冒起了白烟，情况已经万分危急。

在生与死的关头，向秀丽用自己瘦小的身躯，拼命地阻挡着大火的前进，用自己的生命践行着当初入党时的誓言：为共产主义奋斗终生，随时准备着为党和人民牺牲一切，永不叛党！

燃起的大火最终被紧急赶过来的工友们扑灭了，向秀丽却因为用身体阻挡烈火而被严重烧伤，她的膝盖被烧得甚至可以看见骨头。看着浑身乌黑的向秀丽，所有在场的工人们都流下了热泪，可是，此时的向秀丽却已经听不到同事们的哭泣，因为她已经陷入重度昏迷中。

救护车紧急启动，将向秀丽送到附近的医院，医生们也被这位舍身保护国家财产的女英雄感动了，他们用尽各种办法来医治向秀丽。最终，在经过三天三夜的昏迷之后，向秀丽同志终于缓缓地睁开了眼睛，然而，她清醒后的第一句话却还是询问制药厂的情况，当医生告诉她大火被扑灭以后，向秀丽的脸上露出了一丝微笑。

虽然已经被严重烧伤，可是，在生命的最后时刻，向秀丽却不肯向死神低头，当疼痛实在难忍的时候，她就紧咬着牙关，甚至是咬住塞在嘴里的毛巾，就是不肯呻吟一声。她的坚强精神感动了很多人，就连救治她的医护人员，也被她的坚强所感动。可是，向秀丽再坚强也无法感动死神，在被烧伤33天后，她离开了尚不足两岁的儿子。逝世时，她年仅25岁。1959年1月18日，中共广州市中区委员会举行隆重的追悼大会，追悼救火的人民英雄向秀丽，同年，广州市人民政府追认向秀丽同志为革命烈士。

英雄惜英雄，英烈赞英烈！

在很多人看来，英烈们尽管为人民献身的方式不同，可是，他们的精神却是一致的。1962年2月8日，时年22岁的雷锋在日记中写道："我决心永远学习向秀丽同志坚定的阶级立场，敢于斗争的精神；学习她耐心帮助同志，处处为集体谋利益的精神；学习她工作极端负责任；学习她对党对人民无限忠诚；学习她爱护国家财产胜过爱护自己生命的精神；学习她在紧急关头挺身而出、英勇牺牲的精神，把自己锻炼成为一个坚强的无产阶级革命战士。"在写下这段日记半年以后，雷锋也化成了中华人民共和国的一面光荣旗帜，他与向秀丽同志一样，成了无数人学习的革命楷模。

从何福庆老先生创办"何济公药行"的济世救民经营理念，再到何济公制药厂向秀丽同志的舍生取义，再到雷锋同志成为人民群众学习的楷模，他们的精神其实都是一样的，那就是为了让更多人活得更加幸福，他们随时愿意奉献自己、服务别人。

英雄是不逝的，英烈是永恒的，从此，“向秀丽精神”成了何济公制药厂的红色基因，也成了这家企业最有感染力的企业文化。为了继承和发扬向秀丽精神，1960年，何济公制药厂成立了“向秀丽青年突击队”，号召全厂干部职工主动投身到服务他人的事业中去；为了使向秀丽精神得到更好的弘扬，每任突击队队长都由制药厂的团委书记兼任。

再后来，广药集团组建了“向秀丽·雷锋志愿服务队”，而从1960年走来的志愿服务队，已经走过了60年的光辉岁月。多年来，志愿服务队深入敬老院、公交车厢、校园、社区、部队等社会各个领域，服务企业、服务社会、服务大众，开展以爱党爱国为主题的“双拥”活动，开展慰问南沙守备部队、慰问军嫂等活动。

就拿见义勇为跳水救人的“跳水哥”胡跃东来说，他本身就是一名光荣的志愿服务队队员。2012年8月8日晚上7时许，热爱健身的胡跃东像往常一样沿着珠江跑步锻炼，跑到中山大学北门附近时，耳边忽然传来了“救命”的呼喊声，胡跃东循声跑去。江岸，“快来救救他”的声音此起彼伏，江中，落水的人时而浮出水面，时而沉入水中，正不停地挣扎。胡跃东见此，立即跳入水中，此时，中山大学的姚鸿鹄，也跳了下去，两人不约而同地游向落入江水的大叔。经过两人的施救，终于将这位落水的大叔救回到岸上，岸上的人们报以感谢的掌声，胡跃东、姚鸿鹄却在确定落水大叔并无生命危险后，悄悄地离开了事发现场。

救人的善举经过媒体广泛报道后，全广州发起了寻找英雄“跳水哥”的行动，最终，人们找到了广药集团王老吉药业的职工胡跃东和中山大学的学生姚鸿鹄。面对媒体的采访，胡跃东有些腼腆地说，遇到别人需要帮助的时候，一定要义不容辞地伸出援助之手，这是一个青年人应该做的。

广药集团作为向秀丽精神的发源地，对于胡跃东舍身救人的义举给予了重奖；先进事迹被报道后，胡跃东也受到了广州市见义勇为基金会的嘉奖，并先后荣获“广州青春榜样”“广东省五一劳动奖章”等荣誉。面对鲜花和掌声，胡跃东表示，这些荣誉让他感到身上的责任很重，今后，他将继续严格要求自己，从自身做起，多参加公益志愿活动，发动更多的人奉献爱心。

广药集团也向正在上大学的姚鸿鹄发出了邀请，等到姚鸿鹄大学毕业后，广药集团将对他优先录取。荣誉总是与爱心相伴，人民没有忘记姚鸿鹄舍身救人的义举，姚鸿鹄先后荣获“广州青春榜样”“广州首届季度平民英雄”等荣誉称号。

在获得这些荣誉以后，姚鸿鹄并没有留下奖金，深受向秀丽精神感染的他，选择将这些钱全部捐出，并且他还积极地参加广州市社工志愿者活动，利用课余时间坚持做公益。姚鸿鹄觉得，帮助别人是最快乐的事情，因为生命的长度是有限的，可是帮助别人的善举是无限的。为了更好地提升中国西部的教育水平，姚鸿鹄大学毕业以后，主动申请赴西藏支教，成为一名支援西部的人民教师。他用自己的实际行动，努力践行着向秀丽“舍己为公、敬业奉献”的爱国精神。

如今，向秀丽同志已经离开60多年了，在这期间，千千万万个广州志愿者用自己的无悔付出，建设着这座美丽的花城；无数个志愿者用真情与挚爱，托起了一座文明友善的“志愿之城”。

焊工周冲托举生命

三楼之上，身材瘦小的周冲伸出右手，全然不顾自己的安危，愣是在空中托举着这位女孩十几分钟，其实，在很多人看来，他举起来的不仅仅是女孩的生命，也是一颗无私的大爱之心，更是一位志愿者的大美风采。当时的这个场景，引得全国媒体争相报道，周冲一时成为全国家喻户晓的明星。

周冲是湖北孝感人，孝感动天的传说就诞生在周冲的家乡，出生于1989年的周冲，就是听着孝感动天的故事长大的。从小，他就特别善良，也特别懂事，他不愿意爸爸一个人干活养育家里的三个孩子，所以，他就跟爸爸妈妈商量要外出干活挣钱，起初爸妈不同意，可是又拗不过他，只好答应让他出去闯荡一番。离开家乡的那一年，周冲只有13岁。

打工挣钱不容易，这几乎是所有打工者最心酸的感叹，周冲也不例外。外出半年以后，没有挣到钱的他回到了家乡。看到出门时100多斤的周冲现在瘦得只剩90多斤的时候，妈妈抱住周冲放声痛哭。周冲明白，要想改变自己的命运，就必须有一技之长，于是，他前往贵州学习电焊技术。那时，他一个月只有50元钱，因为挣的钱实在是太少了，他没有为自己买一件新衣服，即使是裤子上破了三个洞。每日的劳累让年少的周冲尝尽了生活的辛苦，可是，那颗善良质朴的心却从来没有改变过。

广州是中国的一线城市，也是周冲年少时的向往，在23岁的时候，他漂泊到广州。为了解决温饱问题，周冲便在一家小超市里干活。超市不包吃，一个月也只有三四百块钱的工资，这点钱在繁华的广州连吃饭也不够，没有办法，周冲只能拼命地省钱，最困难的时候，他每天只吃一顿饭，其艰难情况可想而知。

2012年6月3日上午，周冲出门去应聘工作，当他经过广州天河区东圃怡东苑小区时，忽然看到那里聚集了一些人，人们都抬头向着楼上看去。不知道发生了什么事的周冲，就好奇地顺着路人手指的方向看去，只见一位小女孩的头部卡在防盗窗上，身体悬在半空，随时都有从四楼防盗窗上掉下来的危险，就算是不掉下来，头部持续卡在防盗窗上，也迟早会出现窒息。

正当大家束手无策时，周冲灵机一动，向着楼梯口跑了过去，当他爬到三楼顺着防盗窗爬出去的时候，这才看到距楼下地面有十几米的距离，周冲不免害怕起来，可是为了抢救悬在防盗窗间的女孩，他牙一咬心一横，终于站到了三楼防盗窗上。

在不能确定防盗窗能否承受自己的体重时，他急中生智，一边用左手紧紧地抓住防盗窗的铁栏，一边用右手尝试着去托小女孩……

“你快下来，小伙子，这样做不是办法！”

好心的路人们不停地提醒着周冲，而此时的周冲全神贯注地举着右手，试图让女孩的脚站在自己的手上。只托举了三五分钟，周冲就觉得右胳膊极度酸麻，汗水也顺着他的额头流了下来。

女童一直耷拉在空中，花架正好卡在她的喉咙部位，哭声渐弱，周冲知道如果自己不能使劲将女孩托起，迫使头部离开紧卡了女孩喉部的钢筋横档，女孩子将会完全窒息。眼看女孩的嘴巴开始吐白沫，而自己右手的力气几乎要耗尽，他就大声地说：“小朋友，你试试能不能踩着我的手爬上去？”

被卡在四楼防盗窗上的小女孩根本无力往上爬，自己的手臂已经麻木，一旦手臂放下来，小女孩的生命将会……他不敢想，唯一能做到的是咬紧牙关哪怕是坚持一分钟、再坚持一分钟。这时，站在楼下的围观群众也着急地向小朋友喊道："小朋友，你蹬着叔叔的右手再尝试一次往上爬，相信叔叔能托着你，你试一试，你一定能行的。"

小女孩蹬了一下周冲的右手，周冲的身子一个趔趄，底下的路人发出一阵悲惨的尖叫。他们不希望这个好心人再有个什么闪失，此时的周冲，凭借自己曾经有过高空作业的胆识，在身体打趔趄时左手没有松懈。但防盗窗因随着自己的趔趄而摇晃，如果防盗窗承受不住，周冲将有坠落在地面的危险。在自己的生命与小女孩的生命安全面前，周冲想得更多的是小女孩，全然忘记了自己危险的处境。时间一分一秒地过着，头上的汗水流到了周冲的眼睛里，刺激得他眼睛生疼，唯一的信念是用自己的最后毅力保持着托举姿势，为救援争取时间从而挽救小女孩的生命……

楼下的路人们也是着急了：如果再这样下去的话，那个小伙子有可能支撑不住掉下来的！好在先前已经有人报了警，交警们赶到现场后，立即砸开四楼的门，并让五金店的师傅锯开了防盗窗，与周冲一起将小女孩成功地救了下来。

被卡在四楼防盗窗的女孩琪琪得救了，可是，这位托举过女孩的好心人呢？当外出买糖的女孩外公回来，听众人说起刚才外孙女遇险的事情时，一边为自己的大意而懊悔，一边为刚才救下外孙女的"托举哥"而感动。他跑到楼下找了半天，也没有发现"托举哥"，于是在心里暗暗发誓：好心的"托举哥"，我一定要找到你。

好心人，你在哪里？

托举哥，你在何处？

天河区发布了"寻找好人"的启事，各大媒体也迅速跟进报道，网络也在传播"托举哥"救人的英雄事迹。

网络的力量是无穷的，媒体的力量是巨大的，在这个互联网的时代里，如果想找一个人，无论你在哪里都能找到。经过媒体的报道，周冲救人的善举在素有"善城"美誉的广州成为美谈，一时之间，寻找好心"托举哥"引爆舆论。最终，在周冲朋友的帮助下，媒体记者在天河区东圃珠村的出租屋里，找到了刚刚从超市下班回到住地的他。

面对媒体的采访，周冲有些腼腆地说："其实，在当时那种紧急的情况下，我只是做了我应该做的，因为我以前在武汉做过高空活，所以，才敢冲上前去，而当时救人的并不只是我一个人，还有很多的路人和警察。"

记者问他："当时救人，在那么高的地方站着，一点也不害怕吗？"

周冲笑了笑，说："可能楼下看的人比我还要害怕吧，我当时只是一心要救人，已经顾不上害怕了，现在想来，才觉得有些后怕，因为我根本就不知道那个防盗窗能不能承受得住我的身体重量。"

……

"托举哥"周冲出名了，天河区政府领导来出租屋里看望周冲，并送上了五万元的慰问金和一张荣誉证书。面对着前来慰问的领导，周冲一个劲地说自己没有做什么，只是尽到了一个路人的本分而已。朴实的语言令领导非常感动，并鼓励周冲在包容的广州城里好好干，争取将来落户到广州，为广州城的发展建设做出更大的贡献。

周冲记住了领导鼓励的话语，而身边无处不在的"西关小屋"，还有无数志愿者的身影，更让周冲打心眼里觉得，美丽的广州就是他实现梦想的地方，他也更加坚定了在广州创业与做志愿者的想法。

因为善举引爆了舆论，很多人都知道了周冲生活的窘迫，很快，先后有11家不错的企业向周冲伸出了橄榄枝。这些企业提供的都是月薪万元以上的管理岗位，周冲也确实有些动心，但对到哪家企业上班，他还是觉得有些为难。为此，他将电话打给了远在湖北孝感老家的妈妈，妈妈在电话里告诉周冲："周冲啊，我们农村出来的人，要做自己能做得来的事，不要让别人在背后说咱们的闲话……"

周冲出名了，可是出了名的他却没有"飘"，他在心里一遍遍地告诫自己，一定要保持农村人的本分。最终，他没有选择那些看起来不错的企业，因为妈妈告诉他，他要依靠自己的双手，依靠自己的技术在广州打拼。

这时，广州港集团找到了周冲，说是有一份电焊维修工的工作特别适合他，听说能继续做焊工，周冲心动了，他正式成为广州港集团黄埔港务分公司一名普通的焊接维修工人。

为了让周冲的职业之路走得更远，广州港集团还为周冲打造了一整套的培训方案，包括叉车上岗证培训、焊工上岗证培训、内燃机械维修职业资格证培训，还让周冲参加广州港技校的学历学习，培养周冲的港口专业技能。周冲对广州港为他做出的职业规划特别满意，感恩的他逢人便说广州港的领导对自己好，他也下定了决心，要更加努力地工作和学习，来回报广州港集团领导对自己的厚爱。

周冲一“举”成名后，他把业余时间更多地放到了志愿服务事业上，他觉得，只有把有限的时间投入到无限的志愿事业中，才能够不负韶华。周冲进入广州港集团上班以后，让他感受最深的还是安全，企业要想发展，安全是第一位的，所以，周冲就将在广州港集团学习到的安全知识，在参加志愿服务时向大家做宣讲。他常说的一句话就是“安全高于一切，责任重于泰山”，可能对于别人来说，这只是一句口号，但是对于“中国好人”周冲来说，却是要实实在在推广的志愿服务课题。

2014年，为了进一步推进黄埔区平安志愿服务工程项目建设，周冲发起成立了“周冲平安志愿服务队”。因托举而成名，所以，“平安”两个字对于他来说，也有着特别的意义。因为周冲来自农村，更因为他本身就是一名打工者，所以，他更能深刻地体会到外来务工子女的不易，于是，他就将“周冲平安志愿服务队”的志愿职能分成两个部分，一部分是倡导平安与安全的理念，还有一部分就是给黄埔区外来务工人员子女和外来工子弟学校提供志愿服务，通过“七彩课堂”进校园、对外来务工子女爱心捐赠等一系列活动向广州师生、务工人员普及安全知识。

周冲的志愿爱心与慈善义举也影响了很多人，曾经有一位高中女生给他写信说："周冲哥哥，因为您的救人义举，我也开始积极地参与志愿者活动，经常利用周末的时间，跟着爸爸妈妈一起参与志愿活动，现在，我的志愿时间也快达到两百小时了。"

认真看完这封信后，周冲深受感动，他没有想到自己的一次救人善举，能够影响那么多人。而这封信也让周冲坚信，只要是做好事做志愿服务，就一定可以影响更多人，而这么多人共同奉献出的志愿爱心，就一定能促进整个广州的文明进步。

工作中的周冲总是兢兢业业，他说要用努力工作来回报领导的厚爱。

生活中的周冲努力做着公益，他说要用更多的义举来感动更多的好人。

他是这么说的，也是这么做的。由于他刻苦学习与顽强拼搏，2014年，在广州港集团焊工竞赛中，周冲用优异的技能获得第一名，取得了高级焊工资格，让所有同事都对他刮目相看。2015年，他被评为"广东省劳动模范"。2018年，他升任黄埔港务分公司安全检查组副组长，正式成为一名管理人员。

一"举"成名后，周冲一直脚踏实地地做着志愿服务，不但如此，他还带领着同事和亲戚朋友们一起参加志愿行动，他常说的一句话就是："一花独放不是春，百花齐放春满园。"在广州城里，无论是在天河区还是在黄埔区，都有以他名字命名的"志愿驿站"，而每当看到以自己名字命名的驿站时，周冲就觉得自己做得还不够好。所以，他几乎每年都参加义务献血，也曾多次去养老院看望孤寡老人，他积极地发动身边的朋友为山区扶贫做贡献，而在广州的街头，他也曾经做过交通指引员。

周冲的无私志愿行动，赢得了家乡人民的高度赞赏，乡亲们都为家乡出了这么一位优秀的"托举哥"而骄傲，孝昌县也成立了"周冲志愿服务队"，并通过一系列的志愿行动，来向家乡好人周冲致敬，将周冲的善举在家乡大力弘扬。

这些年里，周冲先后荣获了"中国好人""全国道德模范提名奖"等数不清的荣誉。在2013年，他获得全国道德模范提名奖，与其他获奖人一起受到了习近平总书记的亲切接见。而更令周冲没有想到的是，2018年10月24日上午，习近平总书记在参观“大潮起珠江——广东改革开放40周年展览”时，作为广东改革开放40周年的群众代表之一，周冲再次受到了总书记的亲切接见。当时，激动的周冲向总书记汇报了广州港的发展情况，总书记也很关心广州港的发展，并要求广州港促进港口的协调发展，共同推进粤港澳大湾区的建设。当面听到总书记的亲切鼓励，周冲特别开心特别激动，他激动地对总书记表示：绝不辜负总书记的厚爱，一定要与所有的职工一起把广州港建设好，用优异的成绩向总书记汇报。

如今的周冲已经当选为广东省青联副主席，依然保持着质朴的本色，做志愿服务的心从来都没有改变过，他还像以前一样，继续脚踏实地做着志愿服务。他说：“是广州这座志愿之城给了我发展和希望，我也要用更多的志愿服务，来回报这座给我温暖和梦想的美丽城市。”

平凡善行书写东方传奇

广州是一座善美之城、一座志愿者之城，每天都上演着陌生人的善行义举。

2020年5月25日，“托举哥”的救人故事又一次在广州的街头上演，不过，这次的主人公不是周冲，而是另一位好人——广州三堂顺丰速运有限公司快递员李佳峻。事发当天，他正在番禺市桥街怡乐园小区派件，忽然，他听到了“救人”的呼喊声，循声看去，只见在一小区的三楼出现了惊魂一幕，一名男童被卡在防盗网中间，身体悬在空中，正哇哇大哭，而两名家人正探出身来，一左一右地合力往上拽这位男童。可是，任凭家人们怎么拉拽，都无法把男童从防盗网中拉上来。

楼下围观的路人越聚越多，所有人都非常着急，有的人拨打了110报警，可是，警察即使以最快的速度赶来，也至少需要五分钟，可两名家人已经精疲力竭。

眼看着小男孩随时都有可能掉下来，李佳峻将派件的三轮车停在墙角，然后踩着三轮车的车顶就上了墙，接着，借着楼外层的防盗网慢慢地向着三楼爬去。

徒手攀爬，没有任何防护措施，如果李佳峻没有抓稳或者是脚底打滑，那么，他随时都有可能掉下来！本来，所有人都在为小男孩担心；此时，站在路上想主意救人的路人，更为这位挺身而出的快递小哥担心，所有的人都为他屏住呼吸。

此时的李佳峻根本无法顾及好心人的嘱咐，他的注意力全在悬于空中的小男孩身上。他小心翼翼地往上爬着，并站到了二楼外墙的防盗网上，接着长长地呼了一口气，伸出双手托起了小男孩，屋里的家长也合力把小男孩往上拉——小男孩得救了！

楼下已经响起了一片掌声，李佳峻如释重负，这才发现，由于刚才自己太过紧张，脸上已经流出了汗水。在众人的注视下，李佳峻又慢慢地爬下了楼。当他的双脚踏到地面的那一刻，很多人过来围住了李佳峻，有的人还冲着李佳峻喊道："小伙子，你真棒，刚才可真是谢谢你，如果没有你挺身而出，后果真是不敢想象啊。"

李佳峻被众人夸奖得有些不好意思，就笑着说："其实，我也没有做什么，不管是谁，在刚才那种危急的情况下，都会那样做的。好了，我还要去送件，咱们再见。"

说完，李佳峻便向停在墙角的三轮车跑去。此时，小男孩的妈妈刚刚从楼上跑下来，她气喘吁吁地跑到李佳峻的面前，说："好心的快递小哥，谢谢你刚才救了我儿子，你叫什么名字啊？"

李佳峻说："咱们不用客气，好了，我该走了，咱们再见。"

小男孩的妈妈着急地喊道："好心人，你到底叫什么名字？我该怎么感谢你啊？"

李佳峻已经发动了快递三轮的电门，三轮车往前行驶，他回过头来，对站在路边的小男孩妈妈大声地喊道："你就叫我快递哥吧，记住了，发快件找顺丰，保你一入顺丰，一路顺风。"

小男孩的妈妈看着李佳峻的背影，想到他穿着顺丰的工作服，马上掏出手机拨打了顺丰的客服电话，并从客服工作人员那里得知，刚才救下自己儿子的快递小哥叫李佳峻。为了表示对李佳峻的感谢，小男孩的妈妈从顺丰工作人员那里要来了李佳峻的微信号，并转给了他两千元钱。

李佳峻看到小男孩妈妈转过来的钱，并没有收，而是用微信回道："您不要客气，我想不管是谁，在当时那种情况下都会那么做的，我只是做了一件我应该做的事情。”

小男孩的妈妈收到了两千元的转账退款，几乎是第一时间将钱又转回去，可是，24小时以后，钱又被退回来了。小男孩的妈妈被李佳峻的精神感动了，她逢人便说是这位顺丰小哥救了自己孩子的命，可是，却不知道该怎么感谢这位快递小哥。

“托举哥”李佳峻的救人事迹，很快便在广州的大街小巷传为美谈，番禺区见义勇为基金会为表彰李佳峻的英勇行为，为其颁发了证书和奖金，并号召全社会向他学习。

同为“托举哥”，很多人都会把李佳峻与周冲做比较，对此，李佳峻笑道：“周冲不但是有名的‘托举哥’，还是全国闻名的道德模范，我以后一定多向周冲学习，争取以后也能像他一样做更多的志愿服务，为广州市的发展做出更多的贡献。”

好人李佳峻的救人事迹感动了很多人，他也慢慢地向着志愿组织靠拢。而在“善城”广州，还有无数个感人故事在这片多情的土地上演绎着。其实，很多人做志愿公益活动，用的都是业余时间，而有一位好人，却放下了本职工作，全身心地投入到公益事业当中。

这位好人叫李晓辉，1992年，19岁的李晓辉怀着发家致富的梦想，从湖南老家来到广州，确实，广州这座涌动着财富梦想的城市对于全国人民来说都很有吸引力。刚来到广州时，李晓辉吃了很多苦，受了很多罪，最终，经过打拼，他在华师附近开了一家广告装潢店，这在很多湖南乡亲看来，他的事业已经算是小有成就了。李晓辉虽然也这么认为，却总感觉生活当中缺些什么，至于缺些什么，其实那时的他还真说不出来。

2008年初，南方雪灾造成了广州火车站大批旅客滞留，李晓辉的老家湖南与广州一样，也是受雪灾严重影响的区域。当时，他来到广州火车站外，看到人山人海，到处都是无助的旅客，他的心里很着急，觉得有必要伸出自己的双手来帮助他们。于是，他就找了一家志愿组织报了名，在广州火车站做公益服务。那一年春节，他没有回老家湖南，尽管没有回老家与亲人们团聚，可是，这一次参加“抗冰雪，保畅通”的公益志愿行动改变了他的一生。

2008年，被称为中国志愿服务元年。那一年，李晓辉积极地为汶川地震捐款，并参加了2008年5月7日北京奥运圣火在广州传递的志愿活动，更令他没有想到的是，由于他与队友们的志愿服务工作特别出色，他所在的团队还获得了北京奥运火炬志愿优秀团队奖。这一下，李晓辉更“疯”了，他经常没日没夜地投入到志愿服务工作中，哪里有需要，哪里就有他的身影，他几乎把工作以外的时间全献给了志愿事业，而这也严重影响了广告装潢店的生意。

李晓辉的妻子也是一个特别有爱心的人，对于李晓辉做公益志愿服务，她当然是支持的，可是看到丈夫为了志愿服务竟然连生意也不做了，妻子就有些不高兴。李晓辉也不傻，当然知道妻子为什么不开心，所以，他就好言劝妻子说：“与那些需要帮助的人相比，我们的日子已经很好了，我真的很想去帮助他们，广告装潢公司的事您就多费心吧。”

听李晓辉这么说，心软的妻子就理解了丈夫，因为做志愿服务不是出去花天酒地，而是实实在在地做好事，她当然应该全力支持。

可是，再好的妻子也无法理解丈夫抛开生意只做志愿，而李晓辉却真的这么干了。转眼之间，激情澎湃的广州亚运会到来了，作为生活在广州的一员，李晓辉特别高兴。为了能够腾出时间来专心致志地为广州亚运会做志愿服务，李晓辉就想在亚运会、亚残运会召开期间，将广告装潢公司关门一个月。当他将想法跟妻子提出来后，却遭到了妻子的坚决反对。

妻子说：“你做志愿服务我不反对，可是，你把咱们开的公司关门一个月，我是说什么也不能同意，你说说你，你还有个做生意的样子吗？你知道关门一个月，我们要损失多少钱吗？”

李晓辉满脸堆笑地说：“我这不是跟你商量吗？我们也不是一直关门，为了亚运会，咱们关门一个月，难道不行吗？”

妻子斩钉截铁地说：“不行，这个事说破了天去也不行。”

李晓辉继续劝道：“你听我说嘛，这是广州举办的第一次亚运会，全世界的人都看着咱们哪。再说了，广州也不是天天办亚运会，人这一辈子能够在家门口看一次亚运会，那就是福气。我想，公司关门这几天，我能有时间做志愿服务不说，你不是也有时间看比赛了嘛，要不这么着，我给你订你爱看的比赛票。”

听李晓辉这么说，妻子扑哧一声笑了出来：“真是服了你了。”

在整个广州亚运会、亚残运会举办期间，李晓辉一直在做志愿服务，他的努力付出也给人们留下了深刻的印象。举世瞩目的广州亚运会落下帷幕以后，李晓辉深刻地体会到，做志愿服务就是自己毕生的事业，他愿意将生命里剩下的时间全部奉献给志愿事业。

李晓辉就在想，想要全身心地投入“职业志愿人”的梦想，那就必须放下公司，可是放下公司以后的生活又该怎么办呢？

思来想去，李晓辉还是下了决心，他决定转让公司，在广州正式做一名“职业志愿人”。当李晓辉把自己的决定告诉妻子时，妻子彻底被他激怒了：“我说你是不是疯了？你如果不再开公司，那你以后吃什么喝什么？做志愿能填饱肚子吗？难道你准备让我跟着你喝西北风吗？”

李晓辉当然能够想到妻子会发火，不只是妻子，换作别人也会发火，可是，做志愿服务又是他的梦想，他不想轻易放弃，就继续满脸堆笑地说：“你看看，咱们的女儿也大了，她也能够挣钱养活我们了，我做志愿服务是挣不出吃喝来的，有女儿养着我们，你怕什么啊？”

其实，李晓辉已经理屈词穷了，他这么说完全就是在耍无赖，妻子没好气地说：“儿孙自有儿孙福，我们现在还不到五十岁，你就准备让女儿养你的老？你可真行。”

这时，也是志愿者的女儿插话了：“没事，妈妈，我也大力支持爸爸做志愿服务。人这一辈子啊，难得能干几件自己喜欢的事情，我支持爸爸，你放心，我肯定会养你们一辈子的。”

妻子还是坚决反对，可是，在女儿的支持下，妻子尽管不同意他转让店铺，也没有什么好的办法，只能由着他的性子来。最终，李晓辉将广告装潢公司转让了出去，他也由一位小老板正式成为一名“职业志愿人”。

李晓辉将公益事业的重点投向了助学，为此，他发动圈子里的人积极地捐献助学善款，帮助乡村的学生们改善学习条件。可是，要想动员别人捐款并不是那么容易的事情，很多计划好的助学项目因为资金不到位，他也只能作罢。为此，他思忖良久，终于想出了一个“公益+游历”的志愿服务模式。有了这个想法以后，他马上筹建了公益游助学兴趣小组，也就是通过AA制筹集物资和资金，购买文具、水壶、饭盒以及校服等，在去贫困地区游玩的同时，把学习物资送到需要帮助的乡村孩子手中。这种一边旅游、一边做公益的想法付诸实施后，立即受到了贫困地区人民的欢迎。

行走在志愿服务的路上，会有一群志同道合的人前来相助，从来都不会感到孤独。而既然要成为一名真正的“职业志愿人”，李晓辉就与朋友们一起在2014年2月，正式创办了齐志社会工作服务中心。这意味着他创办的志愿组织有了正式合法的身份，可是，万事开头难，资金没有，办公场地也没有，他们只好将东濠涌志愿驿站作为临时办公场地，尽管对于很多人来说，这个办公场地有些寒酸，可是，对于李晓辉来说，他已经感到非常满足了。李晓辉一边筹集善款做志愿服务，一边学习文化课，并在2016年考取了社工证，成为一名持证志愿者。

经过李晓辉多年的努力，他已经创立了“爱心书包”“爱心校服”“公益书屋”等品牌公益项目，为贫困地区建设“齐志公益书屋”达到29间，送出爱心书包9200套和爱心校服3200多套，并与爱心人士一起，为贫困山区筹集善款高达两百多万元。在志愿服务的路上，李晓辉一直在坚持着，他说：会继续用自己全部的努力，让齐志志愿成为更多人的爱心助手。

情暖花城的是一颗颗志愿的爱心，温暖羊城的是一个个义工的身影。

平凡的人，志愿的心，是那一个个平凡的志愿者，用自己的大爱温暖了广州城。“广州好人”何斌林，自2009年来到广州市颐和集团做校车司机起，就一边开校车一边做志愿服务，他助老扶幼，急人之所难，用一颗质朴的爱心诠释着志愿者的风采。

何斌林尽管工资不高，却一直热心于公益，是社区孤寡老人们最信任的人。有一次，一位孤寡老人急着出门去打针，可是屋门的锁坏了，根本锁不上门，管理处的人也一时束手无策，老人想让管理处的人帮忙看一下门，可是，管理处的人临时有事。无奈之下，老人想到了经常上门做志愿服务的何斌林。

当何斌林接到电话后，二话不说就向老人家赶来。老人握住他的手说：“小何啊，你可来了，有你在我就放心了，你帮我看一下门，等我打完针，我就回来。”

何斌林笑着问道：“老伯，您这么信任我啊？您就不怕丢东西吗？”

老伯笑呵呵地说：“不瞒您说，家里值钱的都放在抽屉里，别人偷走我心疼，可是，你拿走我不但不心疼，反而还挺高兴，因为你这几年照顾我也值这个钱，我一直还没给你钱哪。”

何斌林听老伯这么说，也知道老人家非常信任自己，就说：“老伯，我是跟您开玩笑的，只要您信任我，那我就给您守着家门，不但帮您守着，还帮您免费换锁。”

老伯听何斌林这么说，问道：“怎么？你把锁也买来了？”

何斌林笑道：“是啊，我经常来您家，当然知道你们家是什么锁，所以来这儿之前，我就去买了新锁。老伯，您放心地去打针吧，等您回来时，我保证您的门锁就可以正常使用了。”

听到何斌林这么说，老伯就点了点头，拄着拐杖向着社区医院走去。

老伯打完针回到家时，看到屋门锁已经换好了，何斌林并没有坐在屋里，而是一直站在门口等着老人回来。这可把老伯给感动坏了，他拉着何斌林的手连声地说着感谢的话，并请何斌林进屋里坐，可是，何斌林却因为要去接送学生，赶忙返回了校园。

何斌林的儿子一直在梅州老家读初中，当他从班主任那里得知儿子班上有几名贫困学生时，他就资助了他们。后来，何斌林的儿子查出患有严重的疾病需要治疗，这让何斌林的生活雪上加霜。

儿子的班主任得知情况后，便给何斌林打来电话，让他停止资助四名贫困生，何斌林却觉得，他现在确实有困难，可是儿子的病是能治好的，而这四名贫困生如果缺少了他的资助，肯定会立即陷入困境当中，所以，他坚决不同意班主任提出的停止资助的建议。

班主任听到何斌林说要继续资助这4个孩子，就在手机里继续劝说：“你可真是一个好人啊，你本身也不富裕，资助到什么时候是个头呢？”

何斌林想了一下，说：“至少我要资助到他们初中毕业。”

何斌林是这么说的，也是这么做的，他对这4名贫困生的资助一直持续到初中毕业，其中有两名学生还考上了梅州市重点高中。看到这些贫困生都很争气，何斌林感到很欣慰。

一开始，儿子对爸爸的资助行为并不理解，可是，一场大病下来，当他看到同学们都来医院里探望他时，他也感受到了同学友谊的弥足珍贵，更从同学们对他爸爸的夸奖当中，认识到了志愿服务的重要性，等到他病好以后，也跟何斌林一样，成为一名光荣的志愿者。

平凡的善行、感人的义举，志愿者的每一次行动，都如同爱的甘露滋润美丽的花城，而所有善行义举汇聚成的广州志愿故事，已经成为全世界瞩目的东方传奇！

“爱心妈妈”拾荒养弃婴

“只要人人都献出一点爱，世间将变成美好的人间……”这是著名歌唱家韦唯演唱的《爱的奉献》。而有一位可亲可敬的阿婆，被很多的弃婴称为“妈妈”，她不只是奉献了一点点的爱，而是把毕生所有的爱，都毫无保留地给了那些收养的弃婴。

她叫张菲，出生于中国人口最多的县级市——广东省普宁市。提起张菲，很多人都对她充满了敬意，因为尽管她没有结过婚也没有生过孩子，却在近40年的时间里收养了30多名弃婴，把一个母亲最质朴的爱百分百地给了她收养的孩子们。

那么，张菲为什么要这么做呢？其实，张菲本身也是一名弃婴，她刚刚出生，就被父母亲遗弃在马路边，如果不是一位好心的母亲收养了她，大概尚在襁褓中的她就已经离开人世。所以，自打记事起，她就特别懂事。养母吴妈妈也把无私的爱给了张菲，让张菲感受到了母爱的温暖。可是，这种快乐的时光并没有持续很久，在张菲8岁的时候，养母吴妈妈因病去世了。一直到现在，张菲都记得养母去世时的情景，当时的她觉得天都塌了。也是，本来就是一名弃婴，唯一能够给她爱和呵护的养母又去世，这以后的人生路，还怎么走呢？相信无论是谁碰到这种情况，都会发出一声无言的叹息。

养母走后，年幼的张菲独自一个人生活，为了能够吃饱饭，她只好靠着拾荒度日，偶尔有好心人给她几口吃的，她都会感到特别幸福，觉得天下还是好人多。张菲靠拾荒度日的生活也一直持续了18年。

转眼之间，张菲已经26岁了，长成大姑娘的她非常漂亮，也曾经有人给她介绍过对象，可是，却始终找不到情投意合的。有一次，她在拾荒的时候，看到一个被父母遗弃的女婴死在路边。看着这个无辜的孩子，她的眼泪流了下来，她觉得，这个弃婴就是26年前的自己，如果不是养母吴妈妈，她当年的下场也会同样凄惨。

这位死去的弃婴让张菲开始了新的思考，不行，她不能再任由这些弃婴死去了，她必须像当年自己的养母一样，用无私的爱，为这些尚在襁褓中的孩子送上生活的温暖，为他们撑起一片天。从见到那个死去的弃婴开始，张菲做出了一个改变她一生的决定：收养弃婴，用自己的生命来呵护他们的成长！

当张菲收养弃婴的消息传出后，很多认识她的人都觉得她是一个拾荒的人，根本就没有能力收养弃婴，如果说一些大老板或者是福利机构收养弃婴也就罢了，你一个连自己也养不活的人凑什么热闹？于是，有的人就来劝张菲，也有好心人来给张菲提亲，让她早些把终身大事解决了，这样的话，脑子就不会胡思乱想了。可是，张菲却一根筋，已经下定的决心，是九头牛也拉不回的。

其实，孩子是父母的心头肉，没有父母会狠心地抛弃自己的孩子，可是，这些被遗弃的弃婴却是例外，因为他们很多都有身体缺陷，也正是因为如此，父母们才会狠下心来。当张菲开始走上收养弃婴的人生路时，她就发现了这个问题。本来，她就没有收入，全靠着拾荒捡废品来过活，这一下可倒好，不但吃饭成了问题，还要再拿出钱来给孩子治病。

虽然生活更加窘迫，可是张菲却觉得心里很踏实，自从收养了第一个弃婴后，她就觉得有了可以相伴一生的人。她将第一个孩子取名为“吴敏”，用这样的方式来向养母吴妈妈表示敬意和感激。

在最开始收养弃婴的日子里，张菲一边拾荒一边照顾孩子，甚至为了多捡些可以换钱的废品，她要在垃圾桶边一直忙到深夜。看着她的生活越发地艰难，有些好心人便继续劝她将孩子送到福利机构，然后找个人嫁了，好好地结婚生子，过正常人的生活。

其实，这些话也曾经打动过张菲，她也曾经梦想过真正的家庭温暖，可是，每当看着自己收养回来的这些弃婴，张菲又放弃了刚刚活泛的念头，因为她舍不得这些既可怜又可爱的孩子，如果将他们送到福利机构，那么，谁来疼爱这些可爱的孩子呢？福利机构的人会比自己对他们更好吗？于是，她就选择继续自己带孩子。更有人劝她，收养弃婴不要紧，但是找个人嫁了完成终身大事也是重要的事情，何况，收养弃婴对成家立业的影响很小，何乐而不为呢？张菲又想，如果自己结婚生子，那么对于这些弃婴的爱肯定会有所转移和分散，于是，她完全放弃了结婚生子的念头，一心一意地扑到了照顾这些收养的弃婴身上。

人生中的每一个选择，都会对以后的人生路产生重要的影响，因为当初张菲选择了收养弃婴，所以，她注定了会成为这些孩子的保护神。为了能够生活下去，也为了能够更好地给这些孩子治病，张菲先后奔走于政府与慈善部门，政府部门也被张菲的精神感动了，特事特办地帮助她申请了救济金。可是，既要负责这些孩子的吃喝拉撒，又要给这些孩子治病，政府的救济金根本就不够，为了能够生活下去，张菲只得白天摆摊卖些小物件，晚上则要一直在垃圾桶边拾荒到深夜。

坚强执着而又富有爱心的张菲，感动了很多人，身边也有一些好心人士送来了钱和物资。张菲的心里充满了感激，可是，她却从来不对这些好心人提任何要求。曾经有一位大老板在送来钱和慰问品时，拉着张菲的手说："张妈妈，你是一位非常有爱心的妈妈，你有什么需要我们做的，请你尽管提，我们一定想办法来帮助你。"可是张菲却笑着说："谢谢你啊，好心人，你们给我和孩子们做得已经够多了，我给你们添麻烦了。"

张菲确实不愿意麻烦别人，她更愿意用自己勤劳的双手来养育孩子们，哪怕是日子过得苦些，哪怕是自己已经承受不了生活的苦，她也依然选择继续咬紧牙关硬挺着。

随着时光的流逝，最初收养的孩子们一天天地长大了，看着他们长成了大姑娘与小伙子，张菲的心里格外高兴，觉得自己所有的付出也都值了。她本以为，这些孩子，等到她岁数大了以后，会好好地孝敬自己，和她一起养育后来收养的弟弟妹妹。可是，有些孩子在长大以后，不但没有这样做，反而选择了离开，离开得很远很远，甚至连个电话都不打给张菲。对于这些，张菲也曾经埋怨过，可是，静下心来的时候，她仍选择了原谅和理解，因为这个家是一个大家，孩子们是注定要远走高飞的，不只是那些已经长大的孩子，就连这些正在养育的孩子也都一样，将来的某一天，他们也会远走高飞，飞到属于他们该去的地方。这难道不是她的心愿吗？当然是，因为张菲妈妈知道，从她收养弃婴的那一天起，她就为这一天而准备着。

“爱心妈妈”张菲40多年收养30多名弃婴的事迹，经过媒体的报道以后，在社会上引起了强烈的反响，很多公益组织和爱心人士纷纷向张菲伸出了援助之手。2011年，“广州好人”、暨大附属穗华口腔医院“关爱好人”工作站负责人肖金从媒体上看到了张菲的感人事迹后非常感动，主动带上身边的工作人员，来到普宁市慰问“爱心妈妈”张菲。当了解到张菲因为操劳过度，牙齿出现问题吃不了饭时，他当即给张菲买了前往广州的机票，并联系了自己所在的医院领导。医院领导在得知张菲的情况后，当即拍板免费为张菲治疗牙齿，还动员医院医生、护士及社会上有爱心的人士积极捐款捐物，尽最大可能地帮助张菲和她收养的孩子们。

肖金作为一名资深志愿者，也曾经问过张菲具体需要哪些帮助，可是张菲还是那句老话：“已经够好的了，谢谢您来帮助我，我给你们添麻烦了，我现在没有什么需要，以后有需要我再麻烦您。”虽然张菲这么说，可是肖金却是一个热心肠，他发现张菲妈妈收养的这些弃婴，很多都患心脏病、脑瘫、唇腭裂等疾病，这些疾病必须得到尽快治疗，否则会影响孩子的一生。

于是，肖金多次协调广州市的医疗机构，并送张菲妈妈收养的13个孩子来到广州治病。同样具有爱心和同情心的肖金与张菲，两个人的友谊越来越深，其间的亲情互动已经超越了一般的家人关系。这种发自慈善之心的友谊最让人们感动，也最应该得到人们深情地铭记。

肖金成了张菲妈妈无话不谈的好朋友，他曾经对张菲笑道："张菲妈妈啊，我其实挺敬佩你的，到现在为止，我一直在思考一个问题，就是你把你的全部都给了这些孩子，而自己却既没有结婚生子，也没有去做自己喜欢做的事，你觉得这样值得吗？"

张菲妈妈叹了口气，说："既然已经选择了慈善之路，我就不会感到后悔。尽管在别人的眼里，我的人生并不完美，可是，对于我来说，能够帮助这些弃婴，就是我人生中最大的收获，当然值得。"

这一番话，把肖金这位"广州好人"给彻底地感动了，是啊，张菲妈妈就是这么一个人，她不图名不图利，图的就是这些孩子能够健康快乐地成长。肖金不知道还应该为张菲妈妈做些什么，就说："张菲妈妈，您需要我做什么，请你尽管告诉我，我一定会和所有的爱心人士一起来帮助你的。"

张菲妈妈还是那句话："谢谢你啊，肖金，你是当之无愧的'广州好人'，你对我的帮助已经够多了，我给你添麻烦了。"

选择用一生来收养弃婴，就选择了清贫一辈子，喜欢硬扛的张菲妈妈，总有扛不过去的时候，因为家里还有十个孩子需要照顾，每月的生活费都是一笔巨大的花销，何况还要再拿出钱来给孩子治病，这让本就生活拮据的张菲妈妈感受到了巨大的生活压力。有一次，因为孩子得了急病需要救治，而张菲妈妈又没有钱，实在扛不过去的她就打电话给广州好人肖金。接到电话的肖金感到纳闷，因为张菲妈妈一般不会轻易地给他打电话的，既然打电话，那肯定是有事情。肖金立即按下接听键，电话那头传来了慈祥的声音："肖金，你那里还有钱吗？能不能先借我一些？等我下个月卖了废品我就还给你。”

肖金心里非常纠结，他知道张菲妈妈是一个不轻易张嘴的人，更是一个借钱必还的人，如果借钱给她，那么凭着张菲妈妈倔强的个性，她就是砸锅卖铁，也是一定要还上这个钱的，这对于生活本就非常贫苦的张菲妈妈来说，无异于雪上加霜。可是如果说不借吧，肖金又实在是说不出口，因为凭着他对张菲妈妈的了解，他知道张菲妈妈无法接受自己直接把钱打给她。

怎么办？稍一沉思的时候，电话那头的张菲妈妈说话了：“肖金，如果有难处就算了，我再找别人想想办法吧。”

肖金一听，知道张菲妈妈误解了自己，就赶紧在电话里解释道：“张菲妈妈，我不是那个意思，你放心，你提出的问题，我一定想办法帮助你解决。”

为了照顾张菲妈妈的情绪，肖金既没有说借也没有说不借，这让张菲妈妈感到很纳闷，她哪里知道，肖金在与她通过电话后，立即打电话给自己的朋友还有医院的领导。医院领导从肖金处得知张菲妈妈的窘境后，马上召开了相关的会议，研究帮助张菲妈妈解决生活困难等实际问题。最终，经过医院领导与肖金商讨，决定专门在暨大穗华口腔医院门前，为“拾荒妈妈”张菲及其领养的5个孩子举办一场特殊的爱心捐赠活动。

在爱心捐赠活动开始之前，肖金特地赶到普宁，将张菲妈妈和5个孩子接到了广州。2019年12月1日，一场特殊的爱心捐赠活动在广州暨大穗华口腔医院门前热烈地举行，“广州好人”郑银土捐助善款20000元，暨大穗华口腔医院爱心基金会理事长林建平捐助善款6000元，“中国好人”李桂泉发来2000元微信红包，“天河好人”彭大玉转来100元微信红包……好人帮好人，好人助好人，在半个多小时的时间里，就有30000多元捐款和生活用品交到了张菲妈妈的手中。

看到这么多的“广州好人”向自己伸出了援手，张菲妈妈眼含热泪走上了主席台，她给所有的好人鞠躬，擦了一把眼泪，深情地说：“谢谢大家对我和孩子们的关心与帮助。请大家相信，我一定把这些钱全部用到孩子们的身上，好好地教育他们做感恩的人。我是一个老太婆，已经无能为力了，但是我希望这些孩子将来会用爱心来回报你们，回报整个社会。”

张菲妈妈的一番肺腑之言，赢得了现场爱心人士的热烈掌声，这掌声里有激励有感恩更有深深的祝福，因为大家都懂得一个道理，只要人人都献出一点爱，世界将变成美好的人间。这既是爱的奉献，也是爱的宣言，所有的人都会沿着爱心与志愿的轨道，去发出自己对这个世界的真情召唤。

肖金对张菲妈妈是无比敬佩的，他觉得一个身体瘦弱的女人拉扯大这么多孩子，确实是很不容易，希望张菲妈妈能够将孩子送给福利机构收养，这样也可以减轻一些生活的负担。可是，张菲妈妈却叹了口气说：“其实几年前就有人来劝过我，让我把孩子们送到福利院，说那里吃得好住得好，还能上学读书，可我想给孩子们一个家，让他们不需要看别人的脸色生活。”

听到张菲妈妈这么说，肖金当然理解张菲妈妈，又建议张菲妈妈向政府部门再申请一些救济金，至少不能为了养活这些孩子，而让自己的日子过得那么难。对此，张菲妈妈依然给予拒绝，她说：“我这个家现在有十口人，一个月的开销至少6000元，然而，每个月只能得到3000元的救济金，还有3000元的缺口，虽然说钱不够，可是我愿意去拾荒，因为那样得来的钱有尊严，而总向别人要钱太丑，自己也觉得太难看。”

张菲就是这么一个人，为了那些她收养的弃婴，她付出了自己所有的一切。也曾经有人质疑过她的善举，对此，张菲妈妈从来不解释，她想，既然选择了收养弃婴的路，也就选择了孤独与寂寞，选择了被指责甚至不被理解，这些对于她来说都已经无所谓了。尽管有些孩子长大了不再联系她，可是，她却觉得，孩子长大就是她人生中最幸福的事情，她不图孩子们回报她什么，她只图这些长大了的孩子，也能够积极地投入到慈善与志愿的行动中，去帮助更多需要帮助的人。如果他们真的那样做了，她这个拾荒妈妈会感到无比幸福。

张菲妈妈靠拾荒养大了近40个弃婴，这里面也有无数广州好人伸出的援手，而广州志愿者的爱心行动不只帮助过张菲，也帮助过无数需要帮助的人，他们都坚信：通过爱的循环互动，一定会有更多的“张菲妈妈”来为社会奉献爱心！

第三章

爱的延伸

你们的善意之举，就是我最大的幸运！我不孤独，因你们的阳光照耀着我的内心世界，让我生活在爱的海洋里，使我切身感受到什么是恩情、什么是幼稚。

在被箴言感化的瞬间，我蓦然发现希望无处不在，哪怕是朵枯萎的小花，有你们的浇灌也会顽强绽放。生活因爱而美丽，人间因爱而温馨。有你们的关怀与支持，我一定会更加努力的！

这是一个因情感受挫，且家庭屡遭不幸的中学生写给“中学生心声热线”的感谢信。现已研究生毕业且在仕途上取得较大成绩的她，回望那段岁月时仍说：“‘中学生心声热线’是我倾诉的场所，是我的精神家园！”

羊城首创心声热线

1987年6月9日，得改革开放风气之先的广州，正式开通了以“倾听您的声音、了解您的心意、沟通您的心灵”为宗旨的“中学生心声热线”。这是全国第一条志愿者服务热线，时任共青团广州市委书记的朱小丹同志接听了第一位中学生的来电，并在电话里帮助这位中学生解开了学习与生活上的困惑。这条热线的开通，正式拉开了新时期国内志愿服务的序幕。

“您好，这里是‘中学生心声热线’！请问，您有什么需要咨询的？”当这一声亲切的问询，从位于东风西路的共青团广州市委办公室里发出时，相信每一名打来电话的中学生都会无比地激动。他们在平时的生活与学习中，会有这样或者那样的私密问题，迫切地需要一个可以倾诉的平台，而“中学生心声热线”正提供了一个这样的平台。每每他们打来电话时，他们都会把那些跟父母、老师和同学无法倾诉的私密心语，对着这部可亲可信的“中学生心声热线”大胆地讲出来，他们倾诉的是内心私语，但是体现出的却是对这部热线电话的无比信任，以及渴望得到指导帮助的强烈意愿。

电话那头被信任的第一批接线员共有8个人，他们既是最初的接线员，也是广州乃至中国最早的8位志愿者。在改革开放春风的吹拂下，广州作为改革开放的前沿阵地，不断地涌进来各种各样的新鲜事物，中学生的思想也随之发生了很多变化。于是，包括增光中学团委书记杨伟雄在内的十多名“学雷锋、做好事”的积极分子，就觉得原先对中学生的服务形式太过政治化与口号化，无法解决中学生们遇到的新问题，也满足不了改革开放后当代中学生的内心需求。所以，他们就积极联系团市委与市教育局，团市委也敏锐地察觉到了年轻人思想的变化，于是，在时任团市委书记朱小丹同志的大力支持下，便在团市委率先开通了“中学生心声热线”。

有句话说得好，叫作万事开头难。确实，刚设立这条“中学生心声热线”的时候，大家不知道该从哪里开始，但是，有一个原则他们心里都很明白，那就是不能使用政治式或训导式的语言，来为打进热线的学生们答疑解惑，可是，应该采用哪种语式来与这些打进电话的中学生沟通呢？这在心声热线开创初期，确实是一个不小的难题。

于是，团市委便从香港请来了义工，请他们对第一批心声热线的接线员进行专业的培训，使接线员学习到了国际上先进的聊天方法。如何解答来电学生的问题，让他们解开心中的疙瘩？如何设身处地站在他们的角度思考问题？这些都是接线员们所学习的内容。

遥想起当年接线时的情景，第一批接线员潘佩玲依然激动不已，这是她的青春往事，也是她人生记忆里最美好的时光。那时的潘佩玲正青春年少，与这些打进热线电话来的学生年纪差不多，也更容易理解他们的心声。于是，潘佩玲就带着学习的态度与来电者互动，认真地聆听来电者发自内心的讲述，并站在对方的角度上考虑问题，以轻松诙谐的聊天方式，赢得了来电者的信任。

“中学生心声热线”的号码是3330564，这个数字确实非常有意义，因为如果用粤语来发音的话，它的寓意就是“心中的情你尽诉”，既然是请人来倾诉心中的秘密心语，那就一定要学会聆听对方所说的悄悄话。在当年那个物质匮乏的年代，能够打进电话来的，大部分都是城市里的学生，因为在1987年，黑白电视机在农村都少有，更别说是家里安装电话了。这也可以看出，城市里的中学生是最早接受到不同思想的群体。而在那个年代，设在团市委的心声热线，硬件设施在现在看来也确实有些寒酸，只有一部电话两个分机，但在当时那个年代，这已经算是高端的配置了。

第一批八名接线员来自不同中学，用中学生来解答中学生们提出的问题，这是团市委的首创。他们的接线时间是每天中午12点到14点30分，再从下午4点到晚上8点，每个星期每个人都要接听两次电话。为了方便中学生们打进热线电话，接线员们主动放弃了午休时间。作为潘佩玲搭档的杨伟雄，当时是增光中学的团委书记，他在午休时骑着自行车，从白鹤洞的增光中学赶到团市委接听热线。为了能够尽快地赶到接线员的岗位，他只好拼命地蹬自行车，每每赶到心声热线的办公室时，他都会累出一身大汗。可是，当他听到中学生们倾诉的私密心语时，他就会觉得特别激动，虽然从来没有拿过一分钱，却觉得自己做了一件非常有意义的事情。

团市委提供的一份盒饭，就是全部的报酬，可是八名接线员却工作得格外认真，他们耐心地聆听以及朋友式解答，让很多中学生解开了疑惑，找到了新的人生方向，回归到正确的学习轨道上来。因为“中学生心声热线”是全国第一条中学生热线，它的影响力已经超越了广州，以至于北京、上海、重庆等各地的中学生也都打来电话，倾诉自己心中的悄悄话。看到心声热线赢得了全国中学生的信赖，所有的接线员都感到特别自豪。

在那个物质生活并不丰富的年代里，“中学生心声热线”一开通，便立即成了一种时尚一种潮流，很多的中学生将这条热线当成了人生导师，为了守护住心中的隐私，这些中学生大多到校外的公用电话亭给热线打电话，这样，他们就可以将不愿意让父母老师和同学们知道的秘密心事，毫无保留地告诉心声热线的“导师”们了。热线的接线员们也用发自内心的亲切话语，让来电者感受到了热线的温暖，起到了心灵宣泄和解疑答惑的作用。

团市委、市教育局开通的“中学生心声热线”出名了，它也渐渐成为广州乃至全国中学生们的心灵导师，这是最初决定开设这条热线的团市委领导所没有想到的。因为接线员们的服务态度好、保密意识强，所以，他们也赢得了无数中学生的信赖，有些中学生打来电话后，甚至直接点名找某位自己信赖的接线员聊心事，这更密切了双方之间的联系。有的中学生在向心声热线聊完悄悄话后，甚至还会给接线员写感谢信，有的来电者还提出要与接线员见面，要与接线员成为最好的朋友。隔着信纸和心声热线的电波，接线员们能够感受到中学生们的深情厚谊，可是，他们可以回信，可以在电话里认真地做中学生最忠实的听众，却不能与大家见面，因为这是开设这条热线时就定下来的规矩。

但来电的中学生太想知道电话那头的知心大哥哥大姐姐到底长的是什么样子了，于是，他们有的人就直接给团市委、市教育局的领导打电话或者是写信，要求与“中学生心声热线”接线员们见面。于是，团市委、市教育局便在“中学生心声热线”开通两年后，举办了一场盛大的见面会。

1989年7月10日，近万名中学生及家长聚集在广州文化公园，与热线电话的接线员们见面。他们开心地与接线员们近距离互动，在现实生活中第一次将熟悉的声音与真实的人物对应起来。对于那一天参加活动的中学生及家长们来说，他们是幸福的，对于参加活动的热线电话接线员们来说，他们是开心的，因为他们听筒后的样子，终于揭开了神秘的面纱。

“中学生心声热线”的影响力已经超越广州辐射全国，只靠一条心声热线已经解决不了越来越多少男少女心中的问题，于是，各地的团委组织也纷纷效仿广州，开设了当地的心声热线，组织起当地的志愿者来为中学生们提供聊天服务。尽管如此，也丝毫不能影响广州“中学生心声热线”的首创地位，各地依然有热情的中学生打来电话，最初的八位接线员已经满足不了来电者的需求。为了更好地服务来电的中学生们，广州又开设了羊城青年热线等热线电话。甚至，热线电话的形式已经超越了教育界，在各个行业都出现了属于本行的热线电话，比如法律援助热线、扶孤助学热线、健康成长热线，等等。这些热线照搬着“中学生心声热线”来创建，但是服务的对象却变得越来越专业，满足了不同人对于志愿热线的需求。

“中学生心声热线”的成功，是最初的发起人没有想到的，更令他们没有想到的是，它会成为拉开中国志愿者服务序幕的标志性事件。后来，“中学生心声热线”也在不断变革，逐步发展成为遍布全广州的“手拉手青少年辅导中心”，团市委也针对“中学生心声热线”反映出的一些典型问题，开展各种形式的青年志愿服务工作，起到了良好的效果。从1987年6月开通至1997年，“中学生心声热线”在十年过程中，接听了咨询来电3.5万多个，志愿者人均服务时间超过了300小时。1988年，“中学生心声热线”被中国青年志愿者协会表彰为“中国青年志愿者十大杰出集体”。1998年，广州市“中学生心声”热线电话作为“中国青年志愿者十大杰出集体”之一，受到团中央表彰。此外，广州市“中学生心声热线”也被有关机构认定为“全国第一条志愿者服务热线电话”和“中国内地第一个专业志愿者服务团体”。

“中学生心声热线”对于青少年及中学生的影响力是巨大的，也直接影响了接线员们的人生，大部分的接线员在以后的人生路上，都坚持做慈善做义工，有的接线员甚至选择一生以志愿为事业。首批“心声哥哥”之一的杨伟雄就一生致力于志愿者事业。他在“中学生心声热线”做了五年义务接线咨询员后，虽不再在电话这头当“知心哥哥”，但是，他却发现自己已经离不开志愿事业了，自己就是专门为志愿而生的。后来，他先后在团市委、广州市团校、广州志愿者学院等多个单位工作，工作内容也大多与志愿服务相关。不管他在哪个岗位上工作，在接线员岗位上当“心声哥哥”所学到的工作方法——倾听、理解、沟通，始终是他工作的法宝。后来，随着广州市志愿服务组织的不断扩大、志愿服务人员的不断增多，他还作为志愿服务的培训老师，为所有的志愿者提供培训服务。从最开始充当接线员什么也不懂，需要从香港义工老师那里学习志愿者的经验，再到成为第八批中国青年海外服务计划非洲塞舌尔项目资深导师，从广州志愿者学院党总支书记、副校长再到广州市青年研究会的领导，30多年的时光弹指一挥间，杨伟雄却从来没有离开过志愿者的岗位。他作为中国内地第一代首批资深专业志愿者之一，始终保持和发扬着一名优秀志愿者的风采。

1998年夏天，中国的长江流域发生特大洪水，杨伟雄作为广州青年医疗志愿者副领队，带领几十位广州医生护士前往九江前线参加抗洪救灾，为当地群众及抗灾官兵们检查身体与治疗疾病，受到了抗洪官兵及老百姓的热烈欢迎，也让人感受到了广州志愿者的青春风采。因为当年“中学生心声热线”的影响实在是太大，有些官兵在得知杨伟雄副领队就是当年的“心声哥哥”接线员时，都争先恐后地跑来跟他合影留念，并请他为自己签名。2000年，杨伟雄组织广州与香港两地的青年志愿者，骑行数百里赶赴粤北山区，为他们筹款建设了当地急需的“希望学校”，使当地的学生们看到了未来学业有成的崭新希望。为了解除白内障患者的疾苦，他还牵头联系多家医院，为广州和连州两地300多名白内障患者提供免费治疗，为他们送去了光明和希望。杨伟雄用自己的努力付出与默默奉献，将自己的人生写成三个大字：志愿者!

2001年9月，“中学生心声热线”正式交给广州青年报社承办，报人也都是一批有着热血与担当的人。在他们的倾情努力下，心声热线被打造成了一个报纸、电台、网站等多媒体互动的心理健康教育平台，受到了广州市民的热烈欢迎和喜爱。再后来，“中学生心声热线”的功能得到了持续细化与量化，渐渐地演变发展成12355广州青少年服务台和赵广军生命热线。相比30年前的“中学生心声热线”，现在的志愿热线已经越来越专业、越来越有科技感，但与当初一脉相承的，是这些志愿热线仍然在为广大的青少年提供着志愿服务。

因为记忆里曾经有过的芳华，今日才有了重逢的美好。2017年7月8日，在“中学生心声热线”开通30周年之际，原“中学生心声热线”的接线人员，相约在美丽的聚芳园聚会。在曾经举办过纪念活动的聚芳园草坪上，邓炼巧和吴秀英两位当年的接线员，开心地拉起纪念“中学生心声热线”开通30周年的横幅。所有前来参加聚会的接线员及初创者，在这里开心地交谈。作为第一批接线员的杨伟雄之一也感到无比激动，他一直没有离开志愿者及志愿者培训的岗位，也一直关注着志愿者这个群体的发展。

经过杨伟雄与有关部门沟通，他为20多位当初的咨询员申报了“广东省五星级志愿者荣誉证书”。当潘佩玲、何倩佳等人从杨伟雄手里接过这个沉甸甸的五星级志愿证书时，所有的人都流下了动情的泪水。没错，他们不只是五星级的志愿者，他们更是新中国第一批志愿者，更是行走在“志愿之城”广州的志愿先行者，时过30年，他们再次获得这份沉甸甸的荣誉，实至名归！

从“中学生心声热线”走来的志愿热线服务，已经从当初的“3330564”发展到现在的“12355”，从当初的“一部电话、两台分机和八名接线员”，发展到现在的“信息自动化系统、八个电脑座席和十名持证社工”，从当初的一部热线电话，再到现在的“未成年人保护综合服务平台”，广州作为中国志愿文化的发源地之一，始终引领中国志愿服务的时尚，始终引领中国志愿服务的潮流。

2019年5月25日，备受瞩目的广州市未成年人保护宣传周系列活动，在广州市儿童公园正式拉开帷幕。活动当天，30多年前的“中学生心声热线”接线员李良洲、陆展中、杨伟雄等11名优秀代表，在现场接过了“12355资深心声志愿者证书”。这些当年“中学生心声热线”的接线员，虽然已经不再青春年少，可是，他们却始终行走在志愿者的路上，绽放出青春的志愿风采。

潮涌珠江，志愿梦想。

真情无限，青春飞扬！

广州自古以来就是一座“敢为天下先”的城市，从1987年第一条志愿者服务热线开通至今，经过30多年的蓬勃发展，广州已经形成了引领全国的志愿文化，涌现出了一大批的志愿服务组织。据有关部门统计，每五个广州人就有一个人是志愿者，这充分地说明，志愿文化已经成为广州最时尚和最潮流的文化，它将引领美丽的广州，永远行走在志愿服务的阳光路上！

志愿团队蔚然兴起

1995年，广州市志愿者协会[①]应运而生，由于人们对志愿者这个新事物了解得非常少，有些人甚至还把志愿者当成了服务员，所以，也给广州市志愿者协会的工作人员带来了困惑。为了让更多人了解志愿者这个新生的事物，协会就组织热心志愿者在街头、商场等人员密集的地方，通过发传单等方式来宣传普及志愿者知识，起到了非常好的宣传效果。可是，作为广州市志愿者协会创始人之一的崔颂东，却仍然觉得没有达到预期效果，“如何更好地宣传志愿者组织”，这成了包括崔颂东在内的所有协会志愿者共同的话题。

只要去想，办法总比困难多，为了达到更好地推广志愿者协会的目标，协会负责人想出了一个即使在现在看来也爆点十足的活动，那就是结合当时自行车容易丢失的问题，发起了“情暖珠江——失窃单车回家”活动。活动一经媒体报道，立即点燃了全广州市民的热情，这可是事关当时广州市民切身利益的大事，广州市民的参与积极性自然高涨。

为了办好这个活动，团市委的工作人员也全员出动，并动员组织5000余名团员和青年志愿者利用业余时间走上街头，免费替市民们寻找丢失的自行车。那个时候，既没有手机摄像也鲜有数码相机，团员和志愿者们就专门为

① 原广州市志愿者协会后更名为广州青年志愿者协会。2019年8月，原广州市义务工作者联合会更名为广州市志愿者协会。

丢失自行车的市民们建立了寻车清单，将自行车的品牌、颜色及失主的联系电话等内容，都逐项登记到寻车清单上，然后，按照清单前往街头寻找。在那个信息化与智能化并不高的时代，这样一项工作的工作量是巨大的，为了能够找回丢车市民的爱车，志愿者们却热情无比。

志愿者们每找到一辆丢失的自行车，不是将满是污垢的自行车马上送还给失主，而是组织热心志愿者对其进行清洗擦拭，这样一来，不但帮市民们找回了心爱的自行车，还为自行车做了免费的美容。失主们都很感谢志愿者们的付出，对志愿者组织的良好印象也就更加地深刻了。

这种直接关乎市民切身利益的公益志愿活动，一下子吸引了全广州市民的眼球，也让广州市志愿者协会的知名度和美誉度得到了迅速提升。在两个多月的寻找自行车活动中，5000余名青年志愿者放弃休息时间，走街头转巷尾，还走到一些人流密集的地方，免费地普及自行车防丢失小知识，甚至请来一些防偷车的高手宣传防止丢车小技巧，赢得了广大市民的高度赞扬。在此期间，广州市志愿者协会通过全体志愿人员的努力，找回了五万多辆失窃的自行车，把8000多辆失窃单车送还到市民们的手中，让广州市民对广州市志愿者协会刮目相看，继而以极大的热情投入到创建“志愿城市”的行动当中。

志愿服务，也需要品牌的引领；

志愿先行，更需要活动的支撑。

广州市志愿者协会在广州打响知名度以后，共青团广州市委的领导认为，应该把这些实实在在的志愿服务，提升到品牌的高度，只有这样，才能为广州市的志愿服务发展提供源源不断的动力。为此，广州市志愿者协会根据团市委的指示，继续加大活动力度，实施了全国瞩目的“金不换工程”，不但为问题青少年提供免费的志愿服务，还通过筹集善款，对青少年的心理进行矫正，以使缓刑、假释和刑满释放的青少年，能够重新回归社会大家庭。同时，实施了“扶孤助学工程”，通过向全社会筹集资金，以及寻找爱心人士结对帮扶，为广大失学儿童重返校园提供帮助，还通过实施“松柏工程”，让一些有爱心的人士与一百多位孤寡老人开展“一帮一”结对服务。此外，通过实施“金穗计划”志愿活动，为来到广州的外来务工青年提供志愿服务，让这些“新广州人”，感受到了广州大家庭的温暖。

广州市志愿者协会这些品牌项目的建设与推广，使公益志愿服务深入人心，各机构部门甚至民间成立公益组织的热情，也被充分地调动起来，一些爱心人士纷纷结合自己的特长和意愿，开始有意向地向志愿化服务靠拢。团广州市委及广州市志愿者协会在了解到相关情况后，以服务为导向，成立了广州市志愿者行动指导中心，专门负责对民间志愿组织的行动给予指导，受到了广大民间志愿人员的热烈欢迎。

为了充分发挥民间志愿人士的服务热情，广州市志愿者协会以“挂靠”的形式，于2007年，组织一批热血志愿青年，创建了全国首个“义务反扒QQ群”。这些志愿青年利用业余时间，相约上街进行有组织的反扒。这些志愿者有些人本身就遭受过扒手的侵害，有些特别地仇恨扒手，他们本来都是互不相识的陌生人，却因为反扒的共同理想，成了QQ好友，所以，他们更希望动员起全社会的力量，帮助警方来进行反扒。

“广州义务反扒 QQ群”的创建者网名叫作“阳光灿烂”，一听这个网名就知道他是一位健壮俊朗的大男孩。提起参与志愿反扒的经历，他笑着说起了往事。原来，在1998年时，他在广州石牌附近不但遭了抢还挨了打，2002年和2003年家里也曾经两次被偷，所以，受到过伤害的他非常憎恶扒手小偷。在建立这个反扒QQ群之前，他已经在人民公园抓小偷了，可是一个人的力量毕竟有限，他才希望动员起更多的力量来一起反扒。他相信通过所有人的共同努力，一定能够让扒手无处藏身。为了更好地宣传反扒活动，他们结伴来到人流密集的地方进行现场反扒，并通过一系列现场抓捕小偷的活动，让广大市民提高警惕，守护好个人的财产安全。这支反扒志愿力量的调动，使反扒的理念深入人心。而他们的积极行动，也得到了广州市公安局的高度认可，广州市公安局长还专门向“阳光灿烂”等反扒志愿者发出了公开信，对他们的积极付出表示感谢。

为了构建“平安广州”，在广州市志愿者协会的指导下，志愿者们还组建了长治久安服务总队，鼓励反扒队员们参与各种形式的安全教育志愿活动。目前，广州青年志愿者协会的直属总队已经发展到了34支，无论是环境保护、安全教育与社区关爱，还是文明交通、山区助学与残障关怀，这些直属总队针对不同人群与不同需求，分别成立了专门的救助志愿服务队，志愿服务队伍的专业化程度也在不断地提升。

随着时代的发展，广州市的志愿者队伍越来越大，参与志愿服务的人员也越来越多，从最开始的“中学生心声热线”，只能通过电话的方式为青少年及中学生答疑解惑做心理疏导，再到后来的志愿者走上街头，帮助交警们疏导交通，一直到民生及家居等方方面面，凡是广州市民生活有需求的地方，皆有志愿者的身影出现。这里面既有政府主导的公益志愿组织，也有民间自发成立的志愿者组织，政府与民间所组成的数百支志愿队伍，为提升广州市民的幸福感，增添了很多的力量。

让人意想不到的是，广州市的志愿服务组织已经拓展到了家居方面。家住海珠区蚝口肉菜市场附近的街坊何大姐，就特别感谢志愿者的倾情付出。她家的老房子已经住了40多年，屋里漏水情况非常严重，而且因为住的时间较长，所以，生活功能区间分不清，早就想进行全新的装修了。可是，这需要一大笔装修费用，对于何大姐一家来说，这并不是一项小的支出。当她了解到海珠区政府推出的“幸福·家”项目以后，抱着试试看的想法，就向这个项目申请了“全屋改造”，却没有想到，竟然得到了海珠区政府的批准。随后，海珠区青年志愿者协会马上动员一批志愿设计者上门，在实地参观了何大姐的家以后，很快就拿出了专业的改造方案。尽管志愿者工人还没有上门改造，但何大姐在志愿设计师的电脑上看到自己家的改造方案，心里就已经乐开了花，因为这个设计实在是太有创意了。

几天以后，志愿者工人上门了，他们对何大姐家的房子进行了全屋改造，等到何大姐再次推开家门时，气派宽敞明亮的新房，立即呈现在她的眼前，这让何大姐特别感动，打心眼里感谢志愿者们的无私付出。

“志愿之城”是广州最响亮的口号，在这个口号的指引下，一大批民间公益组织也如雨后春笋般层出不穷，广州市最大的民间青年志愿者组织——广青启智服务总队，就是在这个口号的引领下成立的。广青启智服务总队从1996年初开始社会调研与筹划，于2012年初正式在民政局注册，是一家非营利、公益性的民间志愿组织。这个机构经常组织志愿者前往福利院、老人院、智障活动中心等机构进行志愿服务，服务项目超过40项，每周都会有超过1000名志愿者参加服务。

2012年，由广青启智服务总队“转型”而来的广州启智社会工作服务中心，参与竞标广州市天河南街家庭综合服务中心。本来，他们是一家民间机构，就连队长李森也没有信心，可是，他们却一举拿下两百万元的“政府订单”，让李森这位2000年就加入广州青年志愿者协会的老志愿者格外激动。

长期以来，李森坚持为六位孤寡老人提供温馨的志愿服务，定期上门了解老人的健康与生活情况，经常带着老人到医院看病，日子久了，李森就成为这些孤寡老人的亲人。没事的时候，李森也会上门陪着老人拉拉家常，为了让老人们吃得好些，李森就自学做菜，变着花样地改善老人们的伙食，而老人们的家用电器坏了，李森也会主动帮助老人们维修。多年以来，只要有休息时间，李森便来陪伴孤寡老人。看着李森这么照顾自己，有些老人甚至发出了“李森比亲儿女都亲”的感叹。正是因为无私奉献与辛勤付出，他先后获得了中国青年志愿服务金奖、第二届世界广府人“十大杰出青年”及全国“两优一先”等荣誉。

志愿服务20年，启智服务总队由当初李森等十几个人坚持做志愿服务，发展到现在拥有注册志愿者四万余人，李森这位广州志愿者的优秀代表，已经成长为一名光荣的社会组织负责人。角色变了，但是志愿服务的初心却始终都没有变，他依然坚守在志愿服务的路上，并通过自己的努力加入了中国共产党，成为广州市天河区启智社会工作服务中心党支部书记。

一个个公益组织的成立，标志着广州市公益志愿组织得到了壮大与发展，也为全民志愿服务“广州模式”的形成，奠定了良好的基础。同时，公益志愿组织也为广州市的精神文明建设插上了腾飞的翅膀，大爱的广州城也因为志愿事业而美好，大美的五羊城更因为公益事业而璀璨！

赵广军生命热线：志愿者的“三心两义”

“不要把志愿者太绝对化，其实每个人的每一天，无论是在工作中还是在生活里，都可以做志愿者，都可以帮助他人。”这是中国共产党第十八次全国代表大会代表、全国道德模范赵广军的人生格言。他的人生格言不是很多，但是每每说出来，他都会认真地去做，这大概就是他与众人最大的不同吧。

作为一名全国道德模范，他乐于助人，积极地参加公益活动。从1998年加入广州青年志愿者协会以来，在20多年的时间里，他几乎把自己所有的时间，都投入到了心爱的公益事业当中。在他的身上，充分地体现出广州市志愿者的崇高精神。

赵广军是地地道道的广州人，初中毕业以后，因为没有合适的工作，就跟着“朋友”混，加入了广州青年志愿者协会后，开始了崭新的人生。其实，赵广军最开始加入志愿者协会，并不像网上所说的那么大公无私，而是有两个私心，一个私心是能够减肥，还有一个目的是想找一个女朋友。已经20多岁的赵广军，确实需要找女朋友了，这个年龄如果在农村，孩子早就会打酱油了。不过，赵广军的第一个私心没有实现，因为自从参加青年志愿者协会以来，由于作息比以前规律了，所以，减肥的目的不但没有达到，体重反而比以前增加了。至于找女朋友这个目的，赵广军确实找了一个同为志愿者的爱人，两人相处也比较不错，可是，却因为一件小事导致爱人离开了他。

2000年，赵广军就在团市委青少年心理热线工作，当时只是上班时间接听热线，但他热心帮扶青少年的义举，引起了全社会的广泛关注，《羊城晚报》也对他进行了独家报道。2004年，团市委与羊城晚报合办陶宏开戒网瘾活动。为了帮助更多的人戒除网瘾，赵广军在《羊城晚报》上公布了自己的手机号码，希望能够通过电话聊天，让更多的人戒掉网瘾。很快，赵广军公布手机号的消息被女朋友知道了，女朋友坚决反对赵广军公布手机号码，可是，却拦不住心有大爱的赵广军，无奈之下，女朋友使出了撒手锏——分手。即使这样，依然阻止不了赵广军公布手机号的决心，其实，对于女朋友的离开，赵广军的心里也非常难过，可是，既然已经选择了志愿者这条路，既然已经选择了帮助更多的人，他也只好忍痛割爱了。

陶宏开教授是美籍华人，他也被人们亲切地称为“中国戒除网瘾第一人”。与陶宏开教授不同，赵广军没有陶教授那么丰富的知识，他唯一的办法就是与上网成瘾的人做电话沟通。为了能够更好帮助别人戒除网瘾，赵广军就上网搜索相关资料，但是，纸上得来终觉浅，绝知此事要躬行，赵广军也慢慢地发现，从网上得到的资料未必好使。于是，赵广军就使用“不同症状，不同猛药”的办法，甚至还会用“以毒攻毒”的办法来帮助对方。比如，如果是帮助那些边缘少年戒除网瘾，赵广军不是一上来就大张旗鼓地反对，而是鼓励对方把这一款游戏继续玩下去，听到鼓励的对方首先会在心理上放下戒备，然后选择信任赵广军，而赵广军则会与对方约好玩同一款游戏，并且将所有的事情都放下，陪着对方一起玩。人都是会疲劳的，所以，每当对方玩累了不想玩下去的时候，赵广军依然要“鼓励”对方继续玩下去。赵广军一边陪着对方玩，一边将自己真实的想法渐渐地告诉对方，并且将网瘾的危害，通过这种“鼓励”的办法完整地灌输给对方，使对方心里产生触动。这样才是他们戒除网瘾的最好的办法，因为只有一个人真正地想要去改变，他才能改变，无论别人说什么，只有自我的改变才能起到质的变化，才能真正地戒除网瘾。赵广军常说的一句话就是：“不是说一定要去做乖孩子和好学生，而是一定要明白，如果想这样一直玩下去，就一定要有在这个社会上生存下去的技能。”

赵广军常说，作为一名志愿者，一定要有“三心两义”：“三心”指的是恒心、热心和爱心，而“两义”指的是意义和情义。他是这么说的，也是这么做的，赵广军公布自己手机号码的消息，一时之间，在媒体上、网络上引起了轩然大波，很多人都会打来电话，形形色色想不开的人，形形色色的问题，这让赵广军有了新的想法：何不将戒除网瘾的电话转型为生命热线呢？毕竟相对于戒除网瘾来说，人的生命可能更需要这条生命热线。于是，秉承“救人一命胜造七级浮屠”的赵广军，便将自己的手机号码“升级”到了“生命热线”的高度。自从完成这个升级以后，再遇到打来的陌生电话，赵广军就不可能不接听了，即使对方只是单纯想找他聊聊天，他也必须“三心两义”地去接听，因为任何一个漏接的电话，都有可能让一个生命苍白地逝去。所以，赵广军每天的时间都用到了接听电话上，有的时候，甚至要一直接听到深夜三四点钟，困了、累了、渴了、饿了，也需要咬牙坚持着。他以一个人的力量，面对着形形色色的众生。

曾经有一次，一位东莞女孩想找赵广军聊聊天，为了省电话费，打通电话以后，她又马上挂掉了，赵广军不知道对方是什么原因来的电话，刚要打回去的时候，却接到了另外一个需要帮助的电话。当赵广军与这位来电者打完电话以后，完全地忘掉了这个挂断电话的事情，却没有想到，这位女孩在打通电话以后，张嘴就指责赵广军作为志愿者不回电话，这令赵广军哭笑不得。其实，自从将自己的手机号升级成“生命热线”以后，他的电话费用一下子就涨了上去，最多的时候竟然将近3000元，这已经大大超出了他的工资，为了能够有钱接打电话，他甚至需要跟家里人借钱。

赵广军就是希望用接听电话的方式来帮助更多的人。有一天，他接到了一位单身绝症妈妈的来电，这位绝症妈妈在电话里求赵广军救救自己的孩子，她说：“赵先生，我的孩子特别淘气，学校正勒令我的孩子退学，现在我也得了绝症，日子可能已经不多了，我希望能够看到儿子高中毕业，你能帮帮我吗？”

赵广军坚定地回答道：“好的，我一定会来帮助你的。”

赵广军特别能够理解这位妈妈，因为他自己也曾经是一个问题少年，也曾经让父母亲操碎了心。赵广军觉得，帮助这位绝症妈妈是他义不容辞的事情。几经周折，他终于找到了这位绝症妈妈的儿子，看着这位叛逆的高中男孩，赵广军将自己的过往一五一十地告诉了他。令赵广军没有想到的是，这位男孩在得知妈妈得了绝症后，特别惊讶，因为他根本什么都不知道。他更不知道的是，为了撑起这个家，妈妈需要打两份工来维持家庭的支出。看到这位男孩一脸惊讶的表情，赵广军平静地问道：“你看你妈妈为了你付出了这么多，你为什么还是不听她的话，还是要惹她生气呢？你这样做，她肯定会很伤心的。”

男孩流着泪说：“我并不是天生就叛逆，因为妈妈经常不在家，经常不陪伴我，所以，我才出来玩的。我这么做的目的，就是希望引起妈妈的注意，希望妈妈能够多陪陪我啊。”

赵广军像个大哥哥一样抚摸着孩子的头部，深情地对这个男孩说：“好好学习吧，妈妈是爱你的，她为了给你提供更好的生活而没有时间陪你，你要理解她，我希望你能用优秀的成绩来回报你的妈妈。”

看着赵广军鼓励自己的眼神，男孩使劲地点了点头。从那以后，这个男孩彻底地转变了，从一个问题少年变成了一个热爱学习的好学生。参加高中毕业考试的最后那个星期，男孩守在妈妈的床头一边拼命地复习着功课，一边照顾着妈妈，而妈妈则一分钟都不敢闭眼，因为她怕一闭眼，就再也看不到自己的孩子了。

尽管没有办法挽留绝症妈妈的生命，可是，看到男孩的学习态度有了积极的转变，赵广军心里就感到特别地高兴，因为他觉得自己又做了一件有意义的事情。

“奉献、友爱、互助、进步”是志愿者的精神，也是赵广军刚进入广州青年志愿者协会就牢记在心底的八字箴言。在志愿服务工作中，他乐善好施，不惜金钱和时间，默默无闻地帮助许多有困难的人。他倾其所有帮助了60多位孤寡老人，为孤寡老人买菜、做饭、洗衣、护理，受到了很多孤寡老人的欢迎。就拿刘姨来说吧，她是赵广军的第一个志愿服务对象，她年老体衰，孤身一人生活，身体也不太好，因为行动不便特别难照顾，所以，有些志愿者来过以后便知难而退了。广州青年志愿者协会找了好几位志愿者，都难以胜任。当协会领导找到赵广军的时候，赵广军拍着胸脯对领导说：“请领导放心，我一定会把刘姨当成我最亲的人来照顾的。”

赵广军在心里暗下决心：一定要照顾好刘姨，一定要拿刘姨当成自己的亲人来照顾。第一次来到刘姨家里，赵广军忙里忙外，又是打扫卫生又是洗衣服做饭，忙得满头大汗，完全把自己当成了刘姨的“男保姆”。可是，等到他把热菜热饭端到刘姨的面前，并将刘姨搀扶到桌前就餐时，却发现刘姨始终很客气，说起话来也是有一句没一句的，完全就像一个陌生人。

这要是换成其他人，或许又要打退堂鼓了，可赵广军就是赵广军，他来到广州市图书馆，查阅与护理老人有关的书籍，并从网上搜索相关的资料，还自费报名参加了广州医学院举办的社会心理学培训，试图用专业的知识来打开刘姨的心结。可是，这一切做完以后，他发现刘姨还是对他那么客气，两个人之间依然存在着隔阂。

问题到底出在哪里？赵广军也有些纳闷了，为了找到刘姨的心理症结，让刘姨变得快乐起来，赵广军就找到前几位护理过刘姨的志愿者，从他们那里打听刘姨的日常生活习惯；每次帮助刘姨做完家务以后，赵广军还充分地发挥自己聊天的特长，陪着刘姨聊聊天，甚至还刻意去看一些相声小品，讲一些小笑话逗刘姨开心。还别说，经过赵广军的这一番努力，刘姨也变得开朗了起来，两个人之间心灵的距离也拉近了很多。后来，刘姨对赵广军不再是礼节性地客气，而是常常拉着赵广军的手，开心地说起自己的往事。每次赵广军要来家里照顾她的时候，刘姨甚至还早早地搬个小板凳，坐在门口等候着他的到来。如果有一些亲友前来探望她，她也会把好吃的留着，等到赵广军来了以后一起吃。刘姨已经把赵广军当成了自己的孩子，赵广军能够在短时间内把志愿服务做到刘姨的心坎上，已经不能仅用“满意”两个字来评价他了，领导对赵广军的评价是：佩服！

当然，赵广军不只是把刘姨当作自己的亲人，他把每一位孤寡老人都当成自己的亲人，经常自掏腰包给老人们买一些水果，逢年过节时，更是会提前为老人们准备好礼物，挨家挨户地去探望老人。其实，赵广军的工资并不高，他的钱几乎全部拿来做公益志愿服务了，所以，别看赵广军为了孤寡老人和做志愿服务很大方，了解他的人都知道，他的家庭并不富裕。为了省钱，赵广军一年四季都只有两三套换洗衣服，东西更是舍不得吃好的，鞋子穿烂了也舍不得换，家里全靠父母微薄的工资来维持。对于他的无悔付出，有的人理解，有的人不理解，有些不理解他的人甚至劝他：“广军啊，你为了这些不认识的人付出，搞得自己这么寒酸，这又是何必呢？”

对此，赵广军总是淡淡地一笑，告诉对方：“人各有志吧，我喜欢与他们在一起，我喜欢尽我最大的努力来帮助他们，尽管我的力量很弱小，但是我相信，千万个志愿者所汇成的力量，那一定是无穷的。”

由于常年劳累以及经常熬夜，饮食起居没有规律，赵广军的身体出现了问题，经过医院检查，他患上了多种疾病。因为“生命热线”需要长时间坐着接听电话，致使他患有严重的腰肌劳损，同时，他还患有高血压。对于很多人来说，有病去医院就诊，这是非常正常的事情，但对赵广军来说，他却因为要接听“生命热线”而不敢轻易地去医院，他怕自己躺在病床上会影响接听电话，因为他的时间已经不属于他，而是属于更多需要帮助的人。

他的父母和朋友也曾经多次劝他到医院里去看看，可是，他却不以为意，依然坚守在自己心爱的志愿者岗位上。2005年的一天，赵广军正在与一个有轻生倾向的人打电话，因为不停地接听电话的巨大压力，使本就有病的赵广军扛不住了，他在接电话的时候晕了过去。朋友们紧急将他送到医院，医生为中风的赵广军做了紧急处理，可是，躺在医院的病床上，他的手里依然拿着手机，还厚着脸皮向医生讨要充电器。看着眼前嬉皮笑脸的赵广军，医生只能无奈地将充电器交给他。

为了照顾来电者的隐私，赵广军在接听热线电话的时候，从来都不会主动问对方叫什么名字、住在什么地方，所以，对于打来电话的人，他只是默默地做一个聆听者，并在心里默默地祝福着这些来电者一切平安。为了给别人带来更多的帮助，赵广军就连睡觉都是开着手机铃声，为的就是聆听每一位来电者的倾诉。这种24小时连轴转的服务态度，如果不是凭着一颗博爱之心，是根本不可能坚持下去的。

曾经有一位女士，连续一个月来，每天都是凌晨3点半左右打来电话，她在电话里跟赵广军哭诉，她的丈夫每天凌晨1点多才回家，几乎天天都是酒醉而归，回到家以后就要酒疯打她。可是，这位女士却不敢告诉赵广军自己叫什么住在哪里，她也只能等到丈夫睡着以后，才来到室外找一个安静的地方，悄悄地给赵广军打电话倾诉。为了安慰这位女士的情绪，赵广军就只能做一个虔诚的聆听者，并在心里为这位女士真诚地送上祝福。

自从2004年在报纸上公布手机号码以来，赵广军已经接听了几十万个电话，他用自己那颗质朴的爱心，使很多心理有问题的人，重新过上了正常人的生活。可是，功德无量的赵广军却又深深地知道，只凭着自己一个人的力量是远远不够的，他需要用自己的善行，来凝聚起更多志愿者的爱心，一起来投入到伟大的志愿公益事业中，那才是他心里最渴望做的事情。

用心灵影响心灵，用生命挽救生命

“一根筷子哟，轻轻被折断，十双筷子呦，牢牢抱成团……”这首《众人划桨开大船》的歌曲，是对赵广军生命热线协会所有志愿者的真实写照。在这个协会里，聚集了一大批热心公益事业的志愿者，他们就像一束束的光，集合到一起，发出了耀眼的光彩，这束光照耀在广州的上空，也照耀在每一位需要帮助的来电者的心坎上。

赵广军是一个具有真性情的人，也是一个充满大爱的人，对于他来说，只要是能够成功地挽救一位轻生者，他会感觉比吃了蜂蜜还甜。为此，他一天24小时都扑在接听电话的志愿事业上，扑在学习心理咨询的相关书籍上，甚至，就连住院也要手捧着电话。他的事迹经过媒体报道以后，广州人民都为赵广军的志愿付出而感动，很多人也都知道在美丽的广州，有一位大爱无私的志愿者。而赵广军也因为自己的努力获得了很多荣誉，2004年，他获得了全国百优青年志愿者、广州市首届优秀义工（志愿者）、广州市助残爱心天使金奖和中央企业优秀共青团员等，2009年，他又被评为全国道德模范，而在2012年，他迎来了人生中的高光时刻——光荣地当选为中国共产党第十八次全国代表大会代表。

面对这些沉甸甸的荣誉，他说荣誉不是他一个人的，是广州这座善美之城给予了他坚强的力量，也是广州这座慈善之城，给他注入了灵魂的信仰，他也将用自己全部的努力付出，来回报党和人民赐给他的荣誉，来让广州这座美丽的家园变得更加美好。

为了凝聚起更多志愿者的力量，服务更多需要帮助的人，赵广军就想成立一个志愿者协会，他将想法跟志愿者协会的领导做了汇报，领导大力支持。于是，在广东省、广州市志愿者协会的帮助下，赵广军就在2007年4月19日，在广东省志愿协会注册成立了赵广军志愿服务队。这是广东全省第一支以个人名义命名的志愿服务队伍，而赵广军志愿服务工作室也在当年5月30日正式挂牌成立。工作室挂牌当天，开通了全国第一条由114直接转接的心理咨询热线“114——赵广军生命热线”。这条“生命热线”全年365天保持在线接听状态，每天早上9点到晚上9点半，志愿者们分三班倒轮流值守“生命热线”。在很多接受过帮助的人看来，这条“生命热线”不只是一条服务热线，更是一条亲情热线，打通这条热线，就能感受到“善城”广州的温暖。

赵广军一直认为，只有志愿者发自内心地沟通与帮扶，才能够实现“1+1＞2”的效果，也有人说，赵广军成了名人成了志愿者协会的领导，已经不用再做普通的志愿服务了，对此，赵广军总是一笑了之。在他的潜意识里，他只认同别人说的一半，那就是赵广军只是一个人名，尽管他的知名度确实有了很大的提高，但是继续做志愿者的初心，却是永远也不可能改变的。

赵广军不但没有摆所谓的“名人”架子，还继续随身携带着自己的那条“生命热线”，即使开会即使举办一些志愿公益活动，他的手机依然保持着24小时待机的状态。不但如此，赵广军还想尽一切办法学习，用更多的专业知识解开别人心里的疙瘩，更想用自己那颗充满爱的心灵，来感动与温暖更多的心灵。所以，他把赵广军生命热线协会的理念定位为“用心灵影响心灵，用生命挽救生命”。是的，心灵与生命，两者的交融就可以让人的心灵洒满阳光，而千万个你我的心灵与生命的沟通，便组成了至善至美的广州城。

广东是中国改革开放的前沿阵地，也是中国的南大门，随着中国经济的蓬勃发展，人们的生活水平得到了很大的提高，赵广军从接听到的电话当中，也明显感受到了时代的变迁。在以前做志愿服务的时候，他更多的是为有轻生倾向的求助者提供心理咨询服务，而现在，随着“热线电话”升级为志愿协会，他不想把志愿服务的范围仅仅限定在对轻生者的心理疏导上，而是希望让更多行业的专家加入到志愿协会中，为求助者提供更加多元化的专业服务和帮助。

经过与协会同事们的沟通，赵广军生命热线协会正式推出了“幸福聊天室”，要说起如何为轻生者答疑解惑，赵广军毕竟已经有十几年的志愿服务经验，可要说起幸福的话题，赵广军觉得凭着自己的业务水平，还真的是难以胜任。为此，赵广军及协会的同事们想出了一个好办法，那就是寻找持有国家心理咨询师等证书的心理专家和教授来值班，为有需要的来电者提供免费的心理咨询服务。

这些有心理咨询师证书的心理学家，也都有自己的家庭和生活，不可能像赵广军等志愿者一样随时接听电话，这可怎么办呢？对于这个问题，赵广军及同事们想出了一个好主意，那就是采用预约的方式，毕竟“幸福聊天室”没有紧迫性，不必马上进行心理咨询，所以，提前预约一下，您就能得到专业的心理咨询师的服务。

“幸福聊天室”的成功推出，让人们找到了缓解压力的平台，专业的心理咨询服务，让所有的咨询者减轻了压力，更提升了来电者的幸福感，可谓一举两得。而赵广军生命热线协会的志愿服务水平，也因为“幸福聊天室”的推出，达到了一个全新的高度。

赵广军的“生命热线”和“幸福聊天室”得到了全社会的广泛认可，这种全心全意做志愿服务的精神，也得到了全国人民的高度赞扬。2016年12月9日，中央电视台金牌栏目《焦点访谈》以“生命热线：十年深情守候”为题，不但将赵广军的公益志愿的善举介绍给全国观众，也把广州志愿者的风采向全国人民做了深情的展现。

自从成立了赵广军志愿服务工作室和赵广军生命热线协会以后，赵广军的工作更加忙碌了，他始终坚定地认为，一个内心善良充满信仰的志愿者，一定能够感召和团结更多的爱心志愿者。自从协会成立以后，赵广军确实团结到更多优秀的志愿者来到工作室参加志愿服务，陈建宇就是其中的一位。这位性格开朗的女孩，原本是广东火电物资有限公司一名物流工程师，却因为对赵广军的志愿服务感兴趣，也在2007年5月，积极响应团市委的号召，成为赵广军生命热线第一批志愿者之一。

自从陈建宇来到赵广军的志愿团队以后，她就一心一意地扑到了志愿服务事业上，不但参加大型赈灾、关爱留守儿童等无数个志愿活动，还顺利地挽救了几十条年轻的生命。后来，因为她的工作实在太出色，就担任了赵广军志愿服务总队队长。作为队长，陈建宇和志愿者们组织了很多志愿活动，“展翅南天碧空，重圆希望之梦”公益项目就是其中之一。这个项目通过心理援助技术，帮助残疾儿童及其家庭跨越心理障碍，使他们树立起生活的信心。

陈建宇善良、有爱心，虽说做了那么多的志愿慈善工作，但最让她放心不下的还是那些残疾人。2012年，一个求助电话打给了赵广军生命热线，接线员正是陈建宇，来电者在电话里告诉陈建宇，他是来自增城区的阿伟，是一名强直性脊柱炎患者，自从11岁开始就一直瘫痪在床，至今已经有15个年头了……放下电话以后，陈建宇陷入了沉思，她仿佛看到了阿伟渴望得到帮助的眼神，15年瘫痪在床，该给他的生活带来多大的不便啊，他的生活该有多么绝望啊，不行，我一定要去看看他，不，我现在就去增城看他。

陈建宇立即购买了前往增城的车票，赶到阿伟的家里。她看到了瘦骨嶙峋躺在床上的阿伟，心知阿伟不但身体需要医治，其心理也需要有人来疏导。热心的陈建宇放下礼物后，就坐在床头陪着阿伟聊家常，还主动给阿伟讲一些励志的故事，并亲切地告诉阿伟，以后每个月她都会来探望他。

对于这个约定，阿伟只当是陈建宇随口一说，因为长年瘫痪在床的他深深地知道，别人能够过来探望一下自己已经很满足了，他并不奢望陈建宇能够经常来，因为那样的话，会给陈建宇这位好人增添很多的麻烦，这是阿伟不愿意看到的。

可是，令阿伟没有想到的是，陈建宇不但在第二个月如约而至，她还把医生给阿伟带过来了。阿伟看到这么守承诺的陈建宇，流下了两行激动的热泪，他拉着陈建宇的手说："我是一个残疾人，从来没有人像你这么对我好过，谢谢你，好心人！"

陈建宇则笑着说："没事的，阿伟，只要你好好地配合医生治疗，你的病很快就会好起来的，你要相信医生，更要相信你自己。"

本来，阿伟以为医生已来到了身边，自己的身体很快就会康复起来的，可是医生在看过阿伟的病情后，当着陈建宇的面告诉阿伟，他的病经过这么多年的卧床，必须采用保守的治疗，需要经过一阵子的康复治疗之后，才能看情况进行手术。

医生的一席话，让阿伟看到了希望，又让阿伟陷入了迷茫。看到阿伟的眼神又暗淡了下来，陈建宇鼓励阿伟一定要积极地配合医生做康复治疗，她会继续履行约定，每个月都来增城陪他聊天。

陈建宇是一个特别守承诺的人，从那以后的每个月，她都会专门抽出时间赶往增城，坐在床头陪阿伟聊天，还从医生那里学了一些护理措施。而有了陈建宇的鼓励和帮助，阿伟的心情也渐渐地开朗起来，对自己走向康复充满了信心。

为了使阿伟尽快康复，陈建宇多次打电话与不同的医院进行沟通，很多医院在了解阿伟的病情后，都表示无能为力。可陈建宇没有放弃，最终联系上了愿意给阿伟动手术的广州正骨医院。院方告诉陈建宇，要先观察阿伟的身体情况，否则，快速的手术治疗将给阿伟带来巨大的痛苦。

转眼三年的时间过去了，在陈建宇的关心帮助下，阿伟的身体机能有了明显的好转，可以接受髋关节更换手术了。可是阿伟因家境贫寒，巨额的医疗费用根本无力承担。于是，铁了心要帮助阿伟的陈建宇，又向志愿者协会的领导汇报，还发动微信好友进行筹款，经过多方动员，仅仅用了一个多月的时间，就筹够了阿伟的第一期手术费。

2015年5月21日，陈建宇再一次来到增城阿伟的家中，这一次，她的心情明显放松了很多，因为现在的阿伟终于可以坐起来了。陈建宇将阿伟全家接到广州正骨医院，因为阿伟在广州没有亲人。只要是下了班，她就到医院陪伴阿伟，完全将自己当成了阿伟的亲姐姐，帮助阿伟喂饭喂药，甚至还帮助阿伟端屎端尿。阿伟年迈的父母看到陈建宇对阿伟这么好，流着泪说："你对阿伟比我们当父母的还好。"确实，在陈建宇的心里，尽管阿伟与她并没有血缘关系，可是，那一条赵广军生命热线，却成为连接两人亲情的桥梁，他们通过这条桥梁相识，就要在这座志愿者搭起的桥梁上，成为彼此最亲的亲人。

经过近三个月的在院观察，医生告诉陈建宇，阿伟已经可以做手术了。本来，阿伟特别盼望做康复手术，可是，在听到大夫说做手术有风险的时候，临上手术台前，他又开始犹豫了。他的心情特别紧张，额头上的汗珠也流了下来。陈建宇紧紧地握住阿伟的手，鼓励阿伟要树立起康复的信心来，并微笑着对阿伟说："阿伟，相信自己，你一定能行的。"

有了陈建宇的鼓励，阿伟又燃起了信心，手术也进行得非常成功，在第一期手术中顺利地更换了三个关节。手术过后，阿伟终于可以被动式地坐起来了。由于父母已经年迈，根本没有办法帮助病榻上的阿伟，照顾阿伟的重任又落到了陈建宇的肩上。然而，仅靠陈建宇一个人的力量，又根本照顾不过来，于是，陈建宇就发动赵广军生命热线协会的同事一起出动，轮流到医院照顾阿伟，在陈建宇及众多志愿者的亲情援助下，阿伟慢慢地康复起来。

出院后的阿伟可以坐上轮椅，离开躺了多年的病榻，到室外去看看灿烂的阳光了。看到阿伟恢复得这么快，陈建宇的心里别提多高兴了，她鼓励阿伟去做些力所能及的小买卖。阿伟也特别听陈建宇的话，以后，他就每天坐着轮椅到外面去，一边欣赏外面的美丽风景，一边卖些小物件，也算是过上了自食其力的生活。

每当阿伟对她说一些感激的话时，她都会笑着告诉阿伟，没有谁的人生会是一帆风顺的，只要保持一颗坚强的心，直面生活中的风雨，并且尽自己最大的可能去帮助别人，那么，每个人都是快乐的，每个人也都是生活中的王者。

多年来，陈建宇始终坚持着“生命不息，志愿不止”的人生信仰，秉承“老吾老，以及人之老，幼吾幼，以及人之幼”的无私奉献精神。多年的志愿服务，也使陈建宇像赵广军一样，收获了很多沉甸甸的荣誉，她先后荣获2014年广东省志愿金奖、2015年广东省文明办“广东好人”、第六届广州市道德模范等数十项荣誉。面对这些荣誉，她笑着说：“荣誉属于每一名志愿者，我只是做了一个志愿者本来就应该做的，以后，我会把我全部的努力，都奉献给伟大的志愿服务事业！”

2020年春天，一场突如其来的新冠疫情打乱了人们的生活节奏，疫情冲击之下，人们积极响应政府的号召，在家接受自我隔离。因为居家的时间太长，很容易出现焦虑等问题。为此，赵广军生命热线协会的志愿者们积极地行动起来，从1月27日开始一直到新冠疫情稍缓，赵广军生命热线每天从早9点到晚9点，都会组织一些心理导师来接听电话，义务为隔离人员提供心理咨询与疏导服务。每一个打进电话的人，都在赵广军生命热线这里得到了信心和勇气，从而树立了战胜新冠疫情的信心，而赵广军生命热线协会的志愿者们，也以接电话的形式，为广州抗疫战争的胜利做出了贡献。

三月份，疫情稍缓，赵广军又闲不住了，他与生命热线协会的志愿者们，通过联系多家慈善机构和志愿者慈善家，奔赴广州不同的小区，将志愿者的温暖送到孤寡老人身边，更让他们坚定了打赢疫情防控战的信心。

具有菩萨心肠的赵广军，还深情地牵挂着山区里的孩子们。为了让山里孩子能吃上一顿有营养的午餐，赵广军生命热线协会还志愿发起了“幸福午餐”公益行动，发扬羊城志愿者的大爱风采，尽最大可能地帮助山区里的留守儿童与低收入家庭的孩子。一位贫困家庭的家长拉住赵广军的手说，等到孩子完成学业以后，也要让孩子像赵广军一样，投身到志愿服务事业中去。听到这位家长这么说，赵广军的脸上露出了幸福的笑容。

从一名问题少年到全国党代会代表和全国道德模范，赵广军用温暖心灵的“生命热线”，帮助过无数需要帮助的人，他和赵广军生命热线协会的志愿者们一起，为很多人撑起了一片湛蓝的天空。面对着未来，赵广军生命热线协会的志愿者们将继续发扬“奉献、友爱、互助、进步”的志愿精神，去为更多人提供更加优质的志愿服务，这是他们忠诚的信仰，也是他们庄严的承诺！

第四章

神圣的使命永扛在肩

如果在新时期重大公共事件典籍中寻找广州志愿者的身影，你会发现无论是抗击自然灾害还是重大国事活动都留有这个英雄群体的足迹。哪里有灾情，哪里就有他们冲锋陷阵的英姿；哪里有危险，哪里就有他们的责任担当。

四川汶川大地震的废墟上，那一个又一个匍匐救助群众的身影是那样令人动容，北京奥运会上那一尊又一尊挺拔的身姿又是那样感人至深，春运时期的广州车站，那一个个扶老携幼的场景总是那样给人温暖，高墙铁网内，那一句句感人肺腑的话语总是那样打动人心……

汶川地震：灾难无情，人间有爱

2008年5月12日下午，四川汶川发生了震惊全世界的8级大地震，数十万同胞的死伤，深深地刺痛了每一位炎黄儿女的心。

噩耗传来，举国同悲。

一方有难，八方支援。

为了支援汶川震区，共青团广州市委先后向震区派出5批190名医疗及心理等专业志愿者，把广州人民最无私的爱送到灾区人民的身边。这些来自花城广州的志愿者全部自带物资，他们带着全广州一千多万人民的嘱托，采取自助式救灾志愿服务，踏上了挺进汶川震区的艰难救险之路。

汶川地震的消息传来后，珠江医院副院长徐如祥立即向领导请命，请求让他回四川家乡驰援救灾。领导看着52岁的徐如祥，有些不忍心，想派更年轻的同志前往。可是，徐如祥却坚决要求前往汶川灾区，在这么大的地震灾害面前，他这个工作在广州的四川老乡，是绝对不能看着家乡人民有难不管的。在徐如祥的再三请求下，领导最终同意了他的请求，于是，徐如祥作为广东省医疗队副队长，带领九名志愿队员紧急驰援震区。尽管在来汶川的路上，徐如祥等救灾人员已经想到了此行的艰难，还特意背上了六七十斤重的救援物资，可是，等他们翻山越岭，终于来到震中映秀镇时，却发现这点物资根本就不够，怎么办？他们来是驰援汶川的，不是来与震区人民一起等待救援的。为了能够在灾区生活下去，徐如祥与队员们不得不挖田里的土豆充饥。

到达映秀镇后，徐如祥每时每刻都在仔细聆听着瓦砾之中传来的微弱呻吟声，这是生命在等待救援的信号，即使听错了，也要马上投入救援，即使白费力气，也不能错过任何一个生命的奇迹。也正因为徐如祥的心细，他们从两米多深的瓦砾中，救出了一名被埋了四天的女大学生。这是徐如祥等志愿队员抵达震区后，救出的第一位被埋同胞，这也给了志愿者莫大的鼓励。

为了能够救援更多的受灾群众，他每天都背负着医疗物资，走在蜿蜒崎岖的山路上，去给寨子里的乡亲们看病。他是一名医生，更是一名有爱心的志愿者，所以，每当他来到寨子里给老乡看病后临走的时候，都会给乡亲们留下三五百元，钱尽管不多，却代表着徐如祥的一片心意。就这样，不到五天，他来时带的那7000多元钱，就已经分得差不多了，以至于他不得不向队员们借钱买东西。

在映秀镇电厂废墟里，为了救一对瓦砾下的母子，徐如祥不顾随时发生的余震，钻到了预制板下。一股恶心的尸臭扑鼻而来，把徐如祥熏得差点呕吐，可是，在生命面前，他这名人民的医生不能退缩，因为每晚一秒钟，可能就会有一个鲜活的生命逝去。看着瓦砾中的母子，徐如祥赶紧从背包里拿出酒精喷洒，又喷洒完消毒药水后，这才压住了那浓浓的尸臭。看到里面被压住的母子，他顾不上多想，用自己的双手来挖土。当母亲的一只手露出来时，徐如祥欣喜若狂，马上与队员们一起给她输液。队员们不忍心徐院长这么辛劳，就对他说："徐院长，你已经连轴转了三四天了，你快休息一会儿吧，这次救援任务就交给我们。"

一连说了好几遍，徐如祥依然在用双手扒着瓦砾中的泥土。这位队员以为徐如祥没有听见，就又说了一遍，谁知道徐如祥回过头来，冲着这名队员劈头盖脸地吼道："我给你们定下一条新规矩，危险的地方我先上，谁也别多嘴！"

这一吼叫让队员感到不可思议，因为平时徐院长说话都心平气和，他到底是怎么了呢？他哪里知道，徐如祥是想把危险留给自己，把安全留给年轻的队员们，为此，他才平生第一次跟可爱的队员们发了火。

上级给徐如祥等志愿队员们下达命令，还有一个“生命孤岛”耿达乡没有获得救援，必须马上前往驰援，但是此行风险极大。对此，徐如祥拍着胸脯保证：一定能够圆满地完成任务。耿达乡是重灾区中的重灾区，面对随时发生的余震以及倒塌的房屋，徐如祥及队员们也知道此行的艰难，但他们没有退缩，拿上救援工具就向着耿达乡出发了。临去耿达乡前，徐如祥写下了遗书。

等到终于步行到了耿达乡的时候，他立即投入到救援当中。在耿达乡，他每天都步行五六十里的山地，翻山越岭去寨子里给乡亲们巡诊，救治伤员。连日的劳累，原本健壮的徐如祥院长撑不住了，他发高烧达到了39℃多。可是，他不愿意为此而停下救援的脚步。队员们看到徐院长的脸色发红，就劝他多休息一下：“徐院长，你一定要注意休息，可千万不能病倒了啊，你看看你的脸红红的，不会是生病了吧？”

对此，徐如祥强忍着高烧的折磨，从嘴角挤出一丝笑意，说：“我没事，这里是1800多米的高海拔地区，我的脸红是被太阳给晒的，没多大点事。”

等到记者们找到他们要求采访时，徐如祥就让队员们配合记者的采访工作，自己则依然在为灾区的乡亲们问诊。当记者想要为广州来的志愿医疗队拍集体照，请求徐如祥配合时，徐如祥一脸严肃地说：“我们是来救人的，不是来照相出名的！”看到徐如祥为了灾区的乡亲们这么劳累，就连记者都觉得不好意思了。

就在徐如祥带领的医疗团队在汶川震区没日没夜地救援时，广州城里也掀起了为震区乡亲捐款的热潮。在广州市委、市政府的带领下，广州市慈善会先后组织了50多场捐赠活动。在这场支援灾区的捐款活动中，有一个人感动了整个中国。说起来，他的身份很特殊，他捐出的钱也不多，只有185元钱，虽然他捐出的钱很少，可在负责收款的志愿者看来，他捐出的不仅仅是185元钱，而是他无私的大爱之心。

汶川大地震发生后，一位身患残疾的乞讨少年扶着轮胎，正费力地向着广州市越秀区的一个捐款站点走来。问明这里是捐款点后，他吃力地将手举过捐款箱。刚要将钱往捐款箱里放，收款的志愿者好心地劝道："你本身的处境也很艰难，我看，你还是把钱留下来，自己买点营养品吧，可能相对于灾区人民来说，你更需要大家的支持和帮助。"

这位身有残疾的少年叹了口气，用坚定的眼神看着捐款点的志愿者，说："这是我乞讨来的，钱不多，却是我的一片心意，就请你们帮助我转交给灾区的人民吧。"

这位少年的义举把负责收款的志愿者给深深地感动了，她眼含着热泪向这位残疾少年伸出了大拇指，在场的其他志愿者也一起向着残疾少年深深地鞠了一躬，替灾区人民向他表示深深的感谢。

确实，他捐出的只有185元钱，可是这种金子般的善良之心，却比黄金还要金贵。经过媒体报道以后，这位少年立即蹿红网络，引爆了整个互联网。广州城里的志愿者们，便发起了寻找义丐的活动，很快，他们就在广州站南路的街头，发现了他的身影。

原来，他叫龚忠诚，来自河南省驻马店市，一岁的时候因为高烧得了小儿麻痹症，才落下了终身的残疾。因为无法走路，双腿逐渐退化，自从母亲去世以后，一直在家乡艰难度日。14岁那年，他被南下打工的父亲带到了广州，为了能够生活下去，他不得已才在街头当乞丐。他随身带着一个废轮胎和一个不锈钢碗，由于双腿无法走路，他只能用双手扶着轮胎走路。

义丐龚忠诚是一个具有感恩心的人，他告诉前来寻找他的志愿者，广州人都是热心肠，不但没有打他骂他驱赶他，还经常给他送来一些衣物和饭菜，有些路过的市民看到他后，也会拿出一些零钱给他，正是在广州好人的帮助下，他才没有在广州饿死。

志愿者又问他：“你又没有手机，怎么知道汶川地震的？”

龚忠诚说：“我既没有手机也不会上网，坐在马路边上乞讨时，看到一家饭店里的电视机上，正播放着汶川地震的救援消息。我当时就想，地震可不是小事，会死很多人的。相对于这些死去的乡亲来说，我这点病不算什么，我也愿意将乞讨得到的钱，捐给灾区那些更需要帮助的人。”

他的一番肺腑之言，把好几位前来寻找他的志愿者给说哭了，志愿者们也决定，一定要想办法帮助这位义丐。团省委的领导从媒体上看到龚忠诚的事迹后，也深受感动，当即便带着很多生活用品前来探望他。广州市里的各个志愿组织和残疾人机构，也纷纷伸出了援手。可是，钱财只能解一时之需，要想从根本上帮助龚忠诚，还需要全社会的志愿者和慈善家们想出更多的办法。最终，一位志愿者企业家将一家凉茶铺的三年经营权送给龚忠诚父子。龚忠诚特别激动也特别感激，他含着热泪对这位企业家说：“请您放心，我一定要用自己的双手，将这家凉茶铺经营好。”

龚忠诚用心经营凉茶铺，还抽空学习维修手机，他想通过自己的双手，来彻底改变自己的命运。同时，他也加入了广州市的志愿者组织，希望尽最大可能去做志愿者，去帮助更多需要帮助的人。

黄莉是都江堰一家医院的妇产科医生，她还与丈夫经营一家火锅店，小日子过得非常滋润。可是，一场突发的汶川大地震，却改变了黄莉的命运，她被埋在废墟中长达96个小时，当救援队员将她从废墟里救出来后，严重受伤的她被紧急送往四川省人民医院，医院为她做了截肢手术。5月26日，黄莉又被转往广州市第一人民医院，继续接受治疗。当黄莉在病床上看到自己失去双腿和左臂后，她的心灵受到了很大的伤害，她无法接受残缺的自己，觉得未来的人生已经彻底失去了光彩，生命已经失去了意义。就在此时，广东省妇联组织了“爱心妈妈一对一”公益活动，也是这次活动，让病床上的黄莉认识了广州市金牌志愿者廖卉。作为一名有爱心的志愿者，廖卉当然知道经历过地震的人，特别需要心理安慰，于是，她就抽出业余时间主动来陪伴黄莉聊家常，并说一些开心的事情。当廖卉了解到黄莉有轻生的念头时，她说："黄莉，如果你死了，儿子就没有妈妈了，没有妈妈的儿子是很可怜的，你活着，他至少还有妈妈啊，所以，你要坚强地活下去。"

是啊，儿子此时就是黄莉所有的寄托，也是她活下去的全部希望。黄莉就语重心长地对廖卉说："谢谢你，廖卉，我现在是真的羡慕你啊，可以做一名志愿者，到处走着去帮助别人。我觉得，能够做一名志愿者，就是人生中最幸福的事情。"

廖卉知道黄莉是在感叹自己失去了双腿，于是鼓励她说："只要你愿意做志愿者，随时都可以的，志愿者不看你的年龄和身体，只要你有一颗关爱别人的爱心，无论你走到哪里，也无论你的身体处于什么状态，随时随地都可以做志愿者帮助别人的。"

廖卉的鼓励和无微不至的照顾，给黄莉带来了信心和勇气。全国道德模范赵广军也带着协会志愿者来到医院慰问黄莉，并鼓励她好好地康复，黄莉很早以前就听说过赵广军的先进事迹，于是问赵广军："赵广军，我也想用我的声音来帮助别人，我这个四川人可以加入你们广州的生命热线吗？"

赵广军笑着告诉黄莉："当然可以了，今天，你就正式成为我们团队的一员了，我代表所有的志愿者同事欢迎你。"

听到赵广军这么说，病床上的黄莉流下了激动的泪水，也是在廖卉和赵广军的鼓励下，病床上的黄莉当即就拿起手机，用温暖的语言来鼓励别人。在广州治疗期间，黄莉用自己金子般的心灵，成功挽救有自杀倾向的3名求助者。

黄莉离开广州返回四川时，廖卉给她买了一部手机，还给她充了3000元话费，不，这不只是手机和话费，这是广州志愿者对黄莉的信任、鼓励与关怀。最终，回到四川老家的黄莉建起了"四川黄莉心声热线"，继续用自己对生命的体悟去帮助更多需要帮助的人。这是四川与广东的心灵互动，这更是广州与汶川的大爱交融。

地震无情人有情，大爱无言暖一生。

五羊城里花最美，高原铁军展豪情。

“等我长大了，我一定要找到你，对你说一声真诚的感谢。”这是2008年时，年仅十岁的汶川少年黄崟所发出的誓言。十年以后，已经成为驻西藏某部防爆兵的黄崟，历尽千辛万苦，终于找到了家住广州的志愿者谭金香女士。当透过连线的视频见到十年后的彼此时，两个人的眼泪都流了下来。

原来，在2008年汶川大地震袭来时，27岁的谭金香作为一名志愿者，来到绵竹市汉旺镇的受灾群众安置点支援。她在安置点的帐篷里当临时老师，带着黄崟等十几个孩子。谭金香是一名特别有爱心的志愿者，在安置帐篷里，她不但教孩子们学习，也照顾这些孩子的生活，还给他们做心理辅导。晚上，小黄崟等孩子就与谭金香住在同一个帐篷里，谭金香更是走到哪里，都将他们带在身边，这使年少的黄崟在心里将谭金香当成了自己的亲妈妈。

转眼之间，一个月的志愿支援期结束了。尽管谭金香舍不得离开可爱的孩子们，可她自己在广东也要生活也有家人。于是，她就将小黄崟叫了过来，将他们在一起拍的照片，还有一本写有鼓励话语的笔记本送给小黄崟，并笑着告诉黄崟，她要离开汶川回自己的家乡广东去了。

小黄崟当然舍不得，就流着眼泪问谭金香，以后还能不能相见。孩子哭了，谭金香也哭了，这时，正好有几名救援官兵从帐篷外面走过，泪眼蒙胧的谭金香，就指着外面的官兵对小黄崟深情地说：“黄崟，你要好好地学习，等你长大后，你要和他们一样成为军人，去人民最需要的地方，这样你就能找到我了。”

在此后的十年里，黄崟一直记得谭金香的话，也一直在努力学习，长大后，他真的选择了参军入伍，并成为西藏军区某工化旅的排爆战士。尽管已经长大了，可是，当年的约定却始终萦绕在黄崟的心里，他是一个具有感恩心与责任感的人，他多么希望谭金香能够看到自己穿军装的样子。可是，他只知道这位关心过自己的志愿者“妈妈”网名叫“QQ姐”，茫茫人海，他又该到哪里去寻找她呢？

在连队领导和网友的共同帮助下，黄崟将“寻人启事”发到了各大媒体和社交平台上。很快，广州的谭金香得知已经长大的黄崟在寻找自己的消息，他们终于在分别十年以后通过网络见面了。当谭金香在微信上看到黄崟的军装照时，她连声地夸奖当年的小伙子长大了，黄崟则在视频连线中流着泪告诉谭金香：“你希望我像当年的你一样，长大以后成为别人需要的人，我终于做到了！”

汶川地震无情，穗汶两地有爱。在2008年那场大地震中，广州与汶川两地通过志愿者的亲情互动，发生了很多可歌可泣的动人故事，这是大爱广州书写出的巴蜀感动，更是志愿广州的深情体现，而包括广州人民 在内的全体中国人共同奉献的志愿爱心，也汇聚成中国复兴的坚强力量！

南方雪灾：抗冰雪，保畅通

2008年，对中国人来说是一个特殊的年份，既有激情澎湃的北京奥运会，又有举国动员的抗震救灾，也是在这一年，无数志愿者的倾情奉献，共同为这个伟大的国家插上了腾飞的翅膀，所以，这一年，又被人们称为中国志愿者元年。

中国志愿者元年元月26日，京广线南段因雪灾冰冻造成大规模断电，导致列车大规模停运，大批急于返乡过春节的旅客，开始滞留在广州火车站。11点半，为了维持火车站秩序，广州警方封闭了广场自东向西的公交车道，下午2点，广州市春运应急预案正式启动。自此，广州铁路、公安、环卫、民政等多个部门，为应对南方雪灾造成的影响，全面进入应战的“紧急状态”。

大雪无情人有情，大爱广州情最浓！

南方雪灾致使大批旅客滞留广州的消息，牵动着无数广州市民和志愿者的心：马上就要过年了，可是大批的旅客又回不去，滞留在火车站的他们怎么办？一时之间，广东省、广州市各政府部门以及各级志愿者组织行动了起来，他们纷纷来到广州火车站，为滞留旅客捐款捐物，用自己无私的志愿爱心，温暖着这些滞留在广州的全国各地的乡亲。

当天，时任广州市越秀区民政局办公室主任李伟光接到上级通知，因为广州火车站位于越秀区，上级指示越秀区民政局全力做好广州火车站滞留旅客的食物、衣物的筹集保障和发放工作，做好滞留广州旅客的安置和保障工作。

当天是礼拜六，民政局只有三名同志值班，而第二天是礼拜天，局里的同事都在家休息，这可怎么办呢？经过李伟光主任向局领导请示，决定在次日进行全局总动员，让所有同事加班加点，全力投入到抗击雪灾的志愿行动中。

越秀区民政局发出加班加点的号召后，其实，没有等到第二天，当天，很多热心的同事就陆续赶回民政局的工作岗位，在局领导的带领下，立即投入到物资的筹集发放工作中。因为广州气温骤降，所以，很多滞留广州的旅客根本就没有防备，很多人还穿着秋季的单衣服，天冷了，必须把冬衣马上送到滞留旅客的手上。可是，越秀区民政局人手有限，就算是他们不吃不喝不睡，也不可能在短时间内，将棉衣等物资全部发放到每名滞留旅客的手上。

尽管如此，他们选择迎难而上。民政局办公室主任李伟光带着三名同事紧急赶往广州火车站，开始布置服务点，准备发放衣物等工作。让李伟光主任没有想到的是，此时，已经有一些自发的热心人出现在广州火车站的广场上，这让他特别感动。但转眼一想：这么多旅客滞留在火车站广场，如果这些没有组织的志愿者在没有统一的指挥下各自为战极有可能发生踩踏等情况，怎么办？正当李伟光陷入沉思时，同事说：“李主任，您忘记了吗？其实我们还有一支队伍可以使用。”

急需人手的李伟光着急地问道：“我们还有哪支队伍？你快些告诉我。”

同事说：“我们区民政局名下不是有一个义工协会吗？平时我们不需要，现在这种特殊的紧急情况，到了他们发挥的时候了。”

李伟光主任一拍脑袋，对啊，这支志愿者队伍就是民政局的轻骑兵，现在确实是该他们上场的时候了。本来，李伟光还认为当天是礼拜六，很多人都会在家休息，要想组织起一支志愿队伍来很困难，令他没有想到的是，就在他给义工协会负责人打过电话后不到五分钟，区义工队就有几名志愿者来到他的身边报到。

李伟光看着这几位前来报到的志愿者，满是激动地问道：“你们怎么来得这么快啊？我可是刚刚放下电话啊！”

一位志愿者说：“李主任，实话跟您说了吧，其实我们早就来到火车站广场了，不过，我们是自发的个人行为，就是想看看能不能帮滞留旅客做点什么。这不，就接到了区义工协会的电话，让我们来找也在火车站的您报到。”

太好了，实在是太好了！李伟光像见到了亲人一样，挨个地与他们握手，表达区民政局对他们的欢迎和感激，并立即带领他们投入到布置服务点的工作中，为接下来的发放物资开始做准备。可是，滞留旅客实在太多了，整个火车站广场望过去全是人，黑压压一大片，纵使后续区民政局、义工协会的志愿者们全部赶来支援，他们也依然忙不过来。

如果李伟光知道，此时，广州市正有无数个志愿组织和志愿者已经行动了起来，或许他就不会那么着急了。

此时，广州市志愿者协会、广州市青年吉安志愿者协会也因为雪灾而立即行动起来，广州市青年吉安志愿者协会立即在网站上向全体志愿者发出了公开信：“为了确保2008年春运工作安全、有序进行，根据市委、市政府有关会议精神，按照市春运办统一部署和安排，现组织志愿者开展春运志愿服务工作。”

无数志愿者在看到网上的公开信以后，立即拨打了广州市青年吉安志愿者协会的热线电话，纷纷表示要加入组织，全力投入到救灾抢险的志愿服务中。赵广军这位全国劳动模范也积极响应公开信的号召，马上带领着刚刚成立不到一年的赵广军志愿服务队的同事们，紧急赶到广州火车站等需要人手的地方，为滞留的旅客送上急需的冬衣等物资。

此时，民间志愿者组织广东岭南狮子会会长伦永华正在外地出差，他的手机也陆陆续续地接到很多询问短信。伦永华深知救灾如救火的道理，他立即打电话给人在广州的狮子会副秘书长刘清青，让她立即想办法，马上去筹备两万件棉衣。

这可把刘清青给急坏了，她在电话里着急地问道："伦会长，时间这么紧，你让我到哪里去筹备这么多的棉衣？"

伦会长当然知道刘清青有难处，马上把命令的语气改为鼓励的语气说："现在南方雪灾这么严重，天气又这么冷，旅客又这么多，如果不能马上把棉衣送到旅客手中，会把他们冻坏的。我相信你的工作能力，加油，你一定能尽快办到的。"

刘清青知道，要想在短期内筹集到两万件棉衣，只有发动狮子会志愿者的力量，于是她就将筹备两万件棉衣的信息发到了QQ群，让志愿者网友们一起来想办法。

广东狮子会成立于2002年，到2008年南方雪灾发生时，已经走过了六年的志愿慈善时光。令刘清青没有想到的是，在她发出信息一天之内，两万件棉衣便准备好了。刘清青的心里满是感动，又马上打电话联系志愿者范穗斌，请他立即组织一些志愿者前往民政局送棉衣。

次日下午，当范穗斌和志愿者开着车，将两万件棉衣送到广州火车站广场时，越秀区民政局李伟光又激动又犯难：激动的是棉衣已经送到，可以保证旅客们不再挨冻了；犯难的是，随着火车站滞留旅客的不断增多，他刚刚能够运作过来的人手又不够用了，这可怎么办呢？为了让旅客们早些穿上这些棉衣，李伟光主任就对范穗斌说："您看，这么多的人，我们也忙不过来，您能不能组织一下你们的人，帮助我们发放棉衣呢？"

范穗斌满口答应。他与志愿者小吉就立即行动了起来。作为一名老师，范穗斌当然知道在人流量大的时候，必须维持良好的秩序，所以，他不敢大张旗鼓地发放，而是很低调地为旅客们发放着棉衣，可即使这样，还是立即吸引来很多旅客。眼看着人越来越多，范穗斌只好先停止发放棉衣，将情况跟李伟光主任做了汇报。李伟光一边找火车站的工作人员帮助发放，一边联系广州市志愿者协会和其他相关的志愿者组织。在得到求援信息后，各级志愿者组织也立即抽调精英志愿者，紧急驰援广州火车站。

越来越多志愿者的到来，深深地感动了李伟光，当然，也感动了无数滞留在广州火车站的旅客。

发生旅客滞留的不只有广州火车站，还包括白云区广园客运站在内的其他交通站点。南方雪灾造成大批旅客滞留以来，志愿者们也积极服从志愿组织的安排，把对旅客百分百的关爱之情，化成了无私奉献的志愿行动，温暖了寒风中的旅客们。甚至，有的志愿者还在旅客安置点举办了一场特殊的婚礼。

2月3日上午，广州市景泰街志愿者刘万宁和卢敏仪没有像往常一样，前往旅客滞留点进行志愿服务，因为当天对于他俩来说是个特别的日子，他们要去广州市白云区民政局领结婚证。可是，就在他们赶往区民政局的路上时，景泰街负责人却把电话打到了刘万宁的手机上，因为白云区广园客运站旅客滞留安置点第一次启用，请他赶紧赶到柯子岭小学做志愿服务。

刘万宁刚刚从西藏退伍回来，是一个特别热爱公益的小伙子，如果换成是平时，他肯定二话不说就答应下来，可当天的他却拿着手机含含糊糊地问道：“领导，您看改天行不行？我今天确实有些急事需要处理。”

负责人听到刘万宁拒绝了，也不好再勉强什么，因为本来都是志愿者，既没有工资也没有奖金，都是义务劳动奉献爱心。谁知，一旁的女友卢敏仪却一把拿过手机，对着负责人说：“好好好，领导，没问题，小刘跟我在一起哪，我们没有什么急事，您放心，我们马上赶到柯子岭小学做志愿服务。”

放下手机，刘万宁皱着眉头问道：“今天可是我们领结婚证的大喜日子，就不能休息一天吗？本来，今天也轮到我们休息。”

卢敏仪笑了笑说：“你看这么多滞留的旅客，需要我们紧急去帮助他们。我想，领证的事可以放到中午啊，不会耽误的。”

刘万宁叹了口气，说：“中午？你有没有搞错啊，民政局的人难道不用休息不用吃饭了？”

卢敏仪看着刘万宁说：“我们跟民政局的人好好地说说，没准他们能帮助我们哪，好了，你就听我的吧，好不好？大不了我们改天再领证也是可以的。”

刘万宁一直很宠爱卢敏仪，听到女友这么坚持，只好同意先去柯子岭小学做志愿服务。一个上午，他们两人忙里又忙外，周到细致的志愿服务，赢得了很多滞留旅客的交口称赞。

趁着中午休息的中间，两人溜出了小学安置点，不巧却碰到了领导，领导问他们去哪里。本来，卢敏仪还要隐瞒，可是，当过兵的刘万宁却说话爽快，直接将两人要去民政局登记结婚的事情跟领导说了。领导大吃一惊，在为他们送上祝福的同时，也被这两位无私奉献的志愿者恋人深深地感动了。

被感动的不只是他们的领导，还有白云区民政局的领导张强。当他们赶到民政局时，工作人员确实已经午休了，于是，卢敏仪就向值班的工作人员做了汇报，民政局工作人员也是第一次遇到这种情况，马上跟张强局长做了请示。

正在吃午饭的张强局长得到汇报以后，也是深受感动，他放下筷子就来到了领证现场，亲自为他俩办理了结婚手续，连结婚证的工本费也没有收。但是，张强局长却没有立即将结婚证给他俩，而是笑着说：“今天是你们结婚的大喜日子，我代表民政局所有同志祝福你们，这个结婚证也是我发放的最为特殊的结婚证，所以，我不想在这里交给你们，那样也就失去了意义，我想亲自去安置点，当着所有滞留旅客的面，把这个结婚证发给你们。”

刘万宁和卢敏仪本来以为需要说上半天的好话，民政局的工作人员才能给他俩在午休时间办理登记，却没有想到民政局张强局长还要亲自到滞留旅客安置点为他俩颁发结婚证。那这个结婚证，可实在是太有意义了。

下午，柯子岭小学滞留旅客安置点的广播响起来了：“各位旅客，现暂借用广播播送一个消息，我们现场服务的志愿者中，有一对新人刚领了结婚证……让我们祝福他们。”随即，广播里响起了《婚礼进行曲》的悠扬旋律。在欢快悠扬的音乐里，刘万宁和卢敏仪这对新人，在头戴着红帽子的志愿者同事陪伴下，从操场人群中走了出来，他们没有婚纱，现场也没有喜宴，可是他们的脸上却绽放出灿烂的笑容。

在滞留旅客热烈的掌声里，张强局长将两本结婚证交到了这对志愿者新人的手上，并送上最真诚的祝福：“各位旅客，今天是刘万宁和卢敏仪这对新人的大喜日子。说句心里话，我从事民政工作这么多年，还从来没有遇到在中午过来领证的新人，一打听才知道，原来他们是为了做志愿服务，才耽误了工作时间领证。我想，做志愿服务的人，都是心有大爱的人，今天，就让我们所有的人一起用掌声，来祝贺这对新人白头偕老、百年好合！”

热烈的掌声又响了起来，在近千名旅客的共同见证下，刘万宁和卢敏仪没有像其他人结婚一样入洞房，戴着志愿者红帽子的他们，在举办完简短的仪式以后，又继续投入到服务滞留旅客的志愿行动中。

在抗雪灾保畅通的志愿行动中，因为滞留旅客实在太多，所以，广州市相关部门及志愿者组织，便动员返乡旅客留在广州过春节。滞留旅客积极响应政府的号召，有些旅客还主动投身到志愿服务工作中。1998年从西安交通大学毕业后来到广州工作的张异华，就是其中典型的志愿者代表。

张异华是湖南娄底人，因为老家刚刚搬进新楼房，再加上家里人给他介绍了女朋友，这个春节对于他来说有着特殊的意义。为了能够早早地回家过年，早在1月27日凌晨，在售票点排了八小时队的他，终于买到了2月1日晚开往家乡娄底的火车票。当时的他高兴坏了，因为在春运期间能够提前买到票，是一种温暖的幸福。可因为受到南方雪灾的影响，广铁停发了他即将乘坐的列车。尽管提前得知消息，急于回家的张异华却抱着试试看的态度，在2月1日傍晚，仍顶着凛冽的寒风，来到了广州火车站。列车自然没有正常发出，他也在执勤专管狱警的指挥下，来到了位于广东国际贸易大厦的旅客疏散点。

次日凌晨1点，张异华刚刚到达疏散地点，一位志愿者大姐就笑着为他递上了水和方便面。看着这位热情的志愿者大姐，张异华特别感动，说："谢谢你，大姐，我就在广州，我也是荔湾区的青年志愿者，咱们都是志愿者。所以，我不太需要这些东西，您还是把水和方便面送给其他更需要的人吧。"

志愿者大姐听说张异华是荔湾区的青年志愿者，说起话来就更加热情了，她笑道："你肯定没有在深夜做过志愿者，你看这都大半夜了，你也肯定还没有吃东西，如果你现在不饿，半夜也会饿的，这里毕竟不是在自己家里，根本睡不着觉，你还是收下吧。"

志愿者大姐的这番话，让张异华心里暖暖的，在收下水和方便面的同时，就与这位志愿者聊了起来。一打听才知道，这位志愿者姓陈，张异华就亲切地称呼她为陈姐。因为张异华本身就是志愿者，所以，他马上打开行李箱，穿上志愿者的服装，与陈姐一起为滞留旅客发放起水和方便面来。

等到第二天早晨，忙了一夜的张异华就拿出手机告诉家人，这个春节他不回家过了，他要在广州志愿者的公益岗位上，为更多需要帮助的人奉献爱心！

南方大雪，尽管阻挡住旅客们回乡的路，可是，无数个广州志愿者的身影，却共同谱写出"抗冰雪，保畅通"的优美乐章，也是这些志愿者用最无私的爱，让寒冷不再，让温暖永远！

北京奥运：向世界观众展现志愿者风采

2001年7月13日晚，当时任国际奥委会主席宣布北京赢得2008年第29届奥运会主办权时，整个神州大地沸腾了，所有炎黄子孙的热情被奥运会深情地点燃。

众所周知，任何一届奥运会的举办，都少不了志愿者的参与，在北京奥运圣火传递以及北京奥运会、残奥会召开期间，北京奥组委总共动员了一百多万志愿者，而这些志愿者里，就有来自广州的可爱身影。尽管广州与北京相距千里之遥，可是，心有大爱的广州志愿者不会缺席北京奥运会，且为无与伦比的北京奥运会增添了华彩。

北京奥运会虽然在2008年8月8日开始举行，但是奥运会志愿者的招募工作早在2006年8月28日就已经开始了，从这天开始，北京奥组委分阶段陆续启动赛会志愿者的报名工作，虽然主要是从北京附近地区招募，但同时敞开大门，热情地欢迎五湖四海的人们一起来当志愿者，还特别指定可以通过各地团组织进行报名。当广州志愿者从媒体上了解到北京招募志愿者的消息后，纷纷致电团市委，争当北京奥运志愿者。而有些在北京上学的广州大学生，家里的亲人也鼓励他们就在北京当地报名当志愿者，用实际行动为北京奥运会的成功举办，贡献广州志愿者应有的力量。

早在2008年3月初，共青团广州市委员会就向全社会发出招募1200名志愿者的号召，广州团员青年们立即踊跃报名，又一次把共青团广州市委员会公布的电话给打爆了。最终，经过优中选优，1200名广州志愿者脱颖而出，他们将代表所有广州志愿者，参与维护奥运圣火在羊城的传递。

盼啊，盼啊，奥运圣火终于来到了“海上丝绸之路”的起点广州，这是奥运圣火与千年商都的第一次深情握手。

5月7日，天还没有亮，1200名广州志愿者便按照事前的演练，提前来到了志愿工作岗位上。此次奥运圣火广州传递路线是以白云国际会议中心为起点，以广州天河体育中心南广场为终点，在全长43公里的圣火传递沿途，随处可见洋溢着青春笑脸的广州志愿者。

神圣的时刻终于来到了，上午8时，当中共中央政治局常委、时任广东省委书记汪洋在起跑仪式上，将奥运火炬交给第一棒火炬手杨景辉时，整个现场沸腾了，欢呼声、喝彩声、呐喊声与鼓掌声响成一片，广州志愿者与所有现场人员一起热烈鼓掌，有的志愿者甚至流下了激动的泪水。是的，他们有理由激动更有理由自豪，因为在当天参与传递奥运圣火的208名火炬手里，就有4名广州志愿者的优秀代表，他们的名字是赵广军、李森、廖卉与林丹妮。

为了维护北京奥运圣火的顺利传递，广州青年志愿者协会的志愿者们手拉手组成“人墙”，全力守护着奥运圣火的传递。他们一方面要维护好自身的形象，向全世界人民展现广州人的风采，另一方面，他们还要负责维持现场的秩序，工作强度之大可想而知。

奥运圣火来到广州，也彻底点燃了广州人民的激情，大家的热情实在是太高涨了，以致有些“不太听劝”。其实，每名志愿者也都会站在观众的立场上来考虑问题，如果他们不是志愿者，其实，他们也会像普通的观众一样，拿着手机或照相机占据有利位置拍照。

当天，残疾人志愿者李佳正站在广州大桥上执勤，她因为能讲一口流利的英语，顺利地当上了维护现场秩序的志愿者。考虑到她们的身体情况，广州青年志愿者协会就把李佳和其他几名志愿者，特意安排到广州大桥上，因为按照事先的规划预案，广州大桥上应该不会有太多的观众。可是，令大家没有想到的是，圣火传递沿途观众们实在太热情了，等到第178号火炬手杨兴锋开始在广州大桥传递火炬时，观众竟然一窝蜂地冲到了广州大桥上，让原先设立的“封锁区”形同虚设。这种局面根本不是李佳等志愿者能够控制的，大桥上人挤着人，志愿者与观众们全混到一起，这对于戴着假肢执行任务的李佳来说，非常危险，如果再发生踩踏等意外，后果更是不堪设想。直到现在想起来，李佳都觉得有些后怕，好在，最终他们顺利地完成了任务，保证了圣火的有序传递。

为了保障北京奥运圣火在广州的顺利传递，数千名志愿者付出了极大的努力，从传递奥运圣火前期的彩排演练，到传递圣火期间的妆容仪表，用实际行动告诉全世界：奥运会，中国已经准备好了!

为了更好地在北京奥运会、残奥会上展现广东志愿者的良好形象，2008年7月12日，北京奥运会、残奥会广东赛会志愿者培训班在广州正式开班。从国家游泳中心、共青团广东省委、省青年志愿者协会这三个重量级主办方名单，广州市民都能感受到，这次代表广东的志愿者极有可能会被派到水立方进行志愿服务。本届奥运会，广东共向北京派出了80名奥运志愿者和20名残奥会志愿者，100名志愿者，代表着岭南人民对北京奥运会百分百的支援和祝福。

来自广州大学的志愿者黎嘉威，也非常幸运地成为“百分之一”。自从广州发出招募北京奥运会志愿者的号召以后，他就睡不着觉了。作为广州大学青年志愿者协会副会长，就读于体育专业的他第一时间向校方提交了申请，广州大学收到申请以后也是大力支持，并积极地向招募志愿者的部门推荐。当接到已经列入候选人的通知时，黎嘉威激动地跳了起来，于是，他每天都对着镜子练习微笑，还刻苦练习军姿，试图用良好的形象来打动志愿者招募官。

功夫不负有心人，当接到入选电话后，黎嘉威激动地流下了眼泪。7月12日，他来到北京奥运会广东志愿者培训班进行培训，并从培训老师那里得知，他们这些来自广东的优秀志愿者，将全部被分配在“水立方”参加志愿服务工作，而他的主要职责是负责检票和引导咨询等工作，每天的工作时间可能会有十几个小时。志愿者不同于上班，必须有过硬的素质，因为每天要面对着不同国籍的外国人，所以，他们的一言一行就代表着中国人的良好形象，不能有一丝一毫的懈怠。培训老师说完这些硬性要求后，就笑着对黎嘉威说：“十几个小时的志愿工作，会很苦也会很累，而且不允许提前退场，如果你觉得吃不消的话，现在提出来还来得及。”

黎嘉威想都没有想，就对培训老师说：“老师，请您放心吧，做志愿服务是我的志向，能够到北京奥运会上做一名志愿者，这更是我的梦想，请您相信我，再苦再累我也绝不会后退一步的。”

培训老师满是欣慰地点了点头。熟悉场馆环境、观众票务、座席以及争执等问题的解决程序，模拟演练为突发事件做准备……虽然培训时就已经感受到在北京奥运会上做志愿者不容易，可是，想到自己不只代表着广州，还代表着全体中国志愿者，黎嘉威就咬着牙坚持了下来，因为他要在全世界的观众面前，展现新时代中国志愿者的风采。

黎嘉威是一个特别有心的志愿者，在北京奥运会开幕以后，遇到来自广东和香港的观众时，他就说粤语，让粤港两地来京观看奥运的观众，感受到家乡人的亲切；其他的时间，他就说一口标准的普通话，以至于很多人都以为黎嘉威是北京人；在为外国人服务时，他会说一口流利的英语，有些被他服务过的外国游客直接对他竖起大拇指。

可能对于很多人来说，能够到北京奥运会做志愿服务，是一件很光荣也很有面子的事情，闲下来的时候，还可以逛逛古都北京。其实，其中的辛苦与劳累，只有黎嘉威这些志愿者能够体会到，白天站在检票口，高温能够达到40多摄氏度，观赛的观众们可以随时扇扇风透透气，可是，他作为一名志愿者，即使汗流浃背，也依然保持着标准的站姿不能乱动，脸上还要挂着灿烂的笑容，让所有来观赛的观众，感受到北京人民的热情好客。而每一天的志愿服务坚持下来，就是十几个小时的时间，这不是一般人能够承受得了的，即使是体育专业的黎嘉威也感受到了疲惫，回到住地，躺在床上马上就能睡着，根本就没有时间出去旅游，而第二天早上不到5点，就又要起床开始新一天的志愿服务。就是在这样艰苦的环境中，黎嘉威咬着牙坚持着，始终将自己最好的一面展现给所有观众。最终，他也得到了奥组委的认可，在赴北京参加奥运志愿服务的百名广东志愿者中，只有黎嘉威等7名志愿者留在北京，继续为接下来的北京残奥会提供志愿服务。

还有一位来自华南理工大学的奥运会志愿者，也在北京奥运会的赛场上展现了广州志愿者的风采，她有一个非常美丽的名字——莫莉花。听到这个名字，您是不是想唱一唱江苏民歌《茉莉花》呢？对，志愿者莫莉花人如其名，更重要的是，她具有非常专业的志愿者知识。当她接到入选北京奥运会志愿者的电话时，她就觉得必须提高自己的志愿服务水平。尽管还没有来到北京奥运会赛场，可她已经是同学们眼里最耀眼的明星了。

等到了北京的第一天，看到北京壮观的鸟巢和水立方，莫莉花特别激动，她也在手机里告诉同学们，能够有幸为北京奥运会提供志愿服务，是她这一辈子最高兴、最激动、最开心的事情……

话虽这么说，可是只有她自己才知道，作为一名代表广州的志愿者，为了能够在全世界人民面前展现中国志愿者的良好形象，他们确实放弃了太多太多。就拿北京奥运会开幕式来说吧，因为他们都有任务在身，所以，根本不可能到近在咫尺的鸟巢看开幕式，当8月8日奥运圣火在鸟巢点燃，璀璨的焰火绽放整个京城的夜空时，莫莉花的心里既激动又觉得有些遗憾，她所在的水立方和奥运会开幕式所在地鸟巢实在是太近了，她多想去鸟巢观看北京奥运会的开幕式，可是，这个心愿她却永远也难以达成。

不但如此，因为有志愿任务在身，所以，就连在水立方举办的一些她喜欢的赛事，她也无法观看，因为她要遵守志愿者的纪律，全身心地投入志愿服务中。最让莫莉花感到幸福的是，颁奖的音乐选定的是《茉莉花》，与她的名字同音，所以，每当旋律响起，莫莉花比谁都要激动，心已经跟着哼唱起来。这种激动的心情，是其他任何一名志愿者都无法体会的，除非这个人也叫莫莉花。

北京的夏天天气炎热，志愿者一站就是一整天，对于莫莉花这位女孩子来说，确实是有些吃不消，可是，她又深深地知道咬紧牙关硬挺着的重要性，因为北京奥运会是全球的盛会，聚集了来自世界各地的记者，如果她承受不住或者出点意外，那就会成为全球关注的焦点。所以，为了维护中国志愿者的良好形象，莫莉花实在感到太累的时候，就在心里一遍遍地告诉自己：我能行的，我一定能行的，因为我是优美动人的莫莉花！

就是凭借着坚强的毅力，莫莉花坚持了下来。而在水立方里，不只有苦和累，还有很多幸福的事情，那就是她确实如同学们所说，她是离奥运会最近的人，她所见过的及服务过的人，不只有各国热情的观众，还有很多的明星大腕。比如，她可以与菲尔普斯擦肩而过，可以见到郭晶晶从自己身边上车，各国的政要还有名流也会在她面前经过，甚至，还有一些明星大腕会主动来找她帮忙。她当然也会热情地帮助他们，就像帮助普通的观众一样，因为在志愿者莫莉花的眼里，明星大腕与普通观众都是一样的。

因为主办方有明确规定，所以，莫莉花也从来不利用做志愿者的便利，与运动员接近、攀谈或者拍照，但这不代表她没有机会与运动员合影，因为她的志愿服务特别优秀，所以，有的运动员就会主动走上前，要求与漂亮的莫莉花合影。这是莫莉花志愿服务的一部分，当然会很乐意配合。是的，在普通人眼里，有些运动员是当之无愧的明星，可是在这些运动员的眼里，这些为北京奥运会提供保障的志愿者，才是当之无愧的耀眼明星。

同样来自华南理工大学的志愿者辛超负责检票等志愿工作。在开赛前检票任务集中的那段时间，他的脸上虽然挂着热情的笑容，可是手却不能闲着，他认真地验票的真伪、撕票根，一声声祝福被他亲切地喊出来，也为他赢得了观众们的赞赏。可是，这样机械的工作与微笑，并不是可以长时间保持的，到后来，他的嗓子喊哑了，脸上的肌肉僵硬了，感觉特别难受，而他依然要尽自己最大的努力来保持笑脸，依然要用他那略带沙哑的声音向观众们问好、送祝福，实在是坚持不下去时，他就咽一口唾沫，继续努力工作。他说："就算感觉自己已经成了个机器人，也还要对每个观众送上最真诚的微笑和祝福，因为我是从广州来的志愿者，我展现的是中国人的良好形象。"

辛超是幸运的，有两天的时间，他被安排在水立方看台上做志愿服务，也亲身见证了中国跳水夺冠的一个个美好时刻，可是，笔直站立的他却无法转过头去，无法观看近在咫尺的五星红旗冉冉升起。不过，当现场响起中华人民共和国国歌《义勇军进行曲》时，辛超的身体尽管不能转过身去向国旗敬礼，他依然会跟着观众们一起高唱国歌。此时的他，真正地感受到作为一名中国人是多么自豪，作为一名志愿者是多么骄傲！

转眼之间，无与伦比的北京奥运会已经过去了十几年，可是，那些来自广州的北京奥运会志愿者的风采，却依然镌刻在见过他们英姿的观众的脑海里。这是广州的风采，也是广东的精彩，更是中国志愿者的精彩！

广州亚运：一起来，更精彩

一起来，更精彩，跟着广州亚运的节拍，登上梦想的舞台。

一起来，更气派，志愿者最无私的奉献，舞动最炫的色彩。

2010年11月，在广州举办的第16届亚洲运动会，是亚运会第二次来到中国。遥想1990年北京亚运会召开的时候，在整个中华大地掀起了体育热潮，而2008年北京奥运会的召开，则为中国这个古老的东方国度，披上了盛世华彩。

开放的中国，张开双臂拥抱整个世界，而随着中国综合国力的不断提升，一次次全球的盛会也不断地来到中国。2004年7月1日，在中国共产党生日这一天，亚奥理事会正式宣布：广州赢得2010年第16届亚洲运动会的举办权。激动人心的消息传回到广州，整个广州城都沸腾了，热情的广州市民纷纷挥舞着五星红旗走上街头，来表达喜悦之情。

广州人有着浓浓的亚运情怀，更愿意用无私的志愿行动来服务广州亚运。广州申办亚运会成功以后，广州市志愿者协会、广州青年志愿者协会等志愿组织行动起来，广州民间的志愿组织也行动起来，广州市民纷纷化身成亚运志愿的使者，用力所能及的志愿善举，来迎接广州亚运会的到来。

您知道这次盛会的第一批志愿者是谁吗？广州市民会自豪地告诉你，广州亚运会的第一批志愿者就是五羊传说里的那五只可爱的羊羊，不过，在传说里，它们是没有名字的，为了表达人们对五只仙羊的热爱，广州人就把自己的城市称为“羊城”，而当亚运会正式牵手广州的时候，善良友爱的广州人就给这五只可爱的羊羊取了五个好听的名字：阿祥、阿和、阿如、阿意和乐羊羊，这五个名字连起来就是“祥和如意乐”。这是广州人民对五只仙羊无比热爱的体现，更是广州人民对广州亚运会以及亚洲人民最真诚的祝福。

这五只仙羊成了广州亚运会的吉祥物，印在了广州亚运会的会徽上。从广州亚运会会徽与吉祥物发布那天起，所有的广州市民就团结在“办好一届无与伦比的亚运会”这个总目标下，踏上了全新的亚运志愿之路。

为了迎接亚运会的到来，成千上万的广州市民行动了起来，广州青年志愿者协会的黎燕敏就是其中之一。长期以来，黎燕敏就非常喜欢做志愿服务，她把自己的业余时间，几乎全部都投入到志愿服务事业上。她的志愿者之路，主要是受到“香港童子军”的影响，因为她有亲戚在香港，所以，她很早以前就对香港义工有所了解，也对香港那些无私奉献的义工特别敬佩。在她看来，全亚洲有48个国家，中国有300多个地级市，亚运会能够来到广州，这本身就是一件非常幸运的事情，她有责任也有义务为广州亚运会做出自己的贡献。

有了为广州亚运会做志愿者的想法后，黎燕敏便开始为自己塑型，此时，广州亚运会还没有正式启动志愿者招募活动。无论是工作还是生活，哪怕是上街，她都以微笑待人，把最好的微笑展现给别人。微笑使黎燕敏变得更美了。在黎燕敏的认知里，微笑是志愿者的基本素质，也是社会对志愿者的最低要求。在长时间做志愿服务的过程中，黎燕敏发现只有让身边更多的人、更多的家庭参与这一行动，才能让美丽的广州更加美丽。

于是，她就跟丈夫李峰商量，拉上他一起做志愿服务。有道是“不是一家人不进一家门”，丈夫李峰也特别热爱做公益，听了妻子的想法后，他马上加入了广州青年志愿者协会，共同参加维持交通秩序、探访孤寡老人等各种志愿活动。在夫妻俩的感召下，他们的父母也自愿加入到志愿者组织当中，一家六口人齐上阵做公益服务，成了地地道道的“志愿一家人”。

即使这样，黎燕敏还是觉得人少了些，可是，家里除了两个还未成年的女儿，再没有其他人可以动员了，所以，黎燕敏就跟丈夫李峰商量：“亲爱的，你看咱们家两个可爱的女儿，是不是也让她们做志愿服务啊？”

李峰以为自己听错了，瞪大了眼睛问道：“我们做志愿服务也就罢了，毕竟我们是大人，她们还那么小，你就忍心让她们做志愿者吗？”

黎燕敏笑了笑说：“你没有听错，我是有这个打算，你看香港有‘童子军’义工，我们女儿的年龄跟香港那些孩子也差不多，为什么不能做志愿者呢？”

李峰叹了口气，说：“燕敏啊，她们这么小能做什么呢？我看还是让她们安心地学习吧，等到她们长大了，再来做志愿者也不迟啊。”

听到丈夫李峰这么说，黎燕敏嘟起了嘴，说：“我说你真是个死脑筋，她们确实是还小，确实是什么也做不了，可是，她们也可以伸出大拇指，来为别人点赞啊。”

听妻子这么说，李峰也就原则上同意了，就这样，他们一家三代八口人一起上阵，全部变成了广州亚运会的志愿者。

其实，志愿者这个名字虽然听起来特别高大上，却是一件非常辛苦的差事，黎燕敏也经常感受到做志愿者的不容易。就拿简单的维护交通秩序来说吧，不但要顶着炎炎的烈日，还要耐心地劝导不遵守交通规则的路人，每当遇到路人闯红灯的时候，黎燕敏就会上前劝阻，碰到一些好说话的还好，碰到那些不好说话的，还会张嘴骂人。可她既然选择了做志愿者，那就要把志愿服务做到别人的心坎上，碰到骂人的路人时，黎燕敏就耐心地给他们讲交通规则，并告诉这些闯红灯的路人，遵守交通规则最大的受益者是自己，只有遵守交通规则，才能有效地避免交通事故的发生。经过黎燕敏的耐心说服，这些闯红灯的路人也自知理亏，便接受了她的劝阻，而每当听到他们的道歉时，黎燕敏也不责备，而是马上微笑着伸出大拇指，给知错就改的路人点赞。

在李峰、黎燕敏夫妇的带动下，他们全家也成了名副其实的“亚运志愿大家庭”。为了迎接广州亚运会的到来，只要是广州亚组委或志愿者协会组织的活动，他们全家人都会积极配合。

在广州亚运会召开前夕，黎燕敏带着7岁的女儿小思洋参加了亚运城市公益宣传片的拍摄，由于不能在白天的地铁站里拍摄，以免影响交通出行，所以，黎燕敏与女儿晚上都不能休息，仅有7岁的小思洋不但要枯燥地做着重复动作，还要忍受着阵阵困意。每当小思洋想要放弃的时候，黎燕敏就鼓励女儿坚持下去。最终，在黎燕敏的不停鼓励下，7岁的小思洋完成了公益宣传片的拍摄，此时，黎燕敏抬起手来看了看表，已经是凌晨4点多了。黎燕敏非常心疼，她一把抱起疲惫不堪的女儿，伸出大拇指来说：“小思洋，你是妈妈的乖女儿，你真的很棒。”

竖起大拇指，引领新风尚，广州亚运会志愿者用“大拇指”行动，来传递“奉献、友爱、互助、进步”的志愿精神。而经过调查显示，九成以上的广州市民都认为，“大拇指行动”对于精神文明建设有着特别好的推动效果，而经过全体广州市民的推广与实践，仅“大拇指行动”一项，就吸引了超过一百多万志愿者的热情参与。

北京奥运会为全世界奉献了一届无与伦比的奥运会，而其实，在北京奥运会刚刚落幕后不久的8月27日，广州亚运会志愿者培训工作就已经开始启动了。

2008年12月14日，首批前期志愿者培训正式开始。

2009年4月21日，广州地区亚运志愿者招募大会隆重召开，并同步启动网上报名。

2009年7月10日，广州亚运会志愿者报名人数突破14万人，加上广州青年志愿者协会已注册的69万志愿者，亚运会志愿者储备人员已经超过84万人。

广州亚运会不仅仅吸引了全广州市民的热情参与，就连一些全国知名的明星名人，也加入到广州亚运会志愿者大家庭里。于是，一大串耳熟能详的名字出现在广州亚运会志愿者名单中：中国工程院院士钟南山、何镜堂，演艺界名人刘德华、谭晶、林志玲、张敬轩、林依轮、李宇春、周笔畅，国际名模吴英娜，奥运冠军邓亚萍、陈燮霞，网易CEO丁磊……

这些闻名全国的明星名人，有着数量可观的粉丝，广州亚组委为了更好地发挥他们的榜样引领作用，别出心裁地为他们设立了“亚运会志愿者名人堂”，并任命钟南山、丁磊和李宇春三位名人担任广州亚运会志愿者形象大使。

广州亚运会，不只是全亚洲的亚运会；广州亚运会，它更是志愿者的亚运会。

为了举办成一届无与伦比的亚洲运动会，自2009年4月21日志愿者招募工作正式开始以来，吸引了一百多万名志愿者踊跃参与，这其中广州地区高校师生占了近六成。就拿暨南大学新闻专业的学生梁令芬来说吧，自从广州亚运会志愿者招募活动一开始，作为学校礼仪队队长的她就第一时间报了名，她坚信自己一定能够通过亚运会志愿者的选拔，把最美的自己和最好的志愿服务，奉献给广州亚运会。

梁令芬是一名资深志愿者，这位身高1.68米的台山姑娘刚到广州上大学时，就积极地参加校内外的志愿活动，还曾经获得过“暨南大学优秀青年志愿者”的荣誉称号。凭着对广州亚运会的热情以及自己优越的条件，梁令芬不但通过了初选，还通过了“亚运天使”亚运颁奖礼仪专业志愿者全国选拔赛，成为300多名“亚运天使”之一。消息传回暨南大学，整个校园都轰动了，同学们都为梁令芬能成为“亚运天使”而自豪，梁令芬的心里也格外高兴，说起话来也透着满满的骄傲。

可是，没骄傲几天，40天的魔鬼训练就向她招手了。300多名“亚运天使”集合到一起，首先进行了10天的军训，军训很苦很累，对于人的体能是一个非常大的挑战，往往一天的军训下来，累得梁令芬只想睡觉，这与梁令芬最开始对“亚运天使”的认识完全不同。她原以为做“亚运天使”就是穿上漂亮的衣服，保持着优雅的微笑往台上一站就可以了，却怎么也没有想到，魔鬼训练会这么苦这么累。

“高标准，精心打造颁奖仪式；零失误，完美呈现亚运风采”，这是对“亚运天使”的要求，从这个要求里，我们就能体会到要想成为一名“亚运天使”是多么不容易。她们要用勺子练微笑，用嘴咬着勺子来练习，而微笑的练习不只体现在练习时间上，除了军训和睡觉，她们全部都要保持微笑的样子。对于普通人来说，微笑是一件非常美妙的事情，可是再美妙的事情如果一直保持着，也会觉得苦与累。同时，她们还要将书本顶在头上练习身体平衡，还要夹着纸练站姿。引领时需要身体前倾15度，转身需要达到45度……她们还要进行文化课的学习。能够成为一名亚运会的志愿者是梁令芬的梦想，为了这个梦想，她咬牙坚持着，有苦不叫苦，有累不说累，最终，她完成了全部的培训考核，成为一名端庄高雅的“亚运天使”。

而广州亚运会的召开不只是中国人的事，有些外国人也主动参与到服务广州亚运会的志愿行动中。来自俄罗斯的志愿者莉莉娅就是其中优秀的代表。莉莉娅是中山大学国际交流学院的留学生，自从来到广州上学以后，她感受到了广州人民的热情好客，更被广州志愿者无私奉献的精神深深地打动着，她希望通过参加亚运会志愿者的工作，更好地融入这座美丽的城市。作为一名外国人，她能够做这份志愿者的工作吗？同学们得知她的疑惑后，马上打电话给亚组委的志愿者招募办公室询问。负责人告诉莉莉娅的同学，广州亚运会不只是广州人的盛会，更是全亚洲全世界的盛会，欢迎世界上所有热爱运动与和平的人，一起来广州做志愿活动，为广州亚运会增光添彩。

同学的回复增添了莉莉娅的信心，她懂俄语、乌兹别克斯坦语和英语，能够纯熟地使用汉语，她觉得自己可以为广州亚运会做出更多的志愿服务，于是，她就在同学的鼓励下报名了。这位漂亮的俄罗斯小姑娘的志愿善举，不但赢得了广州亚组委的高度认可，还在亚运会百天倒计时活动中，受到了中共中央政治局常委、时任广东省委书记汪洋同志的亲切接见，成为外籍志愿者中的一颗耀眼明星。汪洋书记的鼓励令莉莉娅非常感动，她也更加努力地学习广州的风土人情和历史文化，并在广州亚运会、亚残运会举办期间，圆满地完成了志愿服务保障工作。

2010年11月12日晚，广州亚运会开幕式在珠江上海心沙岛隆重举行，一位漂亮的志愿者礼仪小姐，站在开幕式的中外官员身后，脸上一直保持着灿烂的微笑。温婉的笑容和专业的表现，一夜之间，让全世界都记住了这位迷人的“亚运微笑姐”，她成了名闻全亚洲的“广州名片”。

这位名叫吴怡的“亚运微笑姐”，当时她在广东外语外贸大学就读，是一名土生土长的广州人。自从亚奥理事会宣布广州赢得2010年亚运会主办权时，吴怡就发誓要当一名亚运志愿者，她想用自己的志愿服务，为家乡的亚运会增光添彩。所以，当广州亚组委招募志愿者的消息传开后，她与同学们一样，马上就通过网站报了名。见姐姐报名成功后，孪生妹妹吴悦也报名参加了志愿者招募，令她俩没有想到的是，她们不但成为亚运会志愿者，还幸运地成为亚运会的礼仪小姐。

一夜爆红的吴怡，并没有骄傲更没有浮躁，她依然保持着质朴的志愿者本色，每当有人称呼她为“微笑姐”时，她总是继续用她那充满魅力的微笑告诉别人：“请您叫我志愿姐！”

一起来，更精彩，做志愿，最豪迈！

为了办好第16届广州亚运会，广州亚组委还首次在大型赛会中推出了“亚运志愿信使团”，通过动员外出旅游的广州市民来担任志愿信使，宣传广州亚运，传递广州友谊，取得了良好的宣传效果。

如今，广州亚运会早已经落下帷幕，但热情好客的广州人民却没有停止志愿的脚步，自从2010年广州亚运会起，曹慧光这位志愿者就把守护河涌当成了自己的使命！当年，广州青年志愿者协会传说广州志愿服务总队建立了“传说河涌”项目，每个礼拜的周六日，都会组织志愿者在东濠涌沿线开展河涌保护、图文宣讲等公益活动，而曹慧光就是这个“传说河涌”项目的负责人。

只要到了周六日，她就带上一个特大的塑料袋，沿着河涌捡垃圾，这项工作谁都会做，但是只靠几名志愿者来捡河边的垃圾是远远不够的，于是，曹慧光就主动地跟游客们宣讲环保知识，发动大家一起来守护河涌。

有一次，一位游客将一个抽完的烟盒扔到了河岸上，曹慧光看到后，就默默地走上前，弯下腰来将空烟盒捡到了垃圾袋里。这位游客以为曹慧光会跟他说些什么，可是，曹慧光却没有说话，而是微笑着看着对方。

曹慧光灿烂的笑容，让对方感到特别不好意思，他红着脸对曹慧光说：“真是不好意思，是我乱扔垃圾了，害得你还要再捡一次。”

曹慧光笑道：“没有什么的，只要下次注意就好了。”

对方看着曹慧光的垃圾袋，问道：“为了弥补刚才的无心过失，我想和你一起捡河边的垃圾，可以吗？”

曹慧光也没有想到对方会提出这样的要求，就满是鼓励地说：“当然可以了，只要你愿意守护这条河涌，随时随地都可以来捡的。”

对方说：“谢谢你的理解，我这就跟你一起捡垃圾，而且向你保证，我以后再也不乱扔垃圾了。”

曹慧光伸出大拇指，对那位游客说：“谢谢你，你真棒！”

就这样，曹慧光用自己的实际行动感染了对方，让这名游客也成为一名守护河涌的公益志愿者。

广州市不断发展，环保力度也在不断加强，广州的河水更清了，天也更蓝了，包括珠江、东濠涌等在内的河道，也成了广州旅游的名片。曹慧光在高兴的同时，又在守护河涌的过程中发现，钓鱼等有害环保的事情也时有发生。有一次，曹慧光正在河涌岸上巡视，远远地就看到一位小姑娘在钓鱼，于是小跑着来到小姑娘的身边，笑着说：“小朋友，鱼要在河水中才能健康地成长，我看你还是把它们放回河里去吧。”

小姑娘带着稚气地说：“大姐姐，我很喜欢这些小鱼，我想把它们带回家里去养着，给它们好多好多好吃的，你看可以吗？”

曹慧光继续笑着说：“小姑娘啊，如果我把你带走，让你离开爸爸妈妈，然后，我也给你好多好多好吃的，你愿意吗？”

小姑娘使劲地摇了摇头，一脸认真地说：“当然不行了，我不能离开我的爸爸妈妈。”

曹慧光蹲下身子，握住小姑娘的手，深情地说：“是啊，小姑娘，既然你不愿意离开你的爸爸妈妈，那这些小鱼儿也不愿意离开它们的爸爸妈妈，也不愿意离开河里。如果你强行把它们带回家，它们也长不大，也陪不了你几天的。”

小姑娘使劲地点了点头，然后，就把水桶里的鱼全部倒进了河涌里。看着小姑娘将这些鱼儿全部放生，曹慧光冲着这位小姑娘竖起大拇指，说：“小姑娘，你真棒，姐姐相信你长大以后，一定会成为一个热爱自然的好女孩。”

曹慧光的夸奖，让这位小姑娘特别高兴，她也伸着大拇指对曹慧光说：“谢谢你，大姐姐，以后，我一定听你的话，做一个热爱大自然的好孩子。”

在守护河涌保护大自然的过程中，曹慧光对广州这座历史文化名城有了更多的了解。确实，广州有着2000多年的建城史，诞生过无数的传说典故，所以，在守护河涌的时候，她也会将一些美丽传说讲给游客听，让游客更多地了解广州城这座历史文化名城的千年过往，起到了普及广州城历史文化的良好效果。

春运志愿者：以爱心促团圆

中国春运是世界上最大的人口迁徙，每年春运，广州市公交集团二汽花都片区营运二车队副队长都会主动加班，这种状况已经持续了30年了。作为一名党员志愿者，他总是把回家团圆的机会留给同事，而他则披上党员志愿者的绶带，默默地在春运岗位上，为南来北往的旅客做着温馨的志愿服务。

2020年春运排班计划制订的前几天，广州市公交集团二汽花都片区营运二车队，党员邓伟钊轻轻地敲了敲车队长办公室的门，当听到队长“进来”的声音传来时，邓伟钊推开门，走进了队长办公室。

队长一看是邓伟钊来了，赶紧起身说：“哎哟，我的副大队长啊，赶紧过来坐，我正好将排班的人员安排跟你商量一下。”

邓伟钊与队长是多年的老同事了，当然也不会客气，就随手拉过一把椅子来，坐到了队长办公桌的对面，说：“排班的事您定就好了，我完全服从，只是有一点需要您批准，就是除夕加班还是我，这个老规矩，不能变。”

队长一听，马上表示反对：“不行，不行，我的邓大队长啊，你这不是让我为难吗？今年很多人可是都争着要上除夕的班，你也过来跟我抢，依我看啊，你这是在给我找茬。”

邓伟钊笑了笑，说：“队长，如果不让你为难，我还过来找你做什么呢？既然是过来找你，肯定就是有让你为难的事。”

队长的脑袋摇得跟个拨浪鼓似的，说："老邓，我的邓大队长，你就不要为难我了。你说说你，年年除夕都是你，你都连着30个年头没有回家跟家里人过团圆年了，今年如果还是你，我都觉得过意不去。"

邓伟钊依然坚持着说："队长，排班是你的权力，如果你没有安排我除夕加班的权力，那我还来找你干什么？我家就在广州，年三十加班第二天早上就回家了，不耽误看春晚转播。再说，我是一名党员，关键时刻我不冲上去谁冲上去？"

队长说："那也不能年年都是你啊，这样对你不公平，再说了，今年可是有很多人抢着加除夕的班，你得往后站。"

听队长这么说，邓伟钊眼珠一转，笑了笑说："那队长你告诉我，谁抢着加这个班？你告诉我他们的名字，我当着你的面给他们打电话核实。"

队长根本就说不出人名来，就叹了口气，说："看来还是瞒不过你啊，实话跟你说了吧，这个抢着在除夕夜加班的人就是我，因为我不能让你年年在岗位上过年。"

邓伟钊也知道队长是为了自己好，就说："队长，我也知道你是为我好，可是，我不抢着加班谁抢着加班啊？我是一名党员啊，关键时刻，我不上谁上？你就放心吧，今年还是我加班，我保证让您满意。"

听到邓伟钊这么说，队长有些感慨地说："老邓，年年都是你加班，下班后，你还要去当志愿者疏导交通，你这是图个啥呢？"

邓伟钊说："队长，我啥也不图，你看咱们两人也搭档这么多年了，你还不了解我吗？我平时还好，只要一过年准睡不着，所以，除夕夜我加班，这是治我的失眠症，我还得给你治疗费哪。"

听邓伟钊这么说，队长哈哈大笑了起来，用手指着邓伟钊说："老邓啊老邓，你说你让我说你什么好呢？你可真是一个热心肠啊。"

正如队长所说，邓伟钊确实是个热心肠，无论谁有什么需要帮助的，也都是乐于找他，而他从来都不拒绝，不但如此，他还把工作拓展到志愿服务上。众所周知，每年咱们国家春节前后的铁路春运，都需要很多志愿者为旅客们提供志愿服务，而邓伟钊在做好本职工作的同时，也主动地参加志愿服务。

邓伟钊说他喜欢那一身红马甲志愿服，觉得这身衣服穿在身上特别帅气，再把胸前的党徽郑重地佩戴在胸前，那更显得年轻了十几岁，所以，他做起志愿服务来，那可是特别精神。

一身红色的志愿者马甲，佩戴上党员服务绶带，拿上一个巴士指引牌，再拿上一个扩音喇叭，下了班的邓伟钊，便站到了客运站门口，他不停地喊着："市站快车！市站快车！市站的可以乘坐快车直达！"

这么简简单单的几句话，却需要不断地重复着喊。因为每年春运期间，铁路部门都会加开很多的列车，所以，为了让旅客们更快速地到达广州市区，邓伟钊就一遍遍地不停地喊，因为志愿服务时不能带水杯，他经常喊得嗓子直冒火，实在是喊不下去了，他就咽一口唾沫来润一下喉咙，然后继续对着旅客们喊。

"您好，这里有去市站的快车吗？"

正当邓伟钊在不停地吆喝时，突然，一位老婆婆提着一个背包来到他的面前，邓伟钊笑着说："是啊，婆婆，您看我身后的客运站里，就有发往市里的快车。"

老婆婆吃力地提着一个大背包，向邓伟钊说了一声："谢谢你，同志。"

邓伟钊说："不用客气，婆婆，祝您乘车愉快。"

老婆婆刚提着背包往前走了没几步，邓伟钊就发现这位老婆婆走路一瘸一拐的。邓伟钊看着她提着的大背包，赶紧走上前，说："婆婆，这里到客运站还有一段距离，我送您上车吧。"

老婆婆听到邓伟钊这么说，满脸堆笑地说："您看，让您送我去客运站，这怎么好意思呢？"

邓伟钊笑道："别客气，老婆婆，我送您也是应该的。听您的口音，不像是广州人，我怕您路不熟，所以，我送送您。"

就这样，邓伟钊接过了老婆婆手里的背包，他一边陪着老婆婆聊天一边向着巴士走去。经过聊天，邓伟钊才知道，老婆婆因年轻时干农活不小心摔伤，所以走起路来一瘸一拐的，而因为儿子在广州工作忙，已经好几年没有回家过年了。她也有些想念儿子，就特意坐着火车从河南赶到广州陪儿子过年。听到老婆婆说到儿子好几年没有陪自己过年了，邓伟钊的心里就有些心酸，因为他的爸妈尽管同在广州，可是，他却连续30年没有陪两位老人家过一个团圆年。不但如此，就连90多岁的奶奶去世时，他也没能见上老人家一眼，奶奶在弥留之际最大的愿望，就是再见孙儿邓伟钊一面，可是，因为邓伟钊一直忙碌在志愿服务岗位上，最终，老人家也没能如愿……

等到将老婆婆送上巴士以后，老婆婆对邓伟钊是千恩万谢，邓伟钊却连声说着不用客气，这是他们这些志愿者应该做的。老婆婆满是感激地问道："同志，您帮我提箱子，我都不知道您叫什么，您能告诉我您叫什么吗？"

听老婆婆这么说，邓伟钊说："老婆婆，您真的不用客气，像您提着那么大的背包，不管是谁，碰到了都会帮您的。"

老婆婆继续问道："同志啊，你到底叫什么名字啊？等我见到儿子，我让他请你喝酒。"

邓伟钊笑了笑，指着自己的党徽说："老婆婆，真的不用太客气，如果您真的想问我叫什么名字，那您就叫我共产党员好了。噢，对了，我还有一个名字，叫作广州志愿者。"

说完，邓伟钊便走下了巴士，老婆婆上车后，巴士车便启动了，透过车窗，老婆婆依然在向邓伟钊挥着手，而邓伟钊也向着老婆婆挥手，挥手之间，有一股春天的暖流在两人心间荡漾。

像这样的好人好事，邓伟钊做得实在是太多了。近几年来，随着手机应用的不断推广，邓伟钊服务旅客也多了很多帮手。以前使用普通手机的时候，当旅客问到他不知道的车次时，他还要打电话查询，而自从有了智能手机以后，那就方便多了。为了更好地服务旅客，邓伟钊就关注了广州地铁公众号和绿色出行部落公众号，所以，地铁与公交的调整信息，他都能通过手机随时掌握，并把自己掌握到的信息，第一时间向旅客进行提示。

邓伟钊多年来养成了一个习惯，那就是一趟列车的旅客不疏运完毕，他绝不回休息室喝水，即使嗓子喊沙哑了，他也依然咬着牙坚持，他觉得如果回去喝水，肯定会耽误指路。

有一次，一位湖南小伙下了火车以后，找不到去广州市里的巴士，看到一身红马甲的邓伟钊站在一旁，他就像看到希望一样，跑过来询问。邓伟钊耐心地给他指明了巴士的乘坐地点，可是，当得知这位小伙子有急事，而地铁可以更快捷地到达小伙子要去的地点时，邓伟钊便向这位小伙子推荐了地铁出行方案。可是，这位湖南来的小伙子是第一次来广州，根本找不到地铁，于是，邓伟钊便热情地将小伙子送到了地铁口。

分手之际，小伙子特别感激邓伟钊，听到邓伟钊说话的声音有些沙哑，便问道：“师傅，您的嗓子怎么沙哑了？”

邓伟钊笑了笑，说：“没事，我天天在客运站前喊，所以，嗓子沙哑些也很正常。”

听邓伟钊这么说，小伙子笑了笑，就从包里拿出一盒金嗓子喉片，双手递给邓伟钊说：“师傅，我是学声乐的，经常需要这个喉片保护嗓子，这盒药片只剩下几粒了，您快吃几粒润润嗓子吧。”

看到小伙子递上来的利嗓药片，邓伟钊特别地感动，但他从来不收旅客的东西，哪怕是几片利嗓子的药，他也不能收。小伙子眼看邓伟钊就是不要，就将金嗓子喉片往邓伟钊的怀里一扔，便跑进了地铁里。看着这么可爱的小伙子，邓伟钊也在心里感叹：这些旅客实在是太好了，为了他们的出行便利，必须为他们提供更好的志愿服务，因为只有这样，才能对得起胸前的党徽。

等到邓伟钊再回到志愿服务的岗位时，又一趟列车旅客下来了，邓伟钊尽管口非常渴，却依然等到这趟车的旅客全部疏运完毕，才回到休息室喝水，来润一下早已经冒火的喉咙。当有人劝他不要这么劳累时，他总是笑着说，他喜欢给那些南来北往的旅客做志愿服务，因为服务好他们，也是同为交通人的母亲对他最大的嘱托。

服务春运三十载，人生风雨更豪迈。

志愿在心起真情，无愧党徽最精彩。

其实，春运作为全世界最大的人口迁徙活动，不只有邓伟钊这样的老党员在奉献着自己的年华，还有无数的志愿者，也为了广州市的春运工作，而没日没夜地努力着，甚至，还有一些被志愿者帮助过的旅客，也成了广州志愿者大军中的一员。这些春运志愿者的身影，温暖了所有经转广州的旅客。

2019年1月22日，春运第二天，当天的广州南站站台上，旅客正在登车，而40余名随车志愿者，正热情地给“爱心专列”的旅客们发放承载着广州人民深情祝福的爱心大礼包。这些志愿者的领队宁茂林在不停地忙碌着。此时，他的心情非常激动，因为在2018年春运时，他差点回不了家，正是因为“爱心专列”的发出，才使他回到家乡湖南邵阳，与家人过了一个幸福的团圆年。

2018年春运时，宁茂林还是广州一所大学的学生，那时，急于回家跟家人团聚的他，却怎么也买不到火车票，当他无奈地回到校园，看着空荡荡的宿舍时，他以为今年又要像去年一样留在广州过年了。

宁茂林同学特别优秀，他曾经获得过广州市优秀共青团员和邵阳市优秀志愿者等荣誉称号，在老师和同学们的眼里，他是一位品学兼优的好学生。可比起同学们来，他有一样确实不行——总是抢不到回家过年的车票。同学们拿这事跟他开玩笑，他也不反驳。他一边用抢票软件抢票，一边心有不甘地来到广州各大火车站的售票处碰运气，可是，依然没有一张可以载着他回家的车票。

因为已经不是第一次在校园宿舍里过年了，所以，他像往年一样，把宿舍打扫得干干净净，准备再跟留在广州过年的同学联系一下，到街头去做些力所能及的志愿活动。他觉得，用帮助别人的方式来过年，至少可以冲淡一些思乡情感。

就在他与一位参加志愿组织的同学联系时，同学告诉他，广州到邵阳加开了“爱心专列”，可以跟铁路部门或者跟团市委联系一下，说不定能够买到。听到这个消息以后，宁茂林非常激动，抱着试试看的态度拨打了同学提供的电话，却没有想到，他真的获得了春运直通车的乘车资格，幸运地抢到了一张返乡的火车票。

这张车票让宁茂林非常激动，2月3日晚上，背着行李的他早早地来到了火车站广场，看到穿着绿色马甲的志愿者们正在为旅客提行李。宁茂林自己也是邵阳市优秀志愿者，在老家上学时就已经在做志愿服务，后来到广州上大学以后，也经常参加一些志愿活动。想到火车是次日凌晨5点多发车，宁茂林就想利用发车前的这段时间当志愿者，帮助旅客们提行李。

正在此时，一位志愿者小妹拿着一个“爱心礼包”给宁茂林送了过来，宁茂林的心里有些感动，他接过“爱心礼包”，问道：“我可以帮着你做志愿服务吗？”

志愿者小妹笑着答道：“也可以的，只是我们之间有分工。不过你还要坐火车，我看你还是休息一下吧，你的好意我心领了。”

宁茂林说：“我能行的，我以前就经常做志愿者。”

志愿者小妹笑道：“我怕你插不上手，而且很累，会影响你明天乘车的。”

宁茂林笑了笑说：“没有什么插不上手的，至少帮助旅客们提提行李，我还是没有问题的。”

志愿者小妹说：“你不是没有穿志愿者的绿马甲吗？依我说，你还是休息一下吧，你明天还要坐火车哪，这要是帮着我们做志愿服务，我怕累着你。”

“不累啊，我一个年轻小伙子，能有什么可累的，那我现在就帮你们做些力所能及的事情吧……”就这样，宁茂林也加入到发放“爱心礼包”的志愿者队伍中。

那年除夕，与家人坐在一起吃团圆饭时，宁茂林将“善城”广州带给自己的温暖告诉了家人，家人们也被“志愿广州”的爱心暖流感动了，并劝宁茂林毕业以后留在广州，好好地为建设广州而贡献一份力量。

宁茂林使劲地点了点头，其实，不用家人劝，他也愿意留在广州，因为在他的心里，广州是一座包容友善的城市，更是一座有温情的城市，在这座城市里，不仅可以安家乐业，更重要的是，处处都可以感受到志愿者的温暖。

2019年夏天，宁茂林大学毕业了，想留在广州发展的他，就来到一家物流运输公司工作，而业余时间，他就经常参加志愿者服务组织，用自己的爱心和奉献，来为更多的人提供帮助。因此他也赢得了志愿者组织的高度认可。而几乎每年春运，他都是广州开往邵阳“爱心专列”的随车志愿者，有时还是随车志愿者的领队，而一路之上，他都会与随车的志愿者们一起想办法，通过为旅客们提供优质的服务，让一路同行的邵阳乡亲们，感受到广州志愿者的亲切和温暖。

大爱的广州，到处都有志愿者服务的暖流。

春运的站台上，还有春运的列车上，正是因为有了邓伟钊、宁茂林等千万个志愿者的奉献与付出，“善城”广州的冬日阳光才变得无比温暖，相信在未来，广州志愿者们将谱写出更加感人的春运故事，也会把更多的温暖，送到回家团圆的旅客心坎上！

同窗情：绝对不会丢下你

既然我们生活在一起，就要与你不离不弃，让我们鼓起爱的勇气，把最美的爱心，真情地传递……

尽管已经过去了六年多的时间，可是，在美丽的广州大学校园里，却一直流传着一个同室舍友背着残疾同学上学的感人故事。这个感人的故事曾经被媒体广泛报道，也曾经被魏明海校长带上过中央电视台《百家讲坛》栏目，成为全国大学生争相学习的典范。时光可以流逝，但爱的感动却永恒地留在人们的心间。

2010年，广州大学计算机科学与教育软件学院迎来了一位特殊的新学生，他叫庄国彬，来自广东揭阳。说他特殊是因为他是坐着轮椅来的，在那么多报到的学生里，辅导员陈毅光老师一眼就看到了庄国彬。早已经从报名资料里得知庄国彬信息的他，就微笑着走上前，对推着轮椅的庄国彬妈妈说："阿姨您好，请问这位就是庄国彬同学吧？欢迎你们加入广州大学大家庭，我是他的班级辅导员陈毅光。"

庄国彬母亲看着文质彬彬的陈毅光，有些歉意地说："陈老师您好，我是小彬的妈妈，小彬的事情相信您已经通过报名资料看到了，我们给您添麻烦了。"

陈毅光说："阿姨，来到广州大学的所有同学，全都是一家人，您放心，我们会照顾好小彬同学的学习生活的。"

小彬妈妈感激地说："谢谢您，陈老师，考虑到小彬的身体条件，我想给他找一个护工帮忙来送他上下课，还请您多给小彬和护工提供方便啊。"

陈毅光看了一眼坐在轮椅上的庄国彬，说："阿姨，小彬刚刚来到校园，找人帮忙的事您先放一放，请您放心，我们会认真考虑小彬同学的具体情况，会在学习生活中为小彬同学提供方便。"

"太好了，陈老师，有您帮助我们家小彬，我也就放心了。小彬啊，快谢谢陈老师。"小彬妈妈感激地说。

坐在轮椅上的庄国彬抬起头来，对陈毅光老师说："谢谢你，陈老师。"

陈毅光老师用手拍着庄国彬的肩膀，笑着说："不要客气，小彬同学，请你相信，以后，我和同学们都会来帮助你的。"

等到给庄国彬办妥了入学手续，陈毅光想起了庄国彬妈妈在来广州大学报到前，通过电话对小彬的介绍：小彬在3岁时得了骨髓灰质炎，也就是小儿麻痹症，双腿已经退化到不能走路，只能靠两只手撑着身体，小学时期都是家里人接送，等到了初中，就请了一个人帮助小彬上下学。小彬因为自己身体不方便，曾经打算放弃高考，可是，当父母的都不忍心让孩子放弃学业，于是，在家里人的鼓励下，小彬就参加了高考，考虑到姐姐也在广州，填报志愿时就填了广州大学……

广州大学宿舍每间住四个人，如果让小彬住进四人宿舍，热情的同学们肯定会帮助小彬，可是，三个人照顾小彬会不会太累了？不会影响到同学们的学习吧？陈毅光拿着小彬的入学材料陷入了沉思。

很快，一个好主意便在陈毅光老师的脑海里产生了，他立即跟校领导反映，要想照顾好小彬，需要打破四人一间宿舍的惯例，让小彬住进六人间，由五个同学一起来帮助小彬，这样，对于同学们学业的影响就会小些。陈毅光老师的想法，马上得到了校领导的认可，于是，陈毅光老师马上付诸实施，将庄国彬与陈伟、李嘉明、黄海平、曾沂谋、周文辉五名同学安排到B15栋322宿舍，并特别嘱咐舍长黄海平，要好好地照顾小彬的学习与生活。

听到辅导员陈老师的嘱咐，黄海平等五名同学齐声说："请陈老师放心，我们没有问题。"

听到322舍友们肯定的回答，陈老师很满意。为了更好地为小彬同学提供帮助，陈老师还跟宿管阿姨说起小彬的情况。宿管阿姨听陈老师这么说，也是满口地答应下来，准备随时为小彬同学提供力所能及的帮助。可是，令宿管阿姨没有想到的是，其实根本就不用她操心，因为小彬宿舍里的室友们，已经把小彬同学的生活照顾得很好了。

从小彬同学来到宿舍的第一天起，五名同学便将小彬同学当成了好同学、好朋友、好兄弟。

"小彬，都是一个宿舍里的同学，有什么需要帮助的，你随时告诉我啊。"

"小彬啊，你跟我们千万不要客气，需要我们做的，我们一定会全力帮助你。"

"小彬，老师说你的高考成绩不错，你学习这么好，以后可不能只是我们帮你，你也需要帮我们补习功课啊。"

……

就这样，从揭阳来到广州大学上学的小彬，多了五位要好的朋友。舍友们主动帮助他打饭，热情地帮助他整理内务，还陪着小彬聊天唱歌，这都让小彬非常开心，他觉得与这五名舍友生活在一起，有一种家的温馨感觉。

大一学期刚刚开始时，由于宿舍楼距离教学楼有一段距离，小彬坐着自动轮椅去上学，就显得特别不方便，而小彬又比较要强，他只同意舍友们将他从三楼宿舍背下来，等坐到自动轮椅上后，就说啥也不让舍友们管了。所以，在小彬同学迟到了几次以后，舍长黄海平就将其他四名同学召集到宿舍外，让大家想个办法，看看怎么能让小彬快速地到达教学楼。

陈伟略一沉思，说："我有一个好主意，就是咱们五个人凑钱买辆自行车，咱们轮流带着小彬去上学，这样的话，小彬同学就不会再迟到了。"

陈伟的想法立即得到了其他同学的积极响应。

当一辆崭新的自行车出现在小彬的面前时，他说什么也不肯坐自行车，因为这样会给舍友们带来更多的麻烦，他觉得自己已经够麻烦五名舍友的了。虽然小彬坚决不同意，却拗不过五位热情的舍友。于是，在广州大学的校园里，便经常出现这样一个温馨的画面：舍友们蹬着自行车往前骑，小彬满是幸福地坐在后座上……

确实，骑自行车比坐轮椅速度快了很多，小彬自己坐自动轮椅最快15分钟到达教学楼，而自从舍友们用自行车带他，只需要5分钟就可以了，小彬同学就再也没有迟到过。尽管没有制定照顾小彬的详细值班表，可是，每天总会有一个人守在小彬身边，陪着小彬一起上下课。

有的时候，上课的教室会在教学楼的七楼，而等他们赶到电梯口的时候，因为是赶课时间，所以，同学们都会蜂拥到电梯口。为了不迟到，舍友们就背起小彬爬楼。从一楼爬到七楼，一个大小伙子都会很累，更何况还要背着小彬。所以，小彬就觉得过意不去，执意要坐电梯，可是急着赶时间的舍友们，却愿意轮流背着小彬往教室赶，丝毫不听小彬同学的劝阻。而每当他们准时赶到教室时，看到老师和同学们满是赞赏和鼓励的目光，舍友们尽管早已经汗流浃背，可是脸上却洋溢着幸福的微笑。

白天的课，六名同学是一起去上的，而到了晚上的选修课，舍友们肯定会有一个人陪着小彬同学上下课。几天下来后，不愿意拖累舍友的小彬，就对舍友们说："白天你们送我去上课也就罢了，因为大家同样需要去上课，可是，晚上的选修课，你们又不一定去，我看还是我自己坐轮椅去吧，这样太麻烦你们了。"

听到小彬这么说，舍友李嘉明笑着说："小彬，你不要客气，选修课我们去送你，这也没有什么麻烦，再说了，多学些知识也没有什么不好，你就不要客气了。"

曾沂谋也说："是啊，小彬，你就听嘉明的吧，不要跟我们客气，我们送你也是顺便的事，不麻烦的。"

小彬依然坚持着说："不行，白天上课已经够麻烦你们的了，这要是选修课也麻烦你们，我实在是过意不去啊。"

听到小彬这么说，周文辉就说："小彬啊，你就不要跟我们逞强了，晚上尽管校园里的灯光很亮，可是，晚上毕竟是晚上，让你独自坐着轮椅去上课，我们可放心不下。"

小彬叹了口气，又说："可是这样的话，实在是太麻烦你们了，我的心里确实过意不去啊。"

舍长黄海平笑了笑，说："好了，小彬，不要再争了，就这么定了，我们轮流陪着你去上课，不管是白天的正常课，还是晚上的选修课，总之，我们是一定要陪着你的。"

听到舍友们都这么说，小彬被感动得热泪盈眶："谢谢大家了，有了你们，这是我庄国彬这辈子的福气啊。"

就这样，白天与晚上的课，都会有一名舍友陪着小彬，小彬也感受到了这个宿舍大家庭的温暖，从小到大，这种温暖只有家人给过自己，即使一些花钱请来的护工，对他也没有这么好过。小彬特别感激舍友们对自己的关心和照顾，并决定用刻苦的学习，来回报大家。

在小彬与舍友们入学两个月后，全亚洲瞩目的广州亚运会开幕了，这是继北京奥运会后，中国举办的又一次全世界瞩目的运动会。于是，舍友们就想带着小彬去看一场比赛，感受一下广州亚运会的风采。

小彬却拒绝道："不行，绝对不行，我不能去看亚运会，因为平时的我已经够给你们添麻烦的了，再去看亚运会，肯定还是你们背着我，你们会很累的。"

陈伟笑了笑，说："小彬啊，这有什么麻烦的？我们五个人难道还照顾不了你吗？"

李嘉明说："是啊，小彬，你不是说喜欢看橄榄球比赛吗？我们就带你去看橄榄球比赛。"

小彬叹了口气，说："嘉明，我喜欢看橄榄球比赛不假，可是我如果也跟着你们一起去，真的会给你们添麻烦，你们多拍些相片回来，这样也就等于我去现场看比赛了。"

曾沂谋一听，立即摇头道："不行啊，小彬，我记得从你入学到现在，好像还没有出过校门吧？广州这么美丽，又碰到了难得的亚运会，如果你不去看看，这是多么遗憾的一件事啊，所以啊，你就不要再争执了，听我们的，一起去看比赛吧。"

周文辉也劝道："是啊，小彬，其实你不要把它当成去看比赛，你应该把它当成咱们宿舍搞的第一次集体活动，你如果不去的话，我们这个集体是不完整的，是一件非常遗憾的事情。"

小彬还是坚持说："各位好兄弟，你们的好意我心领了，不过，我真的不想去看比赛，其实，我喜欢橄榄球是假的，我根本就不喜欢看橄榄球比赛。"

舍长黄海平说："小彬，你就别骗我们了，你根本就不会骗人，你也骗不了我们，我们大家都看出来了，你就是喜欢看橄榄球比赛。好了，你就别再争执了，有我们五个人在，就绝对不会丢下你。"

听舍长这么说，小彬就叹了口气说："那好吧，既然如此，那我就跟着你们沾光，去看一场比赛吧。说句心里话，从小到大，我还从来没有到现场看过比赛哪。"

陈伟说："是啊，正因为没有出去看过，所以，就要经常出去看。以后，我们不但要带你去看比赛，还要带着你出去吃烧烤、去唱歌，放心吧，小彬，我们是绝对不会丢下你不管的。"

就这样，五名同学背着小彬就出发了，一路上，小彬坐在自行车后座上，身后的同学们也骑着自行车守护着小彬，小彬与同学们一起迎着初冬温暖的阳光，骑行在广州的马路上。后座上的小彬一边欣赏着广州美丽的风景，一边憧憬着即将上演的橄榄球比赛。

到了橄榄球场外，同学们将自行车一放，便背着小彬走进了球场内。球场的工作人员看到以后，也被他们真诚的舍友情感动了，赶紧让他们走绿色通道。就这样，小彬被同学们轮流着背到了看台的座位上。

看台上的小彬与同学们一起挥动着双臂，为自己的主队呐喊助威，这是小彬自打出生后第一次现场看比赛，他的脸上扬起了幸福的笑容，眼角却泛起了泪花！

在小彬和同学们眼中，五名同学不仅仅是小彬的舍友，还是身边最美的活雷锋。于是，整个广州大学的校园里都在传颂舍友背小彬上学的义举，他们的义举也飞出了广州，传遍了大江南北与长城内外。

在大学四年的时间里，小彬在亲如兄弟的五名舍友的亲情呵护下，感受到了广州大学的温暖。他们的事迹经过媒体报道后，成了广东省学雷锋的模范典型，受到了全社会的广泛赞誉。

2012年6月17日，小彬以及帮助他的5名同学组成的广州大学“322学雷锋团队”，在广东省精神文明建设委员会办公室和南方电视台共同主办的“寻找身边好人”评选活动中，当选为“十大身边好人”。他们用不离不弃的真情守护，谱写出一部广州大学人独有的感人传奇！

高墙里的心理疏导：人生没有太晚的开始

作为一名应用心理学教授，广州中医药大学经济管理学院邱鸿钟院长始终牵挂着高墙里服刑的犯人，工作之余，他多次以志愿者的身份深入高墙里，为犯人们进行心理辅导，使他们也感受到了温暖的阳光。也正是因为邱院长积极的志愿服务，很多犯人驱散了心里的阴霾。

人生没有太晚的开始，只要你积极地改变自己，相信自己一定可以改变，那么一切都可以从头再来——这些正能量的鼓励话语，邱院长经常跟犯人们说。可能在很多人的观念里，高墙里都是冷冰冰的面孔，还有形形色色的犯人，他们的人生或许在走进高墙的那一刻已经定格，失去了五彩斑斓的人生色彩，也失去了很多人生的意义。可是，在邱院长看来，高墙内也有阳光，也有温暖，也有最绚丽的画笔，而这些画笔就是这些犯人重生的希望。

对于很多心理咨询师来说，聆听咨询者的讲述，就是最好的心理治疗，可是，这群高墙里的犯人不是主动的咨询者，他们因为自己过去犯下的种种过错，甚至都不愿意开口说话，抑或因为恐惧、疑惑与忏悔，内心产生早些告别这个世界的可怕想法，而这些想法则被他们深深地埋藏在心底。

作为一名应用心理学专家，邱院长结合着中医辨证施治的方法，对每一名犯人采取了不同的心理疏导方式。从2012年起，邱院长就特别关注一名犯人，当时，专管狱警跟邱院长说，有一位来自广东廉江的31岁犯人李某，本来有一个幸福的家庭，但是从2004年起，他开始接触毒品，经常与朋友聚集吸毒，自从吸食毒品以后，他生意也不做了，家也不顾了，还引发了严重的精神障碍等疾病，整天疑神疑鬼，怀疑有人要来杀害他。他吸毒的样子，让家里人都感到非常害怕，就加上十万分的小心防着他，可是，千防万防，惨案还是发生了——2011年9月13日，李某在廉江市岳父母家的阳台上，残忍地把自己的儿子抱起来，从阳台上扔了下去，致使儿子当场死亡。经法医鉴定，李某患有精神障碍等疾病，被判处了无期徒刑。

听到这个惨案以后，邱院长发出了一声长叹，向专管狱警问道："那他后来怎么样了？"

专管狱警也叹了口气，说："自从2012年5月起，他就转到了我们阳江监狱开始入监服刑，只是他与别的犯人不同。"

邱院长听专管狱警说这位犯人与别人不同，赶紧问道："那他与其他的犯人有什么不同呢？"

专管狱警说："这位犯人因为被判了无期，所以，从来不说话，无论你跟他讲什么，他连头都不抬一下。我们也请了很多心理咨询方面的专家，对他也做了很多思想工作，可是，却收效甚微，他还是那个样，就是不说话。"

看到邱院长陷入了沉思，专管狱警接着说："邱院长，李某已经这样了，我们对他所做的帮扶，都是从客观上来帮助他，他如果不能在主观上从阴影里走出来，我看我们还是先做其他犯人的心理工作吧。"

邱院长一摆手，说："你先安排我们见个面，我先了解一下他的情况，然后，我们再一起想办法。"

就这样，邱院长在狱方专管狱警的带领下，来到阳江监狱的心理咨询室。不一会儿，心理咨询室的门打开，穿着囚服的李某按照专管狱警的指示，坐到了邱院长的面前。邱院长仔细地打量了一下李某，看到李某还很年轻，如果不是因为吸毒而导致精神障碍，他应该不会犯案也不会进到高墙里。

邱院长站起身来，走到戴着手铐坐在椅子上的李某面前，笑着说：“你好，我是广州中医药大学经济管理学院的邱老师，很高兴认识你。”

说完，邱院长就向着李某伸出手来，想用握手这种礼仪来化解初次见面的尴尬。邱院长介绍自己时没有说自己是院长，也没有说自己是教授，只是说自己是老师，因为在邱院长看来，很多人都是尊重老师的，把自己介绍成老师，可以更好地拉近彼此心灵上的距离。

令邱院长没有想到的是，李某连头也没有抬一下，更别说是手臂了。邱院长以为李某没有听清楚，再次重复了一遍刚才所说的话。

邱院长的手依然悬在空中，李某依然是爱答不理。专管狱警脸上有些挂不住了，冲着李某严肃地说：“邱院长在跟你说话，你要是再不客气些，我们这就把你送回监舍。”

李某听到专管狱警近乎批评的严肃语气，这才从嘴里挤出两个字：“你好！”

邱院长向着专管狱警摆了摆手，说：“没事，我们初次见面，他跟我又不熟，可以理解的，我相信以后我们会成为好朋友的。”

其实，当时的邱院长也不敢相信李某会变好，因为李某冷漠的表情，已经说明了一切，那就是他根本就不会跟邱院长聊天，更别说交朋友了。

邱院长接着对专管狱警说：“同志，我想单独跟他聊一聊，你能不能先回避一下？”

专管狱警着急地说：“邱院长，他可是连自己的儿子都杀的，你难道一点也不害怕？不行，我不能让你一个人在这里，他实在是太危险了。”

邱院长笑了笑，说：“你放心吧，他是不会伤害我的。尽管他不愿意跟我说话，可他现在已经不吸毒了，我看他的样子，精神头也好了很多，我相信通过单独聊天，他一定会跟我成为朋友的。”

尽管专管狱警不太放心，可是，邱院长却依然让专管狱警离开了心理咨询室。屋里，只剩下了邱院长和李某两个人，邱院长拿过一把椅子来，坐到李某的身边，说："小伙子，我是一名老师，我想你在这里肯定很烦很闷，肯定也想找个人聊天，你有什么要说的就跟我说吧，你放心，不管你说什么，我都会替你保密的。"

李某依然头也不抬。任凭邱院长再怎么说，他就是冷着脸不说话，等到邱院长说到口干舌燥的时候，李某甚至把头扭过去，连看也不看他一眼。

邱院长讨了个没趣，可是却依然不甘心就这么放弃，因为，他从李某的神情当中能够感受到，李某不是在抗拒他，而是在抗拒整个世界，或许，因为儿子的死，他已经不想活在这个世界了……

第一次与李某的交谈不欢而散。当邱院长心情失落地推开门，走出心理咨询室时，李某的专管狱警立即迎了上来，着急地问道："邱院长，他跟你聊得怎么样？他有没有跟你说什么？"

邱院长叹了口气，又摇了摇头，说："还是那个样子。"

听邱院长这么说，专管狱警说："邱院长，您千万别往心里去，他这个人就这样，我们跟他谈话的时候，也是这个样子。没事，您别管了，等他回到监舍，我再单独批评他。"

听专管狱警这么说，邱院长想了一下，问了一个问题："你批评他，给他做思想工作有用吗？"

专管狱警说："没有用，邱院长。可是，我们即使知道没有效果，我们也必须做啊，我们是警察，不能眼睁睁地看着一个犯人沉默下去，我们有责任让他们变得阳光起来，找到人生新的方向。"

邱院长当然明白专管狱警很想帮助李某，可是，助人者先要自助，如果李某不能从自身找到走出阴影的办法，那么谁也帮不了他。

想到这里，邱院长说："你先不要批评他，先让他冷静一下。我想办法总比困难多，我们一定能想出帮助他的好办法。"

这一次无功而返以后，邱鸿钟院长查阅了大量书籍，并且从网上搜索相关的资料，还召集了院里的教授单独为此开了专题会，将李某的事例单独拿出来进行分析研讨，最终，邱院长想到用“原生艺术治疗”这种新颖的办法。

当听到邱院长说出“原生艺术治疗”这六个字时，专管狱警瞪大了眼睛，问道：“邱院长，这个艺术治疗有用吗？”

邱院长依然笑呵呵地说：“有没有用，先试一试吧，没准会有用的。”

专管狱警又问道：“邱院长，别说是李某了，就是我这个警察，也对您说的这个‘原生艺术治疗’不理解，您能不能先跟我讲一下它的原理呢？”

邱院长点了点头，说：“其实，‘原生艺术治疗’这个方法，在国外已经存在上百年了，但是在我国应用得还不是很多，它的原理在于没有差异就没有生命，就是让李某画上一幅画，从这幅画的差异性上，来解读李某的内心世界。”

专管狱警有些不解地继续问道：“用一幅画来解读李某的内心世界，这也太神奇了吧？”

邱院长又笑了笑，说：“这个就需要专业的知识来解读了，需要根据李某所作的画，来考虑颜色、构图和线条，并通过这三个要素，来分析和解剖作画者内在的状态。因为生命是有差异的，所以，我们也会从这些差异性上，来解读李某的精神世界。”

专管狱警尽管听不懂，却笑着说：“那好，邱院长，您在这里等着，我这就让李某画一幅画给您看。”

邱院长摆了摆手，说：“不要，你让他画，他反而画不出内心的真实世界。这样吧，还是上次那间心理咨询室，还是我跟他单独聊天，你只需要给我准备纸和笔就可以了。”

专管狱警说：“邱院长，我们这里有专门的绘画室，我看咱们这次就不去心理咨询室了，我们直接去绘画室吧。”

邱院长笑着点了点头，说：“很好，我们就去绘画室。”

等到专管狱警推开门走出绘画室后，邱院长再次来到李某的身边，笑着伸出手来，说："你好啊，我们又见面了，这可是我们俩之间的缘分啊。"

李某还是完全把邱院长的热情不当回事。看到李某依然如故，邱院长就坐到李某身旁，说："既然你不想跟我说话，那我就跟你说说我的心里话吧。我特别喜欢小孩子，喜欢和孩子们一起做游戏、一起来画画，还经常与孩子们比谁画得好，与孩子们画画时，就是我最快乐的时候……"

邱院长动情的诉说，让李某流下了眼泪，因为他想起了被他害死的儿子。看到李某的眼泪流了下来，邱院长问道："怎么了？你怎么流眼泪了？"

从来不说话的李某终于说话了，只是他并没有回答邱院长的问题，而是抬起胳膊用袖子擦了一把眼泪，咬着牙说："我现在只想死。"

李某终于说出了第一句话，这让邱院长感到特别振奋，他继续说："人生没有什么大不了的，永远也没有太晚的开始，你可千万不要这么说。你如果想哭，那就放声地哭吧，我不问你就是了。"

听邱院长说不再问自己问题，李某就放声痛哭起来。绘画室里，邱院长静静地听着李某的哭泣，等到李某的哭声渐弱，邱院长就从桌上抽出一张卫生纸来，递给李某，又用手拍了拍李某的肩膀，说："好了，别哭了，快擦擦眼泪吧。"

李某接过了邱院长递过来的纸巾，继续哽咽着说："是我害死了我的儿子，我有罪啊，我现在什么都不想说，我就想死，给我的儿子抵命。"

邱院长叹了口气说："不要那么想，有些事也不是你愿意那么做的，我想，你现在有什么委屈和心事就告诉我吧，我会尽全力来帮助你的。"

听邱院长这么说，李某再一次激动了起来，他尖着嗓子高声叫道："不，一切都没有用了，我就是想死，想给我的儿子抵命。"

邱院长无奈地摇了摇头，再一次尝试打开李某的话匣子，可是哭完以后，冷静下来的他再一次默不作声了。看到李某又恢复成老样子，邱院长说："你喜欢画画吗？如果你想画画，咱们可以比一比谁画得好啊。"

李某怎么也不会想到，邱院长竟然是来跟他一起比赛画画的，戒备与紧张的心理放松了下来，便点了点头，算是答应了邱院长的“求”画。邱院长赶紧给李某递上了纸和笔，只见李某趴在心理咨询室的桌前，画了一些简单的线条：一个烟囱和一缕白烟。

烟囱和白烟，色彩都是非常单调，本来，画室里有五颜六色的画笔，可是，李某却只是画一些色彩比较单独的线条，这也表达出李某内心的绝望与孤独，而且构图混乱，笔画断裂并不流畅，这些画表现出来的，都是他的心理不健康。邱院长根据李某的画作断定，李某有着严重的心理问题，便鼓励地说：“画得不错，只是，画得还是单调了些，如果能画些其他的内容，那我就更喜欢了。”

听到邱院长的鼓励以后，李某的眼神中露出了久违的光彩，当看到李某的转变以后，专管狱警也非常激动，也与邱院长一起鼓励李某继续画画。

接着，李某又画了一根黑色的竹子，这根竹子并没有竹枝和竹叶。邱院长将对这幅画的解读告诉了专管狱警：这幅画说明他的心理有了转变，但是还存在着抑郁自杀的可能，仍要加强治疗。

在邱教授和专管狱警的鼓励下，李某画了被砍掉的树桩，又画了一个鸡蛋。渐渐地，李某的“画风”开始转变了，他开始尝试着画其他不同的画作，甚至还跟邱院长和专管狱警说：他画了一幅抽象涂鸦的画，那是一家三口，一个幸福的家庭，在这里，有一个是他想忘记却已经走了的人，牵挂在他的心里。

尽管自责萦绕在李某的心头，可是在邱院长和专管狱警的鼓励之下，李某的眼神当中多了一份光彩，由平时对谁都爱答不理只想自杀，变成了喜欢敞开自己的心扉，来与专管狱警和邱院长交谈。现在，只要是见到邱院长，李某甚至会满含笑意地跟邱院长打招呼，问候声里也充满了亲切。看到李某的积极转变，邱院长的心里也是特别高兴。

作为一名应用心理学专家，邱鸿钟院长鼓励犯人们通过作画，把不想说出来的负面情绪表达出来，这个方式一经推广，便起到了非常好的效果。

2015年10月18日，广东省第三届原生艺术展还专门展出了犯人们的画作，李某的三幅画作也被展出，激励着李某等犯人们在高墙内继续改过自新。

而邱院长并不只是给阳江监狱做志愿心理辅导，他还帮助不同监狱的犯人们改过自新，他用自己无私的大爱，温暖了高墙内犯人们的心灵。很多犯人都特别信任邱院长，也愿意跟着邱院长的指导继续悔过。看到犯人们的积极转变，很多专管狱警也都情不自禁地伸出大拇指，连夸邱院长确实是好样的。

羊城有爱，爱没有死角；

羊城有情，情温暖众生。

广州是座有温度的城市，因为千万个志愿者的努力付出，才把更多温暖的阳光，洒向了城市的每一个角落，即使是在高墙内，也因为广州志愿者的真爱身影，而变得充满温馨与希望。

第五章

情暖花城

“怀仁爱之心，则轻于财富。存义勇之心，则轻于灾难。”怀有仁爱之心的人，就会轻视财富；有道义和勇敢的人，就会把灾难看得很轻。仁者爱人，是一种发自内心的善意，感染他人也影响自己。一个拥有仁爱之心的人，对世界总是充满热情充满爱，包括山川河流、四季风物。热爱且珍惜同别人在一起的欢乐时光。那柔软的情怀，可以无所不在，即使面对一个陌生的路人，也会温和而释放暖意。

做一个仁爱之人。用一颗平和善良的心去面对他人、面对生活、面对世界。用仁爱去影响和帮助他人，这种爱不分国界、肤色、性别、长幼。这是一种不求回报、没有功利，把别人的幸福当作自己的幸福的爱。积善行德、慈悲博爱是慈善仁爱的最高境界。心向善，天佑之。有了这样的境界，健康会与你同行，快乐会与你相伴，朋友乐意与你往来。你与世界、与他人自然变得融洽和谐。

志愿驿站：广州腾飞的爱心之源

西关大屋，是广州荔湾一带兴建的富有岭南特色的传统民居。

而西关小屋，则是展现广州城市新文明形象的志愿服务驿站。

自2013年3月西关小屋被改成志愿驿站后，这些常年活跃在广州大街小巷的志愿者们有了属于自己的物质家园。这个家既是展示广府文化的载体，也是广州城市文明形象的宣传中心。在西关小屋诞生后的十几年间，演绎出了一个个感动人心的故事，可以这样说，一个西关小屋，就是一面志愿者旗帜，它高高地飘扬在广州的上空，给人们带来更美好的志愿服务。

为了举好这面志愿大旗，康金华从2011年担任环市东路世贸大厦志愿驿站站长起，每周三和周日，都会抽出时间来为周边的孤寡老人做爱心餐。日子久了，细心的她发现有些孤寡老人来自北方，就在心里想，北方人吃面食比较多，最好还是做些饺子给他们吃，这样可以拉近孤寡老人与故乡之间的距离。想到这里，康金华马上发动志愿者一起包饺子，可是，站点的志愿者大部分都是南方人，根本就没有包过饺子，只凭她一个人包饺子，又根本不够老人们吃，这可怎么办哪？康金华思来想去，就决定由她来当师父，带着志愿者们一起去老人家里包饺子，这样既可以陪伴老人，又能教会南方志愿者包饺子，可谓一举两得。可别说，当她带着志愿者来到老人家里时，可把老人给高兴坏了，大家一起包饺子的感觉像是一家人。

细致周到的志愿服务，使康金华成为站点周边孤寡老人最信任的人，老人们有什么大事小情，也都第一时间寻求她的帮助。比如，家住建设大马路的孤寡老人甄婆婆，自从儿子出车祸去世和丈夫因病过世后，她就独自一个人生活，同时，她还患有肾、胆结石，动脉硬化、高血压等多种疾病，并且还做过手术，不但走路非常困难，就连饮食起居也全靠保姆照顾。有一天，保姆跟甄婆婆请十几天的假回家办事。甄婆婆心地善良，本来就与保姆相处得非常好，她当即就答应了保姆的请求，可是，她也明白，保姆这一走，独自生活的她就会遇到困难，甚至连日常生活都没法自理。

有问题就找志愿者，甄婆婆给康金华站长打了电话，没有想到康站长竟然满口答应了下来，在保姆回家的当天，她就带着自己亲手做的靓汤，送到了甄婆婆家里。甄婆婆也没有想到康金华会来得这么及时，她握着康金华的手，激动地说："阿华啊，你对我实在是太好了，我得好好地谢谢你啊。"

康金华拿过汤勺摆到甄婆婆的面前说："甄婆婆，咱们之间不要说客气话，这是我应该做的，这个汤您快趁热喝吧，我这就去给您做饭洗衣服去。"

甄婆婆叹了口气说："阿华，你帮我做饭可以，但是衣服你就不要给我洗了，太脏，不能让你洗的，等到保姆回来再洗也不迟。"

康金华说："甄婆婆，您老就不要客气了，我们是志愿者，帮助您做点力所能及的事情，是我们这些志愿者应该做的。"

甄婆婆还想再劝阻，可是，康金华却来到厨房，挽起袖子就做起饭来，等到把饭菜做好给甄婆婆端上来后，她又趁着甄婆婆吃饭的工夫，来到洗衣间帮助甄婆婆洗衣服。忙里忙外收拾一番，时间已经过去了两个多小时。

甄婆婆看到康金华把自己照顾得无微不至，就感激地说："阿华啊，我是一个行动不便的老太婆，你却对我这么好，说句心里话，你比拿着工资的保姆做得还好啊。"

康金华笑着说："甄婆婆，您的岁数跟我的妈妈差不多，如果您愿意的话，我就称呼您为甄妈妈吧。"

康金华说到做到，打那以后，她就把甄婆婆称为甄妈妈。在甄婆婆家保姆离开的十几天里，康金华发动站里的志愿者们轮流上门照顾甄婆婆，并且还做出了详细的排班表：礼拜一到礼拜五，安排退休了的志愿者，而礼拜六和礼拜天，则是上班族志愿者。康金华还列出了甄婆婆爱吃的菜谱，换着花样地让甄婆婆吃饱吃好。

不只对甄婆婆好，她对国贸大厦辖区的每一位孤寡老人都特别好，久而久之，志愿站点的孤寡老人们都把她当成了亲生女儿，而她也乐于在这些孤寡老人面前尽一番孝心。

2012年，康金华和其他志愿驿站的12位志愿者一起，共同发起了“妈妈私房菜”项目，通过对菜肴的创新，使志愿服务对象吃得更加舒心。经过多年的创新、尝试和完善，该项目不但受到了志愿服务对象的喜爱，还在2018年受到过新华社的追踪报道，一年以后，“妈妈私房菜”项目还在《志愿广东》栏目中进行过宣传展示。他们的志愿爱心不但感动了全广东，也得到了全国人民的高度赞赏。

每个西关小屋，都是一面爱心的旗帜。

每个志愿驿站，都有感动人心的故事。

陈秀娟是广州市天河区中信志愿驿站的站长。17年前，她从单位下岗了，下岗以后，她就当了一名志愿者。这番转变的主要原因，是她在广州市老人院里，见到一些曾经很威风的人到了风烛残年以后，不但没有了往日的威风，甚至连生活都不能自理。陈秀娟特别感慨，她觉得，人活在世上，本来就是一个美丽的意外，追求的不应该是名利，而应该是尽自己最大的可能去帮助更多需要帮助的人。

陈秀娟要做志愿者的消息传开后，就有人来劝她：“阿娟啊，你现在最重要的事情是去找一份工作，而不是去做志愿者，做志愿者没有工资，也没有人说你好，不能当饭吃的，你如果不傻的话，就别去做志愿者了。”

陈秀娟也知道对方说得对，可是，做点实实在在的志愿服务，帮助更多需要帮助的人，这确实又是她的梦想，她就对劝她的人说："人各有志吧，我觉得做志愿者并不影响我找工作，我先做着志愿者，至少比待在家里没事干强多了。"

那人觉得她不可理喻，可是陈秀娟却不以为意。她是一个闲不住的人，所以，即使没有找到工作，她也不能让自己闲下来，因为只有行动起来奉献爱心，她才觉得人生没有虚度。陈秀娟是一个特别有爱心的人，虽然下了岗，但不管是2004年东南亚大海啸，还是2008年的南方雪灾和汶川大地震，她都积极参与捐款，尽最大可能地为社会奉献一份力量。而广州亚运会召开的时候，陈秀娟也通过与所有志愿者的努力，让所有来到广州的不同肤色的客人感受到了东道主的热情。广州亚运会结束以后，陈秀娟因为表现突出，成为广州市天河区中信志愿驿站的站长。

陈秀娟过春节的方式与别人不同，别人过春节无非就是走亲访友聚餐喝酒，她则是在大年初一，来到越秀区英雄广场献血站献血。也因为经常献血，她也与采血站的工作人员成了好朋友，后来，这些采血的医生也在她的带动下，加入了志愿者组织，下了班以后，就与她一起到志愿驿站做奉献。

成为志愿驿站的站长后，她除了坚守驿站为大家提供志愿服务外，还有一项光荣的任务，就是她负责的站点也成为中华骨髓库广东分库志愿者固定常态宣传平台。陈秀娟当然知道捐献骨髓对于生命的意义，所以，她也将仅有6平方米的西关小屋，打造成了中华骨髓库广东分库的入库采样点。

每当来到所负责的西关小屋，陈秀娟都会积极地向游客们派发无偿献血、无偿捐献造血干细胞等资料，向人们讲解捐献造血干细胞的科普知识。她的善举也深深地感动了很多人，曾经有一位游客找到她问路，她给指了路后，还把无偿献血的资料双手递上，说："这是无偿献血的资料，请您多关注无偿献血，谢谢您的爱心。"

路人看了她一眼，并没有接献血的资料，而是问她："你只是一名志愿者，好像献血跟你没关系吧？”

听对方这样说，陈秀娟先是一愣，而后笑着说：“做志愿服务是奉献爱心，献血也是奉献爱心，虽然性质不一样，但是爱心却是一致的。”

陈秀娟的话显然说服了对方，路人接过了她递上来的宣传材料，一边往前走一边看，走了几步后，又回过头来对陈秀娟说：“你还真是一个好人啊。”

陈秀娟喜欢陪护那些捐献造血干细胞的好心人，她觉得别人奉献了爱心，她就有责任与义务去陪护好他们。她不只陪着捐献者办理各种手续，还经常做各种美食送给捐献者。在捐献造血干细胞的过程中，由于捐献者双手都扎着针，不方便活动，陈秀娟就会悉心地守在一旁，甚至还给捐献者端屎端尿。大部分的捐献者都以为陈秀娟是骨髓库的工作人员，就把她的陪护当成了理所当然，直到有一位捐献者问她在骨髓库负责什么工作时，她才笑着告诉对方，她只是一位很平常的志愿者。这让对方大吃一惊，接着说：“您真了不起，我真的很佩服您。”

平时都是陈秀娟向别人伸大拇指，而此时，她看到捐献者对自己伸出了大拇指，心里特别激动，赶紧也向对方伸出了大拇指，说：“我们两人都奉献了爱心，我们两个人都了不起。”

两个大拇指的深情互动，是两个好心人发自内心的心灵对话与祝福。

无私的志愿付出，使她赢得了很多人的信任，后来，她就成了中国造血干细胞捐献者资料库广东省管理中心志愿服务大队副大队长，再陪护起捐献者来也就有了正式身份。而她也非常喜欢这个新职务，工作起来也更加卖力了。

曾经有一个小女孩，因为从来没有捐献过，心里有些害怕。

陈秀娟笑着鼓励：“第一次都是这样的，经历过一次捐献，你就不会再害怕了。”

女孩好奇地问道：“你第一次捐献也害怕吗？”

陈秀娟笑着说："当然了，人都是有第一次的，就像我们人生中很多的第一次，都是爸爸妈妈陪伴我们完成的，所以，我们才不会感到害怕，而我们终究会长大，很多的第一次需要我们自己去尝试，需要我们自己去突破心理障碍。"

听到陈秀娟这么说，女孩的眼泪流了下来。陈秀娟以为女孩是害怕了，刚想说"你既然害怕就不要捐献"时，就听到女孩哽咽着说："我已经没有妈妈了，我想我的妈妈了。"

陈秀娟握住女孩的手，亲切地说："好孩子，你就把我当成你的妈妈吧，有什么问题你都可以跟我讲，不要害怕。"

女孩看着陈秀娟，使劲地点了点头，问道："我可以叫你妈妈吗？"

见陈秀娟使劲地点了点头，女孩就轻声地喊了一句："娟妈。"

从那以后，"娟妈"的名声就传了出来，很多捐献者都亲切地称呼她为"娟妈"。而"娟妈"陈秀娟也因为真诚待人与乐于助人，与很多捐献者结下了深厚的友谊，很多造血干细胞捐献者经常跟她联系，有人即使已经离开了广州，也依然会在逢年过节时，给陈秀娟打电话或发短信问候。

提起这些，陈秀娟的心里就感到很欣慰，因为这是她做志愿者最大的收获。同时，陈秀娟的善举也感动了很多人，在她的带动下，她身边的很多志愿者都积极参与造血干细胞捐献。

海珠客运站志愿驿站副站长周新旺，是一名资深志愿者，自从1998年在广州出入境检验检疫局工作以来，他已经连续做了22年的志愿服务工作，只要是下了班，他就一心扑到志愿服务事业上，甚至为了做志愿服务，连人情都顾不上。

曾经有一位特别要好的朋友，打电话约周新旺一起吃饭。可是，令他没有想到的是，周新旺因为急着去探望已经约好的孤寡老人，就婉言回绝了好友的邀请，这令好友感到非常没面子。

周新旺当然不是无情的人，他在探望过老人后，马上掏出手机，拨通了好友的电话，笑着问道："你还在生我的气吗？"

气头上的好友说："您是一名高贵神圣伟大的志愿者，我哪里敢生您的气哪！"

周新旺就叹了口气说："请你理解我吧，你也知道，我的业余时间全给了志愿服务，这些孤寡老人也认识我，对我有了感情，我说好了去看他们，如果没有去的话，他们会很失望的。"

好友说："你不用跟我解释，你继续去看你的孤寡老人吧，他们可是你最亲的人，我们不要紧的，我们算什么啊！"

周新旺继续耐心地解释道："聚会少一些，可以去做些有意义的事，你不知道他们的生活有多么无助，他们真的很需要人关心。要不这样，我带你去看他们一次，你就知道我真的不是不给你面子了。"

好友也在电话里说："好，我就跟着你去看一看，看看你这个志愿驿站的副站长是怎么做工作的，是不是真的到了连吃顿饭的时间也没有了。"

亲眼看到周新旺对老人无微不至的关怀和照顾，好友非常感动，打心眼里理解了周新旺不参加聚会的原因。从那以后，他不但不再埋怨周新旺，还加入了周新旺所在的"西关小屋"，他逢人就说："做志愿服务很快乐，这种快乐是金钱买不来的，所以，我特别感谢好朋友周新旺。"

周新旺不但把很多业余时间奉献给了志愿服务事业，还把志愿服务带回到了工作单位。他所在的广州出入境检验检疫局，也以周新旺的名字命名成立了"学雷锋阿旺志愿服务总队"，吸收单位干部职工投身志愿服务事业，并多次走出机关为市民提供公共服务，树立了良好的形象。

广州是闻名遐迩的"志愿之城"，遍地可见"西关小屋"与志愿者的身影，还有外籍友人青年志愿服务站，各政府部门及企事业单位也纷纷设立了各自的志愿驿站。可以说，广州已经成了名副其实的志愿驿站之城，而所有的志愿者，都是羊城最美丽的天使。

从2009年12月5日第一间“西关小屋”正式开放，到2021年9月，全市志愿驿站累计凝聚社会组织166个、志愿者12万余名，累计153万人次上岗服务，贡献超过350万志愿时。通过这些志愿天使的努力付出，广州志愿驿站先后获得2014年首届中国青年志愿服务项目大赛金奖、第二届中国青年志愿服务项目大赛金奖、2016年全国宣传推选学雷锋志愿服务“四个100”最佳志愿服务组织、2018年全国优秀志愿服务项目等荣誉。他们用无私的奉献与付出，为美丽的花城争得了国家级荣誉。

这些志愿驿站不只是广州街头的美丽风景线，更是广州快速腾飞的爱心之源！

长者义工：老有所为，老有所乐

一座座的“西关小屋”，一个个志愿驿站，在凝聚青年志愿者的同时，也魂系着老年志愿者的心愿。据有关部门统计，仅在志愿驿站登记的老年志愿者就达十万人之众，他们用自己的无私付出与年轻的志愿者们一起书写着大美广州、慈善广州、仁爱广州。

广州有一支慧心义工队，与其他义工志愿者组织不同的是，这些志愿者全是住在老人院里的老年人。在他们当中有一位叫林九凤的阿姨，今年已经85岁了，她曾经在街道工作过，年轻的时候她积极学雷锋，好事做了一箩筐。后来，广州有了志愿者组织，她的热情更高涨了，她始终认为，尽自己的一份爱心去帮助别人，就是她人生中最开心的事情。

林阿姨在79岁的时候住进广州老人院，一开始她的腿脚不太方便，觉得挺失落的，好在老人院里的工作人员和志愿者经常来探望她，让她感受到了大家庭的温暖，以及整个社会对她的关心。为了能够快速恢复身体，她就按照志愿者的指导，尽最大可能地锻炼身体，一个弯腰一个伸臂，也透着她不服老的精气神。经过积极努力，腿脚好了很多，这让她感觉自己还不老，还应该做更多的好事来帮助别人，于是，再有志愿者过来探望她的时候，她就向上门的志愿者打听，自己可不可以跟他们一起做志愿服务。

可是，已经80多岁的林阿姨本身就是志愿者们照顾的对象，又怎么能让她做志愿者呢？志愿者们就劝林阿姨多注意休息，志愿者的事由年轻人来做。可林阿姨却不管，非要加入志愿者组织，这让前来探望的志愿者们在感动的同时，又很为难。

志愿者们就劝说："林阿姨啊，您也是80多岁的人了，您有做志愿者的心，这非常好。我们的想法是，您把自己的身体保养好了，就是最好的志愿者了，您有什么需求尽管告诉我们，我们一起来帮您解决。"

林阿姨一听就不乐意了，她说："我跟你们说啊，你们别看我80多岁了，年轻的时候，我可有的是力气。现在虽然岁数大了，但我觉得，帮你们做些力所能及的工作还是可以的。怎么样？你们考虑一下我？"

志愿者接着劝道："林阿姨啊，谢谢您这么有爱心，但是志愿服务的事，您还是需要再好好地考虑考虑，因为毕竟您的首要任务是保重好身体啊。"

林阿姨叹了口气，继续央求道："你就让我跟着你们一起做志愿者吧，我虽然岁数大了，可是，我真的还想再出去帮助别人啊。"

林阿姨做志愿者的想法很执着，前来探望的志愿者只好说："林阿姨，难得您有这一份爱心，我们先谢谢您，您放心，我们这就将您的想法跟领导汇报。"

听对方这么说，林阿姨的脸上这才露出了笑容，说："你们快跟领导汇报吧，我告诉你们，年轻的时候，我还是学雷锋标兵哪。"

领导听完后，也被林阿姨的奉献精神感动了，可是，林阿姨毕竟是80多岁的人了，怎么能让她做志愿者呢？志愿者是需要到处走的，这对于腿脚刚见好转的林阿姨来说，更是不可能完成的任务。

最终，林阿姨想做志愿者的想法，被广州老人院社工部长梁娟娟知道了，她也为此很犯难，因为林阿姨本身就是老人院里需要服务的人，谁也不敢让一名80多岁且腿脚还没好利索的老年人做义工，一旦出了问题，谁也负不起这个责任。于是，梁部长就狠下心来，没有同意林阿姨做志愿者的请求。

林阿姨心有不甘，见人就说自己想做志愿者，还亲自找到梁部长，说自己一个人待在屋里，觉得很枯燥，她确实是岁数大了，可是做志愿者陪一些老人聊天，或者是做一些力所能及的事情，她还是可以的。

梁部长也被林阿姨的志愿精神深深地感动了，确实，他们尽管岁数大了，可是，如果什么也不做，对于他们的身心来说也不好，而据梁娟娟了解，想做志愿者的还有一些老年人。于是，梁娟娟就将林阿姨等老年人的想法，跟老人院领导做了汇报。经过与领导反复沟通后，广州老人院在2017年正式成立了慧心义工队，这支全部由老年人组成的志愿者队伍很有特色，他们并不负责外面的志愿服务，他们主要的服务对象就是居住在慈惠楼里的失智老人。

人老了，很多人都会有失智的现象，有些老人甚至会连自己的儿女都不认识。看到居住在慈惠楼里的失忆老人们的状况，林阿姨就害怕自己将来也会这样，就将自己的担心，告诉了同是义工队队员的张特加阿姨。张阿姨尽管岁数比林阿姨小一些，但林阿姨的担心同样也是她的担心，她是一个爱学习的人，就特意到网上搜索了很多推迟失智时间的方法。

张阿姨就找到林阿姨说："林姐，我告诉你啊，推迟失智的最好办法就是有人陪伴，还有就是多聊天多做适当的身体锻炼，咱们现在已经是志愿者了，去陪伴那些失智老人，其实对我们本身也有好处。"

听到张阿姨这么说，林阿姨就笑着说："我就说嘛，这叫'助人为乐，快乐自己'。走吧，咱们别待着了，现在就去跟那些失智老人说说话吧，我告诉你，以前我干街道工作时，最喜欢做的事就是做别人的思想工作。"

就这样，林阿姨与张阿姨走进了老人院慈惠楼，开始了陪伴失智老人的志愿服务工作。

慈惠楼里居住着250多位失智老人，老人们岁数都大了，儿女们来的时间多些还好，有些老人因为记不住儿女的样子，会把他们当成陌生人，这让儿女们感到不可思议，久而久之，他们也因为各种原因来得少了，而陪伴这些失智老人更多的，则是林阿姨与张阿姨这样的志愿者。

林阿姨闲着没事就来跟这些失智老人聊天，因而加深了这些失智老人的记忆，有些失智不怎么厉害的老人就记住了林阿姨。每当听到这些失智老人对她说出感激的话，林阿姨都会特别地开心特别地激动，觉得自己还没有老，还可以继续为别人奉献爱心。

因为林阿姨与这些失智老人岁数差不多，有些甚至比她的岁数还小，所以，他们沟通起来也就特别有共同语言。林阿姨知道，其实这些老人所担心的，就是怕没事做，这样人老得也就特别快。

为此，林阿姨就找到爱学习的张阿姨，说："你看这些老人总是闲着，也不是办法啊，咱们得想个招，让他们适当地动起来。"

张阿姨点了点头说："好，我这就到网上去寻找一些办法。"

可别说，还真让张阿姨给找到了办法，那就是教这些腿脚不便的老人做手指操。为此，张阿姨从网上下载了手指操视频，还将手指操教给了林阿姨和其他失智老人，通过张阿姨与林阿姨的大力推广，以后，只要是慈惠楼里搞活动，大家一起做手指操就成了保留节目。

顾洁芳阿姨从56岁开始，就在荔湾区东漖街家庭服务综合中心做义工，虽然已经是60多岁的人了，她却是服务中心义工队里的"年轻人"。如果看她的样子，根本看不出来她是左耳戴着耳蜗、右耳完全失聪的残疾人，尽管她的听力有困难，却依然在为需要帮助的人奉献着爱心，由于她对人和善、服务态度好，久而久之，人们就亲切地称呼她为芳姨。

芳姨最牵挂的还是街道内的芳和花园，因为这是全广州最大的保障性小区，里面有680名伤残人士、386名独居或孤寡老人、2385个低保收入者和560名下岗人员。从这一组数据里能够想象得到，在这里做志愿者的难度确实很大。虽然工作任务很重，芳姨却从来不叫苦也不喊难，她常说的一句话就是："尽我最大的可能去帮助别人，只要尽力了，困难就一定会被克服。"

她是这么说的，也是这么做的，芳姨经常去照顾叶五妹母子二人。叶五妹已经90多岁了，而她的儿子崔伟源也60多岁了，他在1993年中风病倒，双腿永远失去了行走能力，妻子也离他而去，只有母亲叶五妹对他不离不弃。叶五妹年轻时还好，但随着岁数越来越大，她照顾起儿子来，越来越力不从心。2013年，芳姨接到了叶五妹打来的电话，叶五妹在电话里着急地说，儿子因为不愿意给年迈的她添麻烦，心情非常差，整天待在房子里胡思乱想，她怕儿子做错事……

听到叶五妹的担忧后，芳姨二话不说，放下手头的事情就上了门，等到了叶五妹家，她看到这个家庭实在是太困难了。而坐在轮椅上的崔伟源也不理芳姨，任凭芳姨再怎么嘘寒问暖，他就是爱答不理，很显然，芳姨的第一次上门劝说失败了。一次上门不成功，她就两次上门，可是，崔伟源还是老样子，一点积极的改变也没有。

叶五妹看到儿子这么不争气，就指着儿子大骂道："你摆个臭脸给谁看啊？我告诉你，你不要以为你失去了双腿，所有的人都欠你的，你知道吗？芳姨本身也是一个残疾人。"

什么？芳姨是失聪的残疾人？这是崔伟源没有想到的，这对他的心理冲击很大，崔伟源也觉得自己做得不对，就再也不敢摆臭脸给芳姨看了。芳姨当然也不会怪罪崔伟源，只要没事的时候，她就推着崔伟源到楼下散步，去看一看外面灿烂的阳光，呼吸一下新鲜的空气。

随着相处的时间越来越多，崔伟源也越来越信任芳姨，他将自己的困惑与无奈告诉了芳姨，那就是母亲养大了他，可是，他不但不能孝敬母亲，还要让90多岁的母亲照顾自己，他于心不忍啊！

芳姨当然理解崔伟源，于是，芳姨就将崔伟源的家庭情况上报给了残联，残联的领导高度重视，特事特办地为崔伟源从床头到洗手间安装了一条长长的扶手，还帮助崔伟源申请了一个可以手摇的轮椅。

有了长扶手和手摇轮椅以后，崔伟源可以做到生活自理了，这让90多岁的叶五妹特别感动，她逢人便夸芳姨是一个好人，不，芳姨不只是好人，还是他们家最重要的一名成员！

在白云区黄石街家庭综合服务中心有一支多达206人的志愿者队伍，人称“老爷兵”，人均年龄在65岁至66岁之间。不但是名副其实的长者义工队，还是“广州市最活跃的长者义工队”。他们服务于黄石街辖区内超过3652位60岁以上的长者，这些老人的子女们大都不在身边，独居、孤寡、空巢、高龄、双老长者是他们的特征。随着年龄的不断增长，这类老人的比例也在不断地增加，所以，如何照顾好他们的生活，就成为摆在服务中心领导面前的重要问题。为了使这些需要关爱的老人感受到社会的温暖，黄石街家庭综合服务中心发动初老义工，推出了“初老服务老老”的志愿服务模式。这种模式一推出，就得到了广大社区老人的欢迎，这种办法既可以让低龄长者的价值得到体现，也让老人们感受到了社区的温暖，更为重要的是，他们的年龄层次比较接近，交流起来没有代沟，服务起来也能起到事半功倍的效果。

68岁的何润德老先生做义工已经好多年了，退休以前，他就是一名志愿者，他来自四川，是一位退休的人民教师。退休以后，觉得生活无聊的他，没有选择提笼架鸟的休闲生活，也没有四处旅游散心，而是主动到黄石街家庭综合服务中心报名，当了一名社区义工。他是长者食堂的送餐志愿者，每周他都会抽出一天的时间，骑上自己心爱的自行车，在上午10点半准时来到长者食堂餐厅，热心地帮助餐厅摆椅、铺台布，仔细地用开水冲洗餐盒、保温瓶……

等到将热气腾腾的饭菜打包好，他就会骑上自行车，爬楼为社区多位行动不便的高龄长者送去餐食。何润德老先生特别理解独居老人的不易，他说如果自己到了那个岁数，肯定也会孤单也会觉得寂寞，所以，必须有一个懂自己的人守在身边，而何润德就成为这样的一个人。

有些志愿者将饭菜送到老人家里以后，就会马上离开，因为怕打扰老人的生活。何润德一开始也是这样做的，后来，当他来到80多岁的李老伯家里送餐时，发现李老伯的腿脚不太方便，如果直接放到桌上，李老伯还是不太方便。经过一番热心攀谈，他彻底地了解到李老伯的需求，此后每次来送餐时，都会先将小桌子给摆放好，再将热气腾腾的饭菜放到桌上，等到将腿脚不好的李老伯搀扶到桌前，何润德就坐在一旁陪着李老伯，等到李老伯吃过饭后，他再帮助李老伯将餐盒给刷洗干净。这样细致周到的服务，让李老伯的心里特别温暖。因为孩子们都在外地工作，所以，独居且腿脚不好的李老伯便将何润德当成了自己的亲人，每每儿女们过来看他带一些礼物时，他也会特意给何润德留一些。何润德也被李老伯给彻底感动了，只要是不做送餐义工时，他就主动地来陪李老伯聊天，给他讲自己故乡四川的美丽传说，甚至还给李老伯唱上几句川剧，经常把李老伯给逗得哈哈大笑。

有人曾经问过何润德，做义工既没有名也没有利，还做得这样用心，这又是何苦呢？何润德笑着说："做义工志愿者是没有名也没有利，但是却有一份最轻松的快乐在心里。我也已经退休了，如果什么也不做，反而会不快乐，能够做志愿者帮助这些比我岁数大的人，是我这一生最快乐的事情。"

儿女们也曾经劝他不要太劳累，多保重身体，他则笑着回答："做义工送餐又不累，我把这个送餐当成休息了，整天在家里待着，那不叫休息，那叫浪费生命。"

他喜欢给老人送餐，心情好身体就好，爬起七层楼来也健步如飞，感觉自己年轻了很多岁。

在黄石街家庭综合服务中心里，何润德的年龄不算大的，在这里，年龄最大的义工87岁，年龄最小的义工有60岁。在这支200多人的义工队里，大家相处得非常快乐，都是退了休的人，重新聚到一起，感觉就像是一家人。他们按照服务中心的安排，积极地发挥退休后的余热，提供免费的义演、助餐、配餐、探访等服务，服务于更多需要帮助的老人，在收获好评的同时，也得到越来越多爱心人士和志愿组织的高度认可，收获了很多荣誉。2018年，老年志愿者“助餐义工队”获得了第二届全国“敬老文明号”先进集体荣誉称号，为整个黄石街乃至广州市都争了光，也把广州老年人积极、阳光、乐观的风采，展现给了全国人民。

岭南社会服务发展社总干事郭伟信曾表示：“我们就是要从关怀社区的角度出发，不断地整合社区的资源，根据需求去提供志愿服务。”正是因为社区领导的重视，所以，社区老人的需求就成为长者义工队服务的方向。为了更好地提升长者义工队的服务质量，社区还请来了专业的老师，来给长者义工队员们进行培训。这样量化细化的培训，使长者义工的素质得到了非常大的提升，老年志愿者“助餐义工队”能够获得全国“敬老文明号”称号，就与社区的培训有着很大的关系。

黄石街家庭综合服务中心不只提供送餐义工服务，还有免费义工陪护服务，广州义工联金牌义工郭润霞在退休以后，就经常在社区里做陪护服务。她觉得大家都是一个社区的，其实就是一家人，会生出更多的信任感和亲切感，不像是请来的陪诊工，根本不认识不说，还容易出现一些新的矛盾和问题。

郭润霞经常要陪80多岁的许婆婆到社区医院看病。在陪许婆婆去医院看病之前，两个人其实早就认识了，都是一个社区的，低头不见抬头见，再加上郭润霞对人很热情，所以，两人的关系一直都不错。因为许婆婆的腿脚有毛病，家里人又因为工作不能经常守在身边，所以，不想麻烦人的许婆婆便雇人陪自己去社区医院看病，花了钱不说，还有太多的不方便，沟通起来也不是很顺畅。许婆婆就想找个熟人来陪着自己去社区医院看病，因为住得不远，所以，许婆婆要找陪诊人的消息，郭润霞很快便从街坊邻居那里听到了，并自告奋勇地要去帮忙。

有些人就开玩笑地说：“我可告诉你，许婆婆已经80多岁了，腿脚又不好，你去陪诊的话，一旦有个闪失，不怕被赖上吗？”

尽管对方是用开玩笑的语气来说的，可是对方的提醒也不无道理，社会上也出现了很多老人讹人的事情，虽然大家都是一个社区里的住户，彼此也都认识，可是，毕竟许婆婆的岁数大了，腿脚不方便也是事实，如果真出了问题怎么办？对此，郭润霞回答：“没有关系啦，大家都低头不见抬头见的，如果真出了问题，我也有退休金，我拿退休金来照顾许婆婆。”

就这样，社区领导同意由她来给许婆婆做陪诊的义工。由于大家以前就很熟悉，所以，许婆婆有什么需求，郭润霞也是很清楚，她还从家里找来了拐杖，搀扶起许婆婆便向着社区医院出发了。一路之上，郭润霞陪着许婆婆聊天，也讲一些国际上刚刚发生的新闻，排解了许婆婆的寂寞不说，还让许婆婆的心情变得舒服起来。

等来到社区医院以后，郭润霞便将许婆婆搀扶到医院走廊的椅子上坐下，自己则跑前跑后地去挂号、拿药，然后护送着许婆婆回家。回到许婆婆家里后，郭润霞会倒好水，亲眼看着许婆婆服下药后，再询问还有什么需要她办的。每当许婆婆说出需要买的东西时，郭润霞就会来到楼下的超市买来，服务比亲人还要周到。日子久了，许婆婆就将郭润霞当成了自己的亲人。老年人不太会用微信、支付宝等新型支付工具，跑银行取钱又不方便，所以，郭润霞又成为许婆婆的免费取款员，就连许婆婆的银行卡密码，郭润霞也是知道的。从这一点上就可以看出，两人的关系已经密切到不分彼此了。

其实，郭润霞不只对许婆婆好，对其他陪诊的老人也很好，她用一颗金子般的善心来做义工，赢得了越来越多老人的交口称赞。郭润霞也已经退休十几年了，她本来可以安心地在家里养老，可是，她却愿意把有限的生命投入到无限的爱心行动当中，她的义工服务总时数也稳居长者义工队的榜首，是地地道道的金牌义工。

长者义工作为义工联的重要组成部分，不只在黄石街家庭综合服务中心得到推广，在全广州很多社区也都存在着长者义工，他们老有所为老有所乐，积极地投身到做义工帮助他人的志愿服务事业中，得到了全社会的尊重和赞扬。

针对长者义工的性质和特点，国际社会提出了“独立、参与、尊严、照料和自我实现”的原则，并在此基础上实现“积极老龄化”的新理念。而长者义工就是这种精神的卓越体现。近八成的受访者表示做义工后“高兴快乐”，还有近一半的受访者表示“幸福满足”。这些数据充分地说明，大多数长者义工在参加义工服务之后，获得了积极正面的心理感受，这对于促进义工的身心健康来说，有着非常大的好处。

87岁的杜宇是黄石街家庭综合服务中心年龄最大的长者义工，他是一名老革命，干了一辈子革命工作的他，特别热衷于做义工。别看在社区里，他只是一名普通的义工，但是在熟悉他的人眼里，他又是一位有专业文化知识的义工。他平时坚持练习书法、从事摄影创作，还是国内著名的珠宝鉴定师。为了能够更好地普及自己的专业知识，他主动地找到社区领导，提出要将自己的专业知识免费教给社区里感兴趣的人们。这种“老师型”的专业义工，可实在是太难寻找了，于是，社区领导很快便点头答应下来，并且许诺只要杜老爷子有时间，随时可以来社区给大家上课。

就这样，学者型的杜宇义工也找到了年轻时的风采，每当他在讲台上传授自己的专业知识时，他就觉得自己年轻了很多岁，一堂课下来不累不说，反而还显得特别有精神。杜宇经常笑呵呵地说：“我们这些人退休后可能就是废品了，做义工就等于废物再利用，说不定还可以变废为宝哪。”是的，以杜宇为代表的老龄义工的价值，确实在参加义工队以后，得到了充分的体现，但他不是废品，而是社区里出类拔萃的人才，这样有价值的宝贝能在义工这个平台上发光发热，这是杜宇积极人生“老有所为”的体现。

据统计，在广州长者义工已经占到了全体义工的两成以上，长者义工的价值，已经得到了充分体现。

广州市荔湾区逢源街耀华社区的陈杰禹老先生，现在已经80多岁了，自从1998年从越秀区缝纫机配件一厂退休后，他就正式注册成为一名义工，如今，他做义工已经有23年了，这几乎都超过了他一半多的工龄。提起以前那些做义工的往事，陈杰禹老爷子就来了精神，他深情地回忆起，社区里曾经有一位90多岁的玉佳婆婆，是位独居的长者，他自告奋勇地向社区领导申请去照顾她。在经过义工领导批准以后，每天上午，陈杰禹老先生都会上门为玉佳婆婆打扫卫生，这使行动不便的玉佳婆婆非常感动，陈老先生还经常做好饭菜送到老人的家里，抽空就替玉佳婆婆洗衣做饭，甚至在春节时，陈老先生还带着妻子上门，陪着玉佳婆婆过年。这让已经到了人生暮年的玉佳婆婆格外激动，她逢人便说："别看小陈跟我没有血缘关系，可是，在我的眼里，他比我的亲儿子还亲啊。"就这样，陈杰禹夫妻俩几十年如一日，把玉佳婆婆当成家庭的一员来关爱，一直到玉佳婆婆百年归老后，陈杰禹老先生还经常到婆婆墓碑前上几炷香。

陈杰禹老先生不只照顾玉佳婆婆，他也提供陪诊义工服务。2011年8月，他去中山大学第二附属医院接孤寡老人郭坚发出院。老人腿脚不好行动不利索，陈杰禹就推着轮椅在马路上等出租车，可是，一连拦住好几位出租车司机，都因为郭坚发行动不便而拒载。陈老先生并没有发火，他理解这些司机怕惹上事，就决定一边往前推一边等出租车。可是，这一路之上，他竟然没有拦到一辆出租车，已经70多岁的陈老先生，不得不硬生生地推着轮椅步行了一个多小时，才把郭坚发老人送回家。等到回到家里时，脱下鞋子，他看到脚上的血泡早已经磨破。老伴看到他脚上磨破的血泡，两行热泪流了下来，劝他不要再去做义工了，可是，他却用手指着自己满是血泡的脚，笑着安慰老伴说："脚上脱了一层皮，很快就能长上，这说明我脚底的皮肤又嫩了，我又年轻了。好了，你不要再哭了，我们这是在做积德行善的好事嘛，应该表扬。我先表扬一下我自己，陈杰禹老同志是一个大大的好人。”听到他这么说，老伴破涕为笑，看到老伴笑了，陈杰禹老先生笑得更加开心了。

耄耋老人志愿者的积极付出与默默奉献，体现出“老有所为与老有所乐”的积极人生观，因为做义工帮助别人，也使他们的人生得到了升华，而成千上万个广州市长者义工的爱心善举，则共同描绘出最浪漫、最温馨的岭南夕阳红。

扶贫、扶志、扶智的志愿赞歌

2020年是具有里程碑意义的一年，这一年，是打赢脱贫攻坚战、全面建成小康社会和“十三五”规划收官之年。而在中国迈向小康社会的前行路上，也有无数广州志愿者的身影冲锋在前，他们用智慧、爱心与行动，在扶贫路上唱响了一曲曲“扶贫＋扶志＋扶智”的志愿赞歌。

在广州市数百万志愿者中，有一位曾经在抗美援朝战争中立过三等功的老兵——90岁的党员志愿者麦继承，在退休以前是广东农垦的处级领导干部。1991年，干了一辈子革命工作的麦继承光荣地退休了，为了体现组织上对退休老同志的关心，社区每半个月组织志愿者到他家里打扫一次卫生。看着这些忙碌的志愿者，麦继承觉得自己才刚刚退休，还没到需要别人照顾自己的份上，要是自己把自己当老人了，那可就真的老了。所以，秉承“心态好永不老”理念的麦继承，便跟老伴说起想要加入志愿者组织的想法，看到麦继承想做点实实在在的好事，丰富退休以后的生活，老伴也就点头同意了。

在老伴的大力支持下，麦继承成了广东省农垦总局老干所老年协管会的一名义工。麦继承经常说的一句话就是做义工心要细。做了一段时间义工后，他发现，楼上住着两名和自己年龄差不多的邻居，他们体弱多病，下楼到报栏里取信取报不是很方便。于是，从1996年起，麦继承就每天下楼去打开报栏箱，将报纸和信件给两位邻居送到楼上去。直到现在，麦继承还记得第一次给邻居送报纸时的情景。当他敲响邻居的门，打开门的邻居感到很惊讶，因为麦继承可是农垦局的老领导。邻居愣了一会儿后，就有些不好意思地说："麦老，让您给我们送报纸，这哪里好意思啊，您可是大领导啊。"

麦老听完，将报纸和信件往邻居手里一递，笑呵呵地说："这里没有领导，只有一名学雷锋的老兵，你也可以叫我志愿者，我就是跑跑腿，没啥的。"

从那以后，麦老坚持每天下楼为他们取报取信，把自己当成了邻居免费的"快递员"，农垦局逢年过节时要发一些物资，麦老也主动帮忙领回来送上楼。这种志愿服务麦老一干就是近20年，一直到最近几年楼上的两位邻居去世。

麦继承待人特别和气，也喜欢跟家里人聊天。有一次，他问保姆："怎么样？家里的生活还可以吧？"

保姆说："还可以吧，就是我侄女小戴家里有些困难。"

麦继承关切地问道："你的侄女有什么困难啊？你快讲给我听听，看看我能不能帮上忙。"

保姆叹了口气，说："小戴的爸爸早就去世了，她妈妈一直在厂里打工供她读书，日子过得很紧，照这样下去，小戴很快也要辍学打工。"

麦继承听完保姆的话后，说："不行，再困难也不能辍学，你这就告诉你侄女，让她坚持上学，她的学费我来出。"

保姆听麦老说要出钱供自己的侄女上学，赶紧摆手说："不行，不行，小戴跟您不沾亲不带故的，我也只是您家里的保姆，怎么好意思让您出钱哪？"

麦老说："孩子是祖国的花朵，我是一名老党员，也是一名志愿者，你别管了，她上学的学费我出了。"

就这样，麦老从自己的退休金里省出钱来供小戴读书，一直到小戴大学毕业后，留在深圳创业有了稳定的收入，麦老才停止了对小戴的资助。小戴当然也深深地知道，她现在的美好生活全是麦老给的，所以，也非常感激麦老，逢年过节，她也经常跟麦老打电话，向麦老诉说内心的感激，并告诉麦老，她也光荣地加入了党组织。听到小戴也成为一名共产党党员，麦老的心里别提多高兴了。

麦老是个热心肠，他不只资助了小戴，还资助了小钟和小陆两名贫困学生，不但资助他们的学费，连生活费也全包，甚至，当小钟跟他说起将来想要买一台电脑时，尽管麦老不会电脑，可是他却坚决支持小钟马上就去买电脑，并告诉小钟不要耽搁电脑的使用。不但如此，当了解到小钟因为缺钱而暂时不买时，仗义的麦老直接掏出钱给小钟买来了电脑。在麦老的支持下，小钟学习特别刻苦。后来，他参军入伍，成为一名光荣的解放军战士。他逢人便讲，如果不是麦老这位志愿军老兵，或许他早就已经辍学了。

从麦老那个年代过来的人，都有着火一般的热情，有着助人为乐的胸怀，他们的爱心奉献绝对是无私的，这在现在很多的年轻人看来恐怕很难理解，可是，在麦老这些从革命征程中走过来的老战士看来，却是理所当然的。尽管麦老已经退休好多年了，可他却依然不愿意闲下来，他在尽自己最大的努力做着志愿事业，甚至，还把自己也给志愿了出去。

2008年，麦老在阅读报纸时看到一条新闻：中山大学中山医学院在号召市民捐遗体……看到新闻后，麦老陷入了沉思，因为中山大学是他的母校，在跟有关单位详细了解了具体的捐献手续后，麦老就把捐遗体的想法告诉了老伴。

当老伴听到他说出要捐献遗体的想法后，气呼呼地说："你说说你，干了一辈子革命工作，到最后还要把这把老骨头也给捐出去，你疯了吗？"

麦老笑着说："我是一名党员，也是一名志愿军老兵，现在，更是一名志愿者。你想想，老天爷对我还是不错的，如果不是老天爷眷顾我，说不定在朝鲜战场上，我就被美国大兵打死了。其实，我捐出遗体来不算什么，相对于那些死在战场上的战友来说，我已经够幸运了。"

老伴叹了口气，说：“我都不知道怎么说你好了，很多人退休以后，都在家里享清福，可是你呢？舍不得吃舍不得穿的，把大部分的退休金都拿出去助学。好，那是你在做善事，人家学生也会念着你的好，我不管，可是你现在要把自己这把老骨头捐出去，我是说什么也不能同意。”

麦老听到老伴不支持自己，就笑着说：“我这不是想着帮助更多的人吗？你知道吗？很多人就因为一个器官坏了，整个人就不行了，我想人都有死亡的那一天，死了也就什么都不知道了，我把器官捐出去，也可以让它为人民服务嘛。请你相信我，我是经过深思熟虑才这么说的，我绝对没有疯。”

老伴仍然气呼呼地说：“你就是疯了，只有疯子才会像你这么想这么做。”

麦老看到老伴还是不同意自己捐献遗体，就叹了口气，继续说：“反正遗体火化了也没什么用，不如把有用的器官捐出来救人，遗体还可以用于医学教学。”

老伴坚决不同意，可最后拗不过麦老，也只得同意，麦继承这才如愿在遗体捐赠书上签了字。面对着连声称赞他的医生，麦老没有太多豪言壮语，这位有着40多年党龄的老党员，用朴实的话语袒露了心声：“我是一名志愿军老兵，现在是一名志愿者，我生前做点贡献没什么，死后再为人民做点贡献，那更是我的心愿。”

广州市海珠区税务局党员干部吕雪芬，本身就是一名资深的志愿者，好人好事做了一箩筐，而在扶贫助学行动上，她也是不遑多让。有一年，她的一位远房亲戚去世，两个尚在读初中的孩子面临辍学，吕雪芬得知情况后，立即慷慨解囊，资助这两名孩子上学，并一直资助到他们成家立业。有的人也许会说了，这是她家的亲戚，她资助也是应该的，可是，吕雪芬把资助这两个远房亲戚的孩子，当成了她扶贫助学行动的开始。

吕雪芬情牵着贫困地区的学生们，她也向大山里的贫困生们伸出了援手。在一次到山区开展志愿活动时，她了解到成绩优秀的吴健伟的父亲重病，一家三口仅靠着母亲打工赚的1000多块钱过日子，日子过得特别艰难，吴健伟也随时面临着失学的可能。得知情况以后，吕雪芬马上到小卖部买了营养品，来探望吴健伟父亲，也是来帮助吴健伟继续上学。

吕雪芬上门送温暖，让躺在病床上的吴健伟父亲非常高兴，病重的他挣扎着要从床上下来，可是，却被吕雪芬给劝下了，吕雪芬笑着跟吴健伟的父亲说："大哥，你好好养病，孩子上学的事，你不用操心，我和很多的志愿者，都会来帮助你们家健伟的。"

吴健伟的父亲叹了口气，说："如果不是我的病拖累了孩子，何至于此啊，我，我实在是太感谢你了。"

吕雪芬说："没事的，你好好养病，孩子上学的学费我出了，我会一直资助到他大学毕业。"

站在一旁的吴健伟激动得直掉眼泪，连声说着感谢的话，可是，吕雪芬却说："吴健伟，我愿意给你出学费，可是，你也要答应我和你爸，一定要继续好好学习，不能辜负了我们对你的期望。"

吴健伟当着父亲和吕雪芬的面郑重地表态道："吕阿姨，请您放心吧，我一定会努力学习的。"

看着吴健伟这么懂事，吕雪芬的心里特别高兴，从那以后，吕雪芬不但给吴健伟交学费，还经常给吴健伟寄去一些学习和生活用品，逢年过节时，还会买来新衣服送给他。尽管并没有血缘关系，可是，吕雪芬却尽着一个长辈的责任。

在吕雪芬的帮扶资助下，2016年，吴健伟如愿考上了大学。拿到录取通知书的那一刻，他马上拨通了吕雪芬的手机，激动地说："吕阿姨，我考上大学了，谢谢您这么多年一直在资助我，如果不是您，我可能早就失学了。"

电话那头的吕雪芬也特别高兴，说："好，吴健伟，你没有辜负我对你的期望。你放心，你上大学的费用我会继续给你出，你只要继续保持刻苦学习的态度就好了。"

吴健伟说："吕阿姨，我给您打电话除了报喜，就是还有一个想法要跟您说，您都资助我这么多年了，我也已经长大了，我想自己通过勤工俭学赚些生活费，等我大学毕业以后，我还要努力赚钱来报您的恩哪。"

吕雪芬一听就急了，说："报什么恩？你要记住，我不是以我个人的名义在帮助你，我是以一名党员和志愿者的身份来资助你。"

吴健伟说："可是吕阿姨，如果我不感恩您，不报您的恩，我该感恩谁呢？"

吕雪芬感动之余，叹了口气，说："吴健伟，你要是真的想感恩我，你就去参加志愿者组织吧，等你大学毕业以后，用你的爱心去做志愿服务，去帮助更多需要帮助的人，这就是我的心愿。"

吴健伟牢牢地记住了吕雪芬所说的话，他特别努力，大学毕业后，也成为一名光荣的志愿者。

吕雪芬把大部分业余时间都奉献给了扶贫助学，20多年来，她的爱心足迹遍布广州、东莞、博罗，乃至湖南、云南、青海等地，资助金额最高一次达到了三万多元，她用志愿者无私的爱心，为贫困学生撑起了一片知识的天空。

扶贫路上，有的志愿者甚至献出了自己宝贵的生命。

2017年6月3日，年仅31岁的广州志愿者谢奕，在给广西大化县板升乡山区孩子送完六一儿童节礼物后，在下山返回的途中，过度劳累的他倒在了一片玉米地里，生命也永远地定格在31岁。是的，他的身影虽然已经远去，可是，他的忠魂却成了大山的山神，永远地守护着山区的孩子们快乐成长。

如果不是来广西参加扶贫助学活动，谢奕早已经飞往"白云的故乡"新西兰，那里有他的商业项目。可是，当前往新西兰经商与去广西扶贫的日程发生冲突时，他毅然决然地选择了后者，不想错过每一次给山区贫困孩子们奉献爱心的机会。

坚定谢奕前往广西扶贫信心的，是因为在4月份时，他曾经跟河源市骆奶奶相约：5月份时再来看她。当时，志愿者组织告诉谢奕，骆奶奶一家生活很困难，骆奶奶的儿子高空坠亡，儿媳改嫁，留下骆奶奶老两口带着4个幼小的孙子，日子过得非常艰难。当谢奕等志愿者们带着慰问品和生活费来到骆奶奶家时，骆奶奶特别激动，她拉过4个孩子来，指着谢奕说："你们听好了，以后，他就是你们的爸爸，来，快喊'谢爸爸好'。"

4个孩子一起高喊："谢爸爸好！"

看着这4个可爱的孩子在叫自己"爸爸"，谢奕流下了热泪，他用手摸着4个孩子的头，说："以后，谢爸爸会照顾你们，谢爸爸会供你们读书，一直到大学毕业，好不好？"

"好——"4个孩子一齐喊道。

谢奕笑了笑，说："那你们可要答应谢爸爸一个条件，谢爸爸不在你们身边的时候，你们一定要听爷爷奶奶的话，好不好？"

"好——"4个孩子又一齐喊道。

看着4个孩子与谢奕聊得这么开心，骆奶奶就问谢奕："你下次什么时候来啊？我提前做好糍粑，等着你来家里一起吃。"

谢奕不知道该怎么回答，因为他虽然是一名志愿者，可是，他也需要打理电商公司的事务，还真是说不准什么时候再来。他想了一下，就随口说："5月份吧，5月份我会再来看您和骆爷爷，而且，广州和河源也不太远，以后我就每个月来探望你们一次吧。"

听谢奕说一个月来一次，这可把骆爷爷给高兴坏了，他激动地说："好，以后我们家就是你家，你随时来，我们就随时做糍粑给你吃。"

就这样，骆奶奶一家跟谢奕有了一个美好的约定，可是，等到5月份的时候，因为电商公司的业务实在太忙，谢奕抽不出时间，便托志愿者好友崔焱燚将慰问金转交给骆奶奶。

当崔焱燚与其他志愿者来到河源，将钱交给骆奶奶时，骆奶奶说：“请你转告谢爸爸，下次来时，一定要吃我亲手给他做的糍粑，你也一起来吃。”

崔焱燚也被热情的骆奶奶感动了，他替好友谢奕答应了下来，笑着说：“您就放心吧，骆奶奶，只要谢奕忙过这一段时间，他一定会抽时间再来看您和孩子们的。”

当好友崔焱燚将骆奶奶的牵挂告诉谢奕时，谢奕感到很内疚，自从2008年加入广州青年志愿者协会启智服务分队以来，他参加了无数次的公益活动，但是这次跟骆奶奶爽约，却让他的内心很难受。所以，当志愿团队准备6月初前往广西进行扶贫助学时，谢奕尽管已经收拾好前往新西兰的行囊，却临时改变主意，取消了已经订好的机票，就在6月2日晚踏上了前往广西的扶贫路。当谢奕等志愿者在次日上午10点到达南宁时，他们没有选择在首府南宁歇脚，而是马上登上了开往板升乡的大巴车。

车越行越远，山路越行越窄，到最后，他们不得不弃车徒步登山。谢奕背着带给山区孩子们的爱心书包，手里拎着带给村民们的油和净水器配件，接连翻越了四座山坳，爬过了无数的山坡，脚上的泡磨破了好几层，每往前走一步，脚底都生疼。可是，谢奕等志愿者没有一个人叫苦，更没有一个人喊累，他们都在咬牙坚持着，靠着坚强的意志不停地向前走着。

6月3日下午1点左右，谢奕终于到达助学地点，他开心地将书包分发给孩子们，并与孩子们一起唱歌跳舞做游戏。与孩子们在一起的他，也仿佛回到了无忧无虑的童年，他甚至开心地跟队友们说：“这一路经历过的所有艰辛和磨难，在看到小朋友的那一瞬间，全部都没有了，见到这些孩子们，我真的很开心很激动。”

等到他们在学校慰问过孩子们后，艰难的返程之旅开始了，经过连续的过山爬坡，谢奕的鞋子早已经磨破，脚上的血泡让他每走一步，都需要咬紧牙关。因为广西天气炎热，志愿服务队的队员们都出现了缺水、体力不支等现象，而谢奕尽管也很渴，可是，他依然把剩余的半瓶水，递给了体力严重不支的队友。

在走到一个山坳时，谢奕突然中暑引发高烧，体力不支的他，倒在了一片玉米地里。队友们见状，疯了一样地冲上前去，并尽全力抢救，可是，在当晚9点20分，谢奕永远地闭上了双眼。他再也无法去河源看望骆奶奶了，他也永远地离开了那4个可爱的孩子。

“广州好人”谢奕倒在了扶贫助学的路上，消息传回广州，整个羊城飞泪！

一个谢奕倒下了，可是，在谢奕扶贫助学精神的鼓舞下，无数个扶贫助学的志愿者和志愿组织挺身而出，他们积极地参与乡村建设，努力地帮助贫困户们脱贫，热心地资助贫困学生上学，把“善城”广州的大爱精神传播到了祖国各地！

精神帮扶，让爱回家

“富达住豪宅，贫穷宿桥底。理想很丰满，现实太骨感。”你怎么也不会想到，这是一位广州流浪者写在高架桥上的名为《体悟》的诗。2020年10月23日晚上，当“让爱回家”广州志愿者服务总队负责人刘富旺和治安联防队员打着手电筒，来到白云区泰路一处高架桥底时，首先映入眼帘的，就是这首《体悟》。刘富旺在心里想，这位能写诗的流浪者到底是一个怎样的人呢？他到底经历了哪些生活的不堪呢？

可是，当刘富旺等人打着手电筒，准备继续向前寻找这位流浪者时，手电筒却照到水泥墙面上写着“私人住宅，谢绝探访”的字样。这八个大字像是一道鸿沟，拉开了刘富旺等志愿者与流浪者之间的距离。刘富旺曾经帮助过其他流浪人员，也知道他们不愿去救助站，更知道每一个在城市里流浪的人，都有一段或几段既心酸又悲情的往事。尽管有这八个字横在刘富旺的心头，可让每一名流浪人员回家的神圣责任，却又在提醒着刘富旺，他必须走上前一探究竟。

又爬过一个小土坡，透过手电筒的光线照射，刘富旺看到一位流浪男子睡在纸皮和凉席搭起的简易床上，再走上前，则可看到躺在简易床上的流浪汉全身都是泥土。

刘富旺与联防队员们耳语了一下，决定先以人口普查的名义探明流浪者的真实身份：“大哥你好，我们是人口普查的工作人员，我们想看一下您的身份证，好给您办理一下登记手续。”

流浪汉看到刘富旺和治安队员们，紧张的神情写在脸上，他颤巍巍地说：“人口普查怎么会查到我这里？我又不认识你们。”

刘富旺以为流浪汉没有身份证，因为很多流浪者都没有身份证，就说：“大哥，你不要紧张，咱们国家每十年进行一次人口大普查，请您出示一下身份证，配合一下我们。如果您没有身份证，也请告诉我们，我们这些志愿者，也好给你提供帮助啊。”

令刘富旺等人没有想到的是，这位流浪汉竟然还真有身份证，只见他从兜里掏出了身份证，递给了刘富旺，身份证上显示：陶明（化名），49岁，江西宜春人。

刘富旺笑着说：“宜春是一个非常美丽的地方啊，我说大哥，你不在美丽的家乡生活，怎么跑到广州白云区的高架桥底下了？”

流浪汉们大多不愿意回答太多的问题，听到刘富旺的问话，陶明警觉地反问道：“我犯法了吗？你问那么多干吗？”

对流浪汉有着丰富帮扶经验的刘富旺知道，很多流浪汉的心理很脆弱，因为他们已经受过了太多的伤，所以他没有再继续提问题，而是将村治安联防人员拉到一旁，商量道：已经很晚，先不要再打扰陶明了，等到第二天，“让爱回家”志愿者组织会对陶明进行具体的帮扶。

等到了第二天早上，刘富旺与几名志愿者队友又一起来到了高架桥下，可是陶明却不知道去了哪里，于是，刘富旺就与队友们在高架桥附近转悠，试图尽快找到陶明。

这时，刘富旺看到旁边一位路人经过，就赶紧上前打听：“请问一下，你知道住在这里的那位流浪大哥去哪里了吗？”

路人略一沉思，想到对方问的可能是陶明，便说：“应该是去挑水了吧。”

路人的回答让刘富旺有些摸不着头脑，接着问道：“挑水，他到哪里去挑水？”

路人笑着回答：“我告诉你啊，你别看他是一位流浪汉，可是他跟别的流浪汉不一样。他这个人手脚勤快，在高架桥旁边的荒地上开垦种菜，他自己也做饭吃，喝的水也不随便，是从附近的白云山上挑的山泉，这小日子过得可舒坦。”

刘富旺有些哭笑不得，就问道：“那你知道他来到这里有多长时间了吗？”

路人说：“这个我可说不好，反正很长时间了吧，应该至少有十年了。”

十年？这么长的时间，家里人难道就没有找过他？什么原因让他选择流浪在广州，而不愿意返回江西老家呢？一连串的问题涌上了刘富旺的脑海。

在路人的指引下，刘富旺带着队员们来到陶明种的菜地里，看到菜地里的泥土很细，就知道热爱生活的陶明平时没少在地里下功夫，把地里面的砖头和碎石都给挑了出来。刘富旺还看到，为了方便给菜地浇水，陶明还特意从远处挖了一条小“水渠”通到菜地里。

刘富旺还从来没见到过这样的流浪汉，这更让他及队友们对陶明的过往产生了好奇，越发觉得应该帮助他回到久违的家乡。就在刘富旺与队友们商量帮扶陶明的办法时，陶明挑着水桶从远处走了过来。刘富旺赶紧迎上前，笑着说：“大哥，让我来帮你挑水吧。”

陶明看到刘富旺等人，先是一愣，又低下头向前走去。大家跟在陶明的身后，等到他将水桶放下后，刘富旺走上前，给陶明伸了个大拇指，说：“大哥，你收拾菜地、到白云山挑水喝，你热爱生活的态度，可真是让我特别佩服啊。”

陶明被刘富旺夸奖得有些不好意思，就笑了笑说：“那我也得吃饭喝水啊，我不做这些，谁来帮我呢？”

刘富旺一拍胸脯说：“我啊，说句心里话，我就是佩服你这样的生活态度，采菊东篱下，悠然见南山，这也是我追求的生活啊。”

陶明以为来了知音，便渐渐地与刘富旺聊了起来。经过一番攀谈后，刘富旺才知道，原来在十年前，陶明因为和女友分手、找工作碰壁等一系列生活不如意，就灰心丧气地来到了这个高架桥底开荒种菜，也在这里养流浪猫作为宠物，过起了“世外桃源”般的流浪生活。

刘富旺听完陶明的遭遇后，就叹了口气，说：“大哥，说句心里话，这里虽然有诗意的生活，可毕竟不是你的家啊，听我一句劝，回家去吧。”

陶明一听，马上激动起来，摇着头说：“不，我不回家，我没有脸回家，我哥哥一直以为我在广州打工，他不知道我在流浪，如果我回去，我根本没有脸面对他们。”

看到陶明又激动起来，刘富旺就用手拍着陶明的肩膀，说：“大哥，听我一句劝，回家去吧，家里有温暖，有全新的生活，而在这里虽然有诗意的生活，可是这样诗意的生活，在家里不是一样可以过吗？”

陶明依然在沉思，并不愿意说话。看到陶明的心里有些触动，刘富旺接着说：“大哥，人活一辈子，最不能做的事情，就是割舍你与家乡亲人的联系啊，因为那是你的根。我就问你一句话，你想家吗？大哥。”

“想——”说完，陶明“哇”的一声就哭了起来。

看到陶明哭得很伤心，刘富旺从兜里掏出一张纸来，双手递给陶明说：“大哥，你不要哭了，你想你的家乡，你家乡的亲人也在等着你回家啊，听我一句劝，回家去吧。”

陶明用刘富旺递过来的纸擦了一下眼泪，说：“好心人啊，我虽然想回家，可是，这都已经过去了十年多，家乡也发生了很大的变化，我的亲人可能也已经离开了家，我根本就找不到他们啊。”

听陶明这么说，刘富旺说：“大哥，你家乡的亲人我们来给你找，既然我们发现了你，就不能让你继续在外面流浪受苦，你就放心吧。”

“让爱回家”的梦想就是让更多人回到温暖的家，所以，在对陶明做出承诺以后，刘富旺等志愿者很快就行动了起来，他们通过多种渠道寻找陶明的亲人。只用两天时间，他们就找到了陶明在广东佛山的哥哥，10月27日下午，陶明的哥哥来到了白云区指定地点，见到了已经分别了十年的弟弟。

看到兄弟俩抱头痛哭的样子，刘富旺也流下了动情的眼泪。陶明的哥哥握住刘富旺的手，激动地说："谢谢你啊，广州好人，如果不是你，大概我这辈子就再也见不到我的弟弟了。"

而刘富旺则擦了一把眼泪，微笑着说："不用客气，这是我们应该做的。"

"让爱回家"，让所有的爱都回家，这是广州志愿者们的最美好梦想，而他们不只是让爱回家，还要让家乡广州每时每刻都被大爱与真情萦绕。

在广州市荔湾区，有一支常年关怀误入邪教人员的志愿者小分队，队员平均年龄已经超过了65岁。这支成立于2007年的关爱小分队，通过坚持开展志愿帮扶，让很多误入歧途的人员重新融入了社区。

做关心误入邪教人员的思想工作，没有点专业知识那是根本行不通的，所以，这支关爱小分队的志愿者也汇集了包括黄祖荫在内的一批专家。80多岁的黄祖荫是广州大学的退休心理学教授。退休以后，他发挥余热加入了关爱小分队。提起他做志愿服务的经验，他说："与他们交流，要从沟通开始，最好是与他们建立起互信互尊，要让对方认为你是'信得过'的人，这样做起工作来，就能取得事半功倍的效果。"

通过参加小分队活动，黄祖荫帮助了很多人，郭某就是其中之一。几年前，由于丈夫病故，身体有病的她独自带两个孩子，生活过得很艰难，再加上不善于处理邻里关系，精神上有很大的压力，她也渐渐地迷上了邪教功法，不但拒医拒药，还拒见任何人，甚至还想要跳楼自杀，她也成为社区里"潜伏着危险因素"的重点关注人员。为了帮助郭某改过自新，街道社区领导做了很多的思想工作，可是，考虑到她的特殊情况，社区领导就找到关爱小分队，希望志愿者能够出马，让郭某彻底地转化过来。于是，黄祖荫和冼金娥两位志愿者便来到了郭某的家中。

黄祖荫一见到身体瘦弱的郭某，就知道她肯定承受过很大的心理压力，所以，他并没有马上开展思想工作，而是笑着跟郭某说："我们代表关爱小分队全体志愿者来看看你，社区领导也很关心你，临来的时候，冼金娥说想请你喝茶，怎么样？一起出去喝个茶，顺便聊聊天散散心吧。"

冼金娥也笑着说："是啊，你整天闷在屋子里，这可不好，有空你得出去转一转啊，晒晒太阳，呼吸一下新鲜空气。走吧，我们请客，一起喝喝茶聊会儿天。"

谁知，郭某根本就不理黄祖荫和冼金娥。黄祖荫仍笑着说："你不要多想，所有的事情都没有什么大不了的，如果你不喜欢喝茶，那我们陪你去逛公园吧。"

冼金娥也说："是啊，到公园里转转也挺好的，或者你想去哪里，我们一起陪着你去。"

两位志愿者满脸堆笑，说话也非常客气，可郭某就是不说话。

看到郭某木讷的表情，黄祖荫就问道："你是不是有什么事情需要我们帮忙啊？如果有，尽管告诉我，我们一定会尽全力来帮助你的。"

郭某抬起头来，看了一眼黄祖荫和冼金娥，说："我是残疾人，你们如果真的想帮我，就帮我办一个二级残疾证吧。"

冼金娥听到郭某终于开口了，便说："好，很好，你放心，我和黄教授一定会想办法帮你办成的。"

黄祖荫与冼金娥一诺千金，他们和关爱小分队的志愿者们不辞劳苦，辗转跑了很多趟，终于帮助郭某办了二级残疾证。当黄祖荫和冼金娥两位志愿者将残疾证交给郭某时，郭某拿着残疾证，激动地说："实在是太感谢你们两位了，如果不是你们，就是跑再多次，我也办不到啊。"

黄祖荫笑了笑，说："办一个残疾证不算什么，因为你确实符合条件，所以，我们也就帮你办成了，你一定要相信，这个世界上还是好人多。"

郭某摇着头，大声地吼道："不，有人要暗害我，我害怕。"

听到郭某终于说出了内心的恐惧，冼金娥就说："你不要胡思乱想，没有人要害你的，你与其在家里胡思乱想，倒不如跟着我们出去喝杯茶，这样有利于你的身心健康。"

黄祖荫也说："是啊，整天待在屋子里可不好，你看我和冼金娥还有其他的志愿者，闲着没事就去茶楼里喝茶。走吧，我们请你喝，不用你掏钱。"

黄祖荫与冼金娥热情的微笑，让郭某的心情开始放松下来，是啊，整天待在家里胡思乱想，既见不到灿烂的阳光，也呼吸不到新鲜的空气，这样下去确实不好，倒不如跟着他们出去散散心。就这样，郭某跟着黄祖荫和冼金娥两位志愿者走出了家门。

在茶楼里，郭某打开了心扉，将人生中遇到过的所有不如意，都跟两位志愿者讲了出来。黄祖荫与冼金娥在听完郭某的倾诉后，也对郭某的人生报以同情。黄祖荫教授对郭某说："这个世界上，根本就没有一帆风顺的人生，谁的人生也都不容易，但是我相信，只要你心里有阳光，你的人生便会越来越精彩。"

在黄祖荫、冼金娥等志愿者的陪伴下，渐渐地，郭某认识到自己的精神确实存在问题，便打开了心结，有什么想法和问题，都会主动地跟黄祖荫等志愿者沟通，渐渐地找回了人生自信，回归到了正常的生活。

精神激励是最大的激励，也是最大的帮扶，更是志愿者社会价值的真正体现，而在美丽的广州，像荔湾区"关爱小分队"这样的志愿组织还有很多。他们用无私的奉献，让广州这座城市充满了温暖，也让广州这座美丽的家园幸福满满！

生命有限而爱无垠

我们每一个人从呱呱落地再到走向死亡，本身就是一个花开花谢的过程，生而为人，应当积极地用爱温暖身边的人，用更多充满爱心的力量去帮助别人，因为帮助别人就是人生最大的快乐，而志愿者就是这样的人，他们用充满爱心的无私奉献，成为推动社会前进的重要力量。

2019年1月21日，e互助广州志愿者领队媚姐带上几名暖心志愿者，穿上红色的志愿服装，相约去探访受助会员、癌症患者岑女士。其实，岑女士特别有爱心，平日里就是一个热心肠，街坊邻居有什么需要帮忙的，只要是她知道的，她都会积极地伸出援手，以至于她住的那一个小区，很多人都知道岑女士是个大善人。

后来，她从朋友那里了解到e互助，并深深地被其“我为人人，人人为我”的理念所打动，就主动加入到这个志愿者大家庭，在跟随志愿组织对别人进行帮助的过程中，她也渐渐地成了志愿大家庭里的骨干。她觉得这么好的助人为乐组织，应该发动自己的家人一起来加入，所以，她就主动做丈夫的思想工作，想让丈夫也共同加入组织。丈夫因为工作忙碌，对此并不太积极。岑女士就耐心地对丈夫说：“予人玫瑰，手有余香，我们今天帮助别人，明天别人也会帮助我们的。”

丈夫笑了笑，说：“你加入志愿组织，我并不反对，反而会大力地支持，只是在这个浮躁的社会里，就怕你帮助了别人，别人到最后也未必会帮助你。”

岑女士说：“是，你说得有道理，但我觉得人活在世上，做好事做志愿服务，不应该寻求别人的回报，只要尽到我们的一份爱心，努力去帮助别人就好了。”

岑女士夫妻二人的关系一直很好，妻子既然说让他也加入e互助，他在经过一番了解后，也就加入了，只要是工作不忙的时候，他也会陪着妻子一起去做志愿服务。

谁也不会想到，像岑女士这种大善人，病魔也会向她伸出魔手。一年以后，在一次体检中，岑女士被查出患有甲状腺癌。当知道了自己的病情后，岑女士有些接受不了，丈夫非常着急，却没有什么更好的办法来安慰妻子。看着妻子每日都不开心，丈夫就想到了e互助志愿组织，对妻子说：“你看，咱们也是e互助的会员，平时也没少帮助别人，这个时候，我们是不是寻求一下组织的帮助呢？”

岑女士叹了口气说：“你看我们才加入一年多，这么快就寻求回报，不太好吧？”

丈夫继续劝解道：“我平时需要上班，也是很忙，我的意思是不管志愿组织对我们帮助多少，至少有个人陪你说说话，这样不是挺好的吗？”

岑女士想了一下，也觉得丈夫说得有道理，可是，她还是拿不准自己是否会得到帮助。也是在丈夫的鼓励下，抱着试试看态度的岑女士，拨打了客服电话，平台在接到电话后，马上进行调查和公示。更令岑女士没有想到的是，很快就有5万元救助金打到了她的账户上。当善款收到的那一刻，岑女士特别激动，因为这不只是5万元善款，这是e互助137万会员的爱心啊。

当领队媚姐带着其他热心志愿者，提着慰问品来看望岑女士的时候，岑女士与丈夫都特别感动。媚姐拉着岑女士的手，笑着说：“咱们e互助本来就是帮助别人的爱心组织，您又是咱们大家庭中的一员，我们大家都会来帮助您的。岑姐您一定要好好地养病，我们会常来看您的，我们还期待着您康复以后，早日回到帮助别人的岗位上来呢。”

岑大姐听着媚姐及其他热心志愿者亲切的鼓励，拉着媚姐的手，激动地说：“感谢大家给我送来的祝福，我一定好好地调整心态，积极治疗，争取早日康复，再和你们一起去帮助别人！”

岑女士的丈夫有些感慨地说：“妻子生病后，我才真正体会到e互助平台的互助精神，我和妻子也看到了生活的希望，我会将这个优秀的平台分享给朋友和家人，让他们也一起加入这个志愿大家庭，一起互帮互助。”

赠人玫瑰，手留余香，正是通过媚姐、岑女士这些志愿者的爱心互动，才使更多的患者看到了生活的崭新希望，而岑女士也正如她所说的那样，正在积极地与病魔做着顽强斗争，她与丈夫也都期待着能早日回到助人为乐的志愿大家庭中。

生命虽然是有限的，但是对于生命的关爱却是无限的。番禺区市桥医院康宁科主任黎梓雯，就是一位对生命充满敬意的医生，她也在自己的工作岗位上，为那些临终病人送上了温暖和关怀。

以前，黎梓雯是一名内科医生，在自己的工作岗位上，见过了太多的生死离别，这是生命的过程，不是她一个医生可以逆转的，所有的医生也都深知一个道理，那就是“治得了病，治不了命”。为了更好地服务临终病人，2008年前，黎梓雯所在的番禺区市桥医院，正式成为广东省首家开设临终关怀专科的公立医院，而黎梓雯也从内科转到了康宁科，成了一名关爱临终病人的医务工作者。

见过了太多的生死离别，黎梓雯主任从心里觉得，对于那些没有任何治疗希望的绝症病人来说，还是让他们自然地离开人世好一些。可出于情感上的考虑，很多家属都会选择让医生尽全力抢救病人，而因为病人的身体非常虚弱，有些甚至不会说话只能躺在床上，任由医生抢救也任由病魔“折磨”，根本决定不了自己的命运。

康宁科室的主职工作，就是让病人在临终前得到更多关怀和温暖，对于绝症病人来说，把他们的病痛降到最低，让他们自然地离开，这就是对他们最好的尊重。而黎梓雯也把工作做到了病人的心坎上，她曾经帮助过一位已经60多岁的余叔（化名）。自从余叔进入康宁科以后，包括黎梓雯在内的医务人员都对他特别好，所以，他也就特别信任这些医生，闲来没事的时候，他也会将自己跟家里人没法说的话，跟黎梓雯主任说一下。

有一次，黎梓雯给余叔换完了药，刚要起身离开，余叔就把黎梓雯叫住了，问道：“小黎啊，我有个事想问你一下。”

黎梓雯停下脚步，笑着问道：“余叔啊，您有什么事就说吧，我喜欢听您说话。”

看着满面笑容的黎梓雯，余叔也笑了笑，说：“小黎啊，是这样的，我能够很明显地感受到身体越来越差，要说肺炎不应该治不好啊，我的身体到底怎么了？你跟我实话实说就好，你放心，我能够承受得住的。”

黎梓雯当然知道是怎么回事，因为余叔已经是肺癌晚期患者，可是，为了能够让余叔的心情好起来，更好地与病魔做斗争，家属就跟余叔编织了一个善意的谎言，说他得的只是普通肺炎，经过治疗很快就会康复的，并且要求包括黎梓雯在内的医务人员保守秘密。

黎梓雯当然能够理解家属的心情，也小心翼翼地帮助家属隐瞒着余叔。此时，在听到余叔的疑问后，黎梓雯就笑着跟余叔说：“余叔啊，您老别多想，您的病啊就是普通的肺炎，您也不要有太大的心理压力，只要好好地配合我们治疗，相信很快就会康复起来的。”

余叔心有不甘地继续问道：“小黎，你老实告诉我，我得的到底是什么病？肺炎这个病我知道，只要消了炎就好了，可是，我的身体却越来越差，这到底是为什么啊？”

黎梓雯叹了口气，说：“余叔，您千万不要多想，很多病人都会胡思乱想，您可千万别这样。只要您好好地配合我们治疗，我保证您很快就会好起来的，而且您才60多岁，还很年轻哪。”

听黎梓雯这么说，余叔便呵呵地笑了起来，因为他从黎梓雯善意的谎言中，感受到了与病魔做斗争的力量。

在康宁科的病人不是傻子，他们能够从医务人员的言谈举止和自己对身体的判断中，猜出疾病到了什么程度，所以，有些病人明明知道自己得了什么病，可是求生的欲望，却让他们不愿意相信身患绝症的事实。越是这样，他们就越是希望听到医务人员的准确回答，这也让黎梓雯等医生特别为难。当余叔再次追问，黎梓雯还是像以前一样否认他得了绝症，并尝试着用不同的方式来宽解他，鼓励他鼓起勇气与病魔做斗争。

黎梓雯也将对余叔病情的担心，一五一十地全部跟家属说了，并且告诉余叔的家人，其实，疾病已经到了晚期，在这个时候如果继续隐瞒，或许对于病人来说，并不是最好的选择。

最终，经过康宁科工作人员的劝说，余叔的家属在经过一番激烈的思想斗争后，还是把余叔患肺癌晚期的真实情况告诉了余叔。黎梓雯当然知道，病人在明确得知自己患有绝症的时候，肯定是难以接受的。余叔也是这样，他的精神状态变得很差，人也一下子就衰老了下去。

见此，黎梓雯等医护人员便轮流陪护余叔，给他讲笑话，陪着他聊天，并告诉余叔：“生命是一个过程，生老病死都是其中的一个部分，没有人可以逃脱，虽然我们无法掌握生命的长度，可生命的质量却是由我们自己说了算，即使是得了绝症，病魔也不能阻止我们拥有快乐的好心情。”

对于劝说，余叔一开始是听不进去的，他也不是不接受劝说，而是不敢相信自己患有绝症的事实。黎梓雯并不灰心，就继续耐心地劝解余叔、陪伴余叔，并告诉余叔：“明天和意外，你永远也不知道哪个先来，所以，让自己快乐起来和活在当下，就是最重要的事情。”

余叔在经过一番思想斗争以后，也渐渐地接受了身患肺癌晚期的事实，他没有选择进行手术，而是决定顺其自然，再以后，只要是肺部发生感染，他就积极地配合医生进行治疗，吃不下东西的时候，黎梓雯就为他打营养针。果然，拥有积极心态的余叔身体出现了变化，精神面貌有了明显好转。看着余叔的状态好了起来，黎梓雯的心里别提多高兴了，尽管余叔走向死亡的历程已经无法逆转，可是，余叔却在生命的晚期，感受到了黎梓雯等志愿者的关爱，这对于他和家属来说，也算是莫大的安慰了。

珍爱每一个人，让每一个人感受到关爱，不只是医护人员的职责，也是很多病人甚至是绝症病人的共同体会，而围绕着这个体会所达成的爱心互动，则让“善城”广州充满了浓浓的温情。

提起艾滋病，很多人都会感到害怕，到目前为止，依靠人类的科技还无法彻底治愈这种疾病，而在“善城”广州，也有一些身为HIV病毒携带者的志愿者，在默默地为艾滋病人或“恐艾病人”们做着志愿服务。

阿诚2011年加入一个公益基金会，也是在那里，他遇到了同是志愿者的阿周。2013年，阿诚来到广州市皮防所和广州智同公益服务机构合作的艾滋病自愿咨询检测点，当上了一名专职防艾志愿者。

出了广州农讲所地铁站D出口，往前走不远，就是广州皮防所中山四路门诊部，二楼角落里的一间10平方米左右的小诊室，门上写着“VCT”的字样，这几个字母的意思就是“艾滋病自愿咨询检测”。阿诚坐在咨询室里，望着窗外的车水马龙还有人流匆匆，经常会陷入沉思，同样是HIV病毒携带者的他，在心里默默地祈祷，希望艾滋病病毒永远地远离人世，远离这个缤纷的美好世界。

阿周与阿诚的情况相同，既是一名HIV病毒携带者，也是一名防艾志愿者，每当有人前来咨询时，阿诚和阿周都会将一些防艾资料拿给对方看，并且会笑呵呵地让对方做艾滋病试纸检测。只要做了这个检测，15分钟以后，试纸的结果就可以出来。如果试纸显示是一道杠，那就意味着阴性，并没有感染艾滋病。如果是两道杠，那就是HIV病毒携带者，需要将这个案例转交给广州市疾控中心。

每当拿到前来咨询者的排查结果后，只要是阴性，阿诚就会跟他们开一个小玩笑，吓他们一下："你好，经过测试，已经明确你携带了HIV病毒，也就是说，你已经成了一名艾滋病人。"

每当他说出这句话时，大部分咨询者都会非常紧张非常害怕，有些人甚至还会跪地痛哭，每每此时，阿诚都会笑着跟他们说："好了，不要难过了，刚才是跟你开玩笑的，经过测试，你并没有携带艾滋病病毒，恭喜你。"

当听完阿诚的话后，对方紧张的心情便会放松下来。看到对方放松了，阿诚便会语重心长地说："我并不是要故意吓你，而是要告诉你，艾滋病确实离我们很近，所以，一定要做好防护，千万不可太大意了，这一次已经没有了危险，可是下一次，极有可能就会患上这个病，人生只有一次，还是要多注意啊。"

是啊，人生只有一次。阿诚作为一名HIV病毒携带者，当然知道这个病意味着什么，所以，他做起志愿服务来，也更能做到被服务者的心坎上。虽然他经常跟那些检测过后没有得病的人开玩笑，可是，偶尔也会有咨询者检测出HIV病毒，这时，他就会用很真诚的语气说："朋友，其实艾滋病并没有什么大不了的，国家也已经出台了'四免一补'等防治好政策，只要按照要求吃药，其实跟正常人也没有什么区别。"

同样是在这里做志愿服务的阿周，是在读中专时感染HIV病毒的。那时的他只有18岁，当时刚刚感染病毒的时候，他感觉天都要塌了，拿到呈阳性结果的那一刻，那两道紫红色的杠如同一道沉重的枷锁，刻在了他的心坎上。他觉得自己的大脑一片空白，根本就无法接受。

几天以后，他想通了一些，也接受了自己是HIV病毒携带者的现实，可是，他依然要隐瞒着家人，因为已经这样了，他不想让家里人跟着伤心难过。中专毕业后，家人安排阿周进一家模具厂工作，因为怕上夜班不利于身体免疫，所以，阿周果断地拒绝了。在家人的再三逼问下，阿周才不得不将患病的事实说出。自然，家人也不理解，那种绝望的神情让阿周感到害怕。

在阿周的努力下，家里人由不理解转变为接受，没有办法，遇到这样的事情，只能是选择接受，因为不接受又有什么用呢？后来，阿周觉得与其独自与病魔做斗争，倒不如加入防艾志愿者组织，或许生命的长度已经定格，但是这颗散发着真爱光芒的心，却依然要温暖更多需要关爱的人。

阿周说到做到，自从加入到防艾志愿者组织以后，他变了，人也开朗了很多，笑容也渐渐多了起来，这时，他才真正地感受到，只有投入到志愿服务的行列中去，才能把心中的大爱凝聚。如今，在志愿服务的岗位上，阿周与阿诚都做得很棒，志愿组织的领导和他们帮助过的人，都纷纷夸奖他们特别有爱心。

在这座大善大美的广州城里，无论你肤色是黄棕黑白，也无论你呈现怎样的状态，有志愿者的地方，就会有真情和温暖的真实存在。

因大爱而结缘，情比金坚

志愿者情侣的婚戒很美，志愿者夫妻的笑容很甜!

2007年12月5日，是第36个国际志愿者日。这一天的广州日报大院，正如它的雅称“西瓜园”一样，所有的人都笑得格外甜美，因为赵广军、曾凌俐等三对新人，将在这里举行一场别开生面的婚礼。这场充满志愿者风采的婚礼，是由广州日报与共青团广州市委、广州青年志愿者协会联合主办的，它拉开了广州首次志愿者爱心婚礼的序幕。

三对新人佩戴的也并不是普通的婚戒，而是由志愿者标志纯银打造的新婚戒指，他们的结婚誓言也不是“我爱你”，而是由赵广军带领三对志愿者新人共同举手，一起宣读志愿者的誓词：“我愿意成为一名光荣的志愿者。我承诺：尽己所能、不计报酬、帮助他人、服务社会，践行志愿者精神，传播先进文化，为精诚、团结、互助、平等、友爱、共同前进的美好社会贡献力量！”

转眼之间，这一场盛大的志愿者婚礼已经过去13年了，在这13年的时间里，无数志愿者因为义工而结缘，也因为志愿者的志同道合，从而牵手走到一起。这些因志愿者这个神圣的符号，而走到一起的志愿者新人，他们的婚姻是最幸福的，他们的婚姻更是最牢不可破的。因为他们之间的结合是为了彼此的幸福，也是为了更多人的幸福，甚至他们爱情的结晶，也会在成长以后，将他们志愿者的风采传递下去。

有一次，广州青年志愿者协会组织贫困山区助学活动，清晨，志愿者们早早地赶到了指定的集合地点。作为活动发起人与活动队长的青年志愿者阿强（化名）正在车门口做着发车前的准备工作，与他搭档的那位志愿者接了一个电话，就赶紧跟阿强请假，说是家中临时有事，无法前往贫困山区助学了。此时，距离出发仅仅剩下半个小时。

这么短的时间，让阿强临时到哪里去找可以搭档的志愿者呢？一时之间，阿强也有些为难，可是，志愿者都是公益性质的，他也不能说什么。此时，玲玲（化名）刚好晨练路过集合点，因为玲玲与阿强的搭档是朋友，所以，阿强的搭档就想请玲玲临时替换他。

一身晨练的服装，没有任何准备的玲玲显得有些犹豫，就说："你看，我也没有什么准备，能不能改天再去参加这次志愿活动啊？"

朋友就再次恳求道："阿强缺少一位搭档，我家里临时有事，去不了山区助学了，如果你不帮我的话，阿强的很多活动没法展开。求你了，帮我一次忙，下次我请你吃饭。"

玲玲用手指着自己的衣服，说："你看，我还穿着晨练服哪，这可咋办？"

朋友说："你家距离这里不远，你快去换衣服吧，收拾一下东西准备，跟家里人说一声这就出发吧。"

说完，朋友又抬手看了一下时间，说："还有15分钟就要发车，你的速度一定要快。"

玲玲看到朋友很着急，也快速地跑回家，赶紧换了一身衣服，拿起背包就要出门。妈妈看到玲玲走得这么急，问道："你干啥去啊？这么着急？连早饭也不吃。"

玲玲走到门口，回过头来对妈妈说："妈，早餐你们吃吧，我来不及吃早餐了，临时出去参加一个公益活动，我得赶紧走，再有不到十分钟就发车了。"

说完，玲玲推开门就跑下了楼，等她跑到集合地点的时候，距离发车只有五分钟了。站在车门口的阿强看到玲玲满头大汗，就递过一张纸巾来，笑着说："临时让你来参加活动，实在是太辛苦你了，来，快擦擦汗吧。"

这一张纸巾拉近了两人之间的关系，玲玲笑着接过了纸巾，说："谢谢你，初次合作，还要指望你多帮助我啊。"

阿强笑道："是我应该谢谢你的，要不是你，我这次去山区助学可要缺少搭档了。好了，你快先上车吧，我清点一下人数，咱们这就发车。"

看着漂亮的玲玲上了车，阿强就觉得这位临时来顶替朋友的志愿者好眼熟，可是，到底在哪里见过呢？他又说不上来，其实，这种感觉很好理解，那就是他们初次见面就有眼缘，这就为接下来两人的交往奠定了良好的基础。

阿强清点完人数后，也上了车，因为他不知道玲玲能不能胜任，就想利用四个小时行车的时间，来给玲玲做一次临时培训，将这次去山区助学的流程跟玲玲先做一次预演。

令阿强没有想到的是，玲玲学得很快，只用了很短的时间，便将这次去助学的流程要点全都给记住了。阿强伸出大拇指，笑着说："玲玲啊，你真棒，我真的没有想到，初次与你合作，你竟然这么快就熟悉了我们花好几天时间制定出的活动流程。"

玲玲被阿强这么一夸，心里也非常高兴，她也冲着阿强伸出大拇指说："还是你教得好，要不是有你这样的好'老师'，我怎么会学得这么快呢？"

阿强从包里拿出一瓶矿泉水来，递给玲玲说："我们练了半天了，想必你也口渴了，来，快先喝口水吧。"

玲玲有些不好意思地说："你看我出发得比较着急，什么也没有准备，不过，喝你的水有些不太合适吧？"

阿强笑了笑，说："你这属于临时帮忙，能够来我就很感激，论说是我应该感谢你的，请你喝一瓶水也是应该的。不要客气，赶紧拿着喝吧。"

玲玲接过了阿强递过来的矿泉水，拧开瓶盖喝了一口水后，问道："阿强，你经常做志愿服务吗？”

阿强点了点头，说：“是啊，下了班以后，反正闲着也是闲着，做志愿服务帮助更多需要帮助的人，自己快乐不说，还让生活变得很充实。更重要的是，通过做志愿服务，我也认识了很多人。我说，你是不是平时也做志愿服务啊？”

玲玲点点头，说：“是啊，我也加入了志愿者组织，下了班以后，我也会做一些力所能及的志愿服务。不过，我没有你做得多，所以，以后再有志愿服务的活动，还请你告诉我。”

阿强听玲玲这么说，就笑道：“像你这么漂亮的美女，能够加入我们的志愿组织，那我可真是求之不得啊。”

听阿强夸奖自己是美女，玲玲呵呵地笑了起来。就这样，阿强与玲玲你一句我一句地聊了起来，两人是越聊越热乎，等到他们来到助学山区时，两人已经成特别要好的朋友了。

阿强的心里还是有一丝丝担忧，因为这是他第一次与玲玲做搭档，他还是怕玲玲不能胜任这次的志愿工作。可是，因为两人聊得非常好，他又不好意思将自己的担忧说出来。

等到了助学的学校，在去见对接老师的路上，阿强就旁敲侧击地提醒玲玲，如果有什么不懂的事情，可以随时告诉他，他会帮忙解决。

玲玲也能感受到阿强的担忧，因为以前她也常做志愿服务，所以，她很自信地说：“你就放心吧，我肯定没有问题。”

阿强没有想到玲玲会这么自信，也不方便再多说什么，就想一会儿活动开始后，自己要多加留意，只要发现容易出现纰漏的地方，一定要提前告诉玲玲。

等他们见到对接老师，正式展开志愿助学活动后，阿强就发现玲玲不是在吹牛。从助学物资的发放再到与孩子们做游戏，玲玲不但完全能够胜任志愿助学工作，还能够提出一些独特的见解，这让阿强对玲玲特别满意。

这一次短暂的志愿助学活动，让阿强对玲玲产生了非常强烈的好感，所以，等回到广州以后，他就来寻找玲玲，将自己对她的爱慕之情勇敢地表达出来。玲玲当然也对阿强有好感，在经过短暂的相处之后，玲玲答应做阿强的女朋友，两人遥对着“小蛮腰”广州塔，牵着手一起发出了美好的心愿：共做志愿事，同画连理心。

从那以后，阿强与玲玲两人便以情侣身份一起做志愿服务了，这是志愿服务的事业给两人牵的线，两人也格外珍惜。当然，情侣之间的相处，也会因为磨合的原因，而产生一些分歧和争吵。有一次，为了筹集善款，志愿者们连夜赶制出来一些手工艺品进行拍卖，而在拍卖的活动中，因为阿强把手工艺品的价格拍低了，这让玲玲有些不高兴。

在活动现场，当着那多么人的面，玲玲没好意思说阿强，就一个劲地冲阿强使眼色。可是阿强却因为已经把价格说出来了，也只能按照低价拍了出去。等到活动结束以后，玲玲冲着阿强就发飙了：“你说说你，拍那么低的价格，你对得起连夜赶工的志愿者吗？”

阿强看到玲玲发火了，就笑着说：“已经拍出去了，还能怎么办？总不能把拍出去的工艺品再收回来吧？”

玲玲接着问道：“你看到我跟你使眼色了吗？”

阿强叹了口气，说：“看是看到了，但是你也知道，贫困山区的孩子们急需这笔款项，如果拍高了，我怕没有人出价。”

玲玲没好气地说：“怎么会没有人出价？你拍得这么低，连手工成本都收不回来，还怎么拿去给孩子们做善款？”

阿强说：“玲玲，你得理解我啊，我在那种情况下，首先要考虑的是有没有人报价，还有，就是我们是做志愿者的，我们难道还计较价钱的高低吗？”

玲玲听阿强这么说，口气变得软了下来，说：“是，我们是志愿者，我们可以不计报酬地去做志愿服务，可是，你再怎么着，也得尊重志愿者的劳动吧？这要是做生意，你不得赔死吗？”

阿强也觉得玲玲说的话有道理，他其实无所谓，关键是这些工艺品，都是志愿者们连夜赶出来的，以这么低的价格拍卖，确实有些不尊重熬夜赶工的志愿者。所以，阿强就拉起玲玲的手，笑着说："好了，亲爱的，我知道自己错了，我向你保证，我下次再也不会这样了。好了，笑一个。"

玲玲还在埋怨阿强，根本就笑不出来，阿强眼珠一转计上心来，就牵着玲玲的手，给玲玲唱起了情歌。这一下，玲玲也招架不住了，便变怒为喜地选择原谅阿强。

经过半年多共同的志愿服务，两人打心眼里认定彼此就是心中要找的那个有缘人，于是，在当年的腊月初九，两人办理了结婚手续，走进了神圣的婚姻殿堂。婚后，两人依然在一起做志愿服务，别人的除夕夜都是阖家团圆，而这对小两口的除夕夜，却是做上一顿丰盛的"年夜饭"，然后，送给街头的流浪者们享用。

爱是你我，用志愿温暖生活；

爱是真诚，用一生助人为乐。

在《神雕侠侣》里，杨过与小龙女牵着手，一起行侠仗义，是一对世人艳羡的神雕侠侣，而其实在广州城里，也有无数的志愿者情侣，他们因为志愿服务而结缘，也因为志愿服务而走到一起，并一起携手在美丽的广州助人为乐。

唐先生和赵姑娘就是一对标准的志愿情侣。2015年，唐先生在朋友的推荐下，参加了广州金丝带志愿者组织。当年9月，他在参加"处女座生日会"——义工团建时，认识了未来的妻子赵姑娘，初次相逢，赵姑娘给唐先生留下了特别深刻的印象。唐先生壮着胆子来找赵姑娘聊天，可是，矜持的赵姑娘有些不好意思，唐先生也不好直接要赵姑娘的联系方式，于是，这第一次的邂逅，便在平淡中过去了。萍水相逢再见亦很难，唐先生在心里想，以后大概很难再见到赵姑娘了。

可尽管在茫茫人海只有一面之缘，唐先生却越来越相信，只要多参加志愿者活动，他就一定能再次见到心仪的赵姑娘。

功夫不负有心人，在一次义卖志愿活动中，他终于再次见到了赵姑娘。唐先生这次没有不好意思，他走上前先是给了赵姑娘一个灿烂的微笑，然后，伸出手来说："你好，赵姑娘，我们又见面了。"

赵姑娘也没有想到会再见到唐先生，便不好意思地伸出手来，与唐先生握了一下手，又赶紧地抽回了手，说："你好，这么巧。"

唐先生笑着问道："你看，我们男生粗心，也不太会卖东西，你们女生心细，你能帮我一起卖吗？"

赵姑娘也是来参加义卖的，把摊位拼到一起当然没有问题了，于是她说："好啊，很高兴与你一起义卖。"

就这样，摊位拼到了一起，也拉近了彼此心灵的距离。他们一起与顾客讨价还价，一起夸自己的货品物美价廉。每当顾客买走一件商品时，唐先生都会伸出大拇指，夸奖赵姑娘是一位很会卖东西的"王婆"，把赵姑娘给逗笑了。

这次义卖活动非常成功，赵姑娘与唐先生还一起将卖得的钱交给义卖的组织者。一天的忙碌，两人都觉得收获很大，于是，唐先生就壮着胆子问道："你看，今天幸亏你帮忙，让我多卖出了很多钱，为了表示感谢，我能请你一起看电影吗？"

赵姑娘没有拒绝，笑着应了下来。于是，唐先生便陪着赵姑娘去了电影院。等到两人从电影院里出来时，他们已经成了一对名副其实的情侣。

唐先生非常喜欢赵姑娘，赵姑娘也对唐先生这位有爱心的帅哥非常满意，于是，两人就一起策划志愿活动方案，一起设计志愿服务的细节。志愿服务不仅让两人结缘，也拉近了彼此的距离，使他们从情感上到心灵上都走到了一起，他们也成为一对令人羡慕的"志愿者夫妻"。

志愿者的笑容很甜，志愿者的爱情也很美，因为在志愿者队伍中有很多年轻人，所以，也就注定会发生一段段美妙的爱情故事。因此，包括广州青年志愿者协会在内的很多志愿者组织，也主动地当起了红娘，通过“公益相亲”等一系列活动的举办，尽最大的可能为年轻人创造谈恋爱的机会。

而所有的志愿者也都坚信：通过志愿组织结合到一起的情侣，他们的情最真，他们的爱也最深，他们的爱情结晶，也注定是志愿事业最可靠的接班人！

第六章

志愿抗疫

每一次感动，都如此激烈；每一次相见，都如此温暖。你的色彩那么纯真，纯真如雪，丝丝编织洁白的梦；你的色彩那么温暖，温暖如心，默默传递无尽的爱。跋涉不止，成就舞动的青春；翱翔不懈，只为共同的梦。没有什么能像你一样，镶嵌于你我心中，没有什么能像你一样，抒写动人华章。携手同行，播种和收获；舒展双翼，爱总是与你同在。

抗击非典的钢铁长城

广州是英雄的城市，遍地盛开的木棉花，被人们亲切地称为“英雄树”。而在当年来势汹汹的非典疫情面前，广州人在广州市委、市政府的坚强领导下，纷纷化身成抗击非典的志愿战士，用心、用爱、用行动与非典进行了顽强的斗争，最终，他们用铁一般的意志守护住了美丽的花城。每个挺身而出的白衣天使与志愿义工，都是当之无愧的真心英雄。

2002年11月16日，在广东顺德最先暴发的SARS疫情，迅速蔓延到省会广州市，非典疫情阴影笼罩之下，广州市一医院、市二医院、省中医院、市八医院、市胸科医院、一七七医院……广州市几乎所有的大型综合医院，都收到了非典或非典疑似病人。在白衣天使冲锋在前抢救生命的关键时刻，无数志愿者也冒着生命危险迎难而上，全力守护家园。

广州市第八人民医院是收治非典型肺炎病人最多的一家医院，面对着源源不断涌进来的病人，所有医护人员冲在了抗击非典的第一线，他们抱着视死如归的精神上阵，与非典这个看不见的敌人进行着殊死的斗争。非典疫情发生后，广州市八院感染科主任蔡卫平没日没夜地工作在医院，已经连续很多天没有回家了，是他不牵挂自己的家人们？不，他的心里每时每刻都在牵挂着家人，可是，他又确实不能回家。因为作为一名医护人员，他既是抗击非典的主力，也属于感染率最高的群体。他们在用生命来挽救生命。

2003年的防护条件并不先进，既没有正压头套和防护服，也没有护目镜和N95，他们有的只是一颗救死扶伤的心，而因为病人会止不住地咳嗽，所以，每一次插管都要冒着极大的感染风险。蔡卫平主任在非典面前没有退缩，他甚至已经抱定了必死的决心，所以，每一次给病人插管，他都抢着去。其身先士卒的精神，也感染了身边的每一个同事。每当有同事想替他去给病人插管时，他笑着问同事："怎么？你打算抢我的功劳啊？"

同事也被他给逗乐了，就说："主任，您已经连续给好几个病人插管了，轮也轮到我了吧？"

蔡卫平继续笑着说："没事，正因为我连续给好几个病人做了插管，所以我有丰富的插管经验，还是让我来吧，病人咳嗽吐出的飞沫很危险，你们可千万不能大意。"

同事着急地说："是不能大意，主任，可是凭什么总是您争着去，您知道给病人插管有多么危险吗？就说这个月8号吧，中山二院接收了一名病情特别重的患者，先后有40名医院员工被他传染了，所以，不能每次都是您去给病人插管，还是让我们也替您承担一些吧。"

蔡卫平当然知道同事的着急全是为了他好，可他不愿意同事去冒险，于是拿出主任的威严，一脸严肃地说："我这是以主任的身份来跟你说话，听我的，我去，这个功劳不许你跟我抢。"

同事们也没有办法了，只好不再吱声。蔡卫平也为自己刚才严厉的语气感到不好意思，他拍了拍同事的肩膀，随后向着病房里走去。同事们看着蔡卫平的背影，不由得替他捏了一把汗。

2003年2月13日，由于连日劳累，也因为争着去给病人做插管吸痰，蔡卫平不幸地感染了非典，检查结果出来后，同事们都着急了，他们纷纷争着来给自己可亲可敬的主任治病。

躺在病床上的蔡卫平看着同事在抢救自己，心里很难受，他是多么想自己马上康复起来，与同事们一起并肩战斗，可是，非典病魔却在折磨着他，那种难熬的呼吸窘迫，喘不过气来的痛苦滋味，让蔡卫平在死亡的边缘上苦苦地挣扎着，他甚至想到过自己会病死。可是，有一种坚强的信念又在支撑着他：我不能死，我必须挺过去，我还要与同事们一起跟病魔做斗争，我还要用我的双手去救更多的生命！

于是，蔡卫平积极地配合同事们的治疗，一个月后，他终于走出了医院的大门。站在医院的大门口，他深深地呼吸了一口新鲜的空气，感觉活着真好。出院后的蔡卫平想到医院正缺少人手，自己在家休息心里有些过意不去，于是他向领导申请，表明自己的身体条件能够从事正常的工作，在领导的认可下，他又返回医院，与同事们一起投入到了抗击非典的斗争当中。

在2003年那场抗击非典的伟大"战疫"中，无数个钟南山、蔡卫平这样的医务工作者冲到第一线，与非典病魔进行着顽强的斗争，而在广州市委、市政府、共青团广州市委、广州市义工联等相关部门的带领下，全广州市4万多名志愿者，也在1000多个小区投入到抗击非典的战斗中。

是的，非典病魔是一个非常可怕的敌人，它看不见更摸不着，像个幽灵一般到处乱窜，逮住机会就把人往死亡的深渊里拽。而为了对付这个可怕的敌人，广州市的义工们走出了家门，佩戴着厚厚的口罩，走上街头清扫垃圾，上门为孤寡老人消毒，为非典患者家属进行心理疏导。他们用无私的奉献精神，构建起一道抗击非典的健康长城。每一名义工，都是一名严阵以待的战士，每一个志愿者，都是一座坚强的堡垒，而他们的武器只有一个字：爱！

2003年5月19日，广州市义工联的两位靓女和一位靓仔，来到了越秀区北京街一对残疾人夫妇的家门前。三位义工站在门口说："伯伯婶婶，我们是社区的义工，我们想帮您家消消毒，顺便帮您家打扫一下卫生。"

屋主李女士听说社区的义工来了，特别高兴，热情地说："雷锋来了，好啊，快请进，快请进来吧。"

自从非典疫情暴发以来，市民们积极地响应号召，没事不出门，也不走家串户，所以，李女士家已经很久没有客人到访了。李女士热情地招呼着三位义工坐下喝茶，可他们却说什么也不肯。靓仔义工环视了一下李女士家，亲切地说：“婶婶，我们到您家里来，是想帮您收拾一下屋子，然后，再喷洒一些消毒水。您歇着，我们这就行动。”

李女士有些不好意思地说：“你们都已经上门了，连口茶都不喝，我怎么好意思让你们来干活哪！”

这时，靓女义工从背包里拿出了矿泉水瓶，对李女士笑道：“没事的，婶婶，水我们自己已经准备好了，您不用忙活，我们很快就能帮您家清理完的。”

说完，他们便将背包放到沙发上，拿过扫帚便开始清扫起来。李女士一家生活贫困，主要是靠政府的救济金生活，平时也会捡些垃圾补贴家用，所以，本来就不大的屋子，到处都堆满了捡来的瓶子与废报纸。三位义工麻利地将易拉罐、瓶子进行了分类，还将废报纸叠放整齐。在清扫了一遍以后，用干净的拖布，把屋里拖了个干干净净，又拿出消毒液，里里外外喷洒了一遍。整个屋里立即散发出淡淡的消毒水的味道。

此时，李女士已经把茶水给泡好了，她热情地招呼三位义工：“哎哟，今天还真是亏了你们，我们家啊，已经很久没有这么干净了。来来来，快坐下喝一杯茶，休息一下吧。”

靓仔义工说：“不了，婶婶，你们家打扫完了，我们还要到别人家里去打扫哪。其实，主要是为了给你们家消毒，现在是非典疫情的特殊时期，我们只有消了毒才放心。”

李女士点了点头，说：“是啊，这个非典传染病可真是厉害，您看我们家的情况，也确实请不起人来消毒，幸亏有你们帮我们，我也就放心了，以后就不用再提心吊胆地过日子了。”

“婶婶，虽然我们已经给您家消了毒，可是，这个病实在是太厉害，我们可千万大意不得，出门要戴口罩，进门要勤洗手。”靓女义工从包里掏出小册子，双手递给李女士，说：“噢，对了，这是防非典手册，请您收好。”

李女士从靓女义工的手里接过了防非典手册，非要热情地招呼三位义工喝茶，可是，三位义工却因为还要到其他家庭进行消毒，连口茶都没有喝，便起身离开了李女士家。看着这三位可爱义工的背影，李女士在心里感叹：有这些义工好人在，我们老百姓就不怕非典！

非典的可怕无人不知，然而，正是因为有了义工的出现，才使很多人缓解了过于恐惧非典的心情。在越秀区洪桥街的养老院里，一位88岁高龄的老奶奶自从疫情暴发以来，几乎不出门，心里充满了对非典的恐惧。其实，在那段特殊的日子里，不只是这位88岁的老奶奶，就是年轻人，也都非常害怕非典，所以，老奶奶的心情可以理解。

已经几个月不下楼不出门的老奶奶，很久没有与人聊天了，就在她的焦躁感无法排除时，广州市义工联的义工们上门送来了慰问品，还拉着老奶奶的手嘘寒问暖，并告诉老奶奶不用太过恐慌，只要做好合理的预防，感染非典的概率非常低。

老奶奶看着这些年轻的小伙子小姑娘，心里特别高兴，因为她已经很久没有与人痛快地聊天了，所以，她就拉着义工小王的手说：“谢谢你们来看我啊，照你们这么说，只要我们做好了防护，就不会感染非典了？”

义工小王笑着说：“是啊，老奶奶，只要我们做好合理防护，就没事。再说了，您今年都88岁高龄了，身体依然很硬朗，一看就知道，您身上有护法神保佑着您哪，非典根本就不敢靠近您。”

从旧社会走过来的老奶奶笑呵呵地说：“你这个小姑娘的嘴，可是真甜啊，好，我借你吉言，我也祝福你们都平安健康。”

小王笑着说：“是我们大家都平安健康，让非典无处藏身，快点离开我们广州城，不，是快离开我们的国家。”

老奶奶高兴地说：“我这么大年纪了，有你们来看我，我心里高兴啊，我先谢谢你们了。不过，我还是有个问题想问问你们，现在这个特殊时期，我可以下楼吗？”

小王笑着说：“当然可以了，您不但可以下楼，您还可以到大街上去晒太阳哪，不过啊，您要戴上这个。”

说完，小王便双手递上了口罩，老奶奶接过口罩来，连声地说：“好，谢谢你，谢谢你啊，从今天开始，我就恢复以前的样子，下楼去散散步，正式过正常人的生活了。”

就这样，广州市义工联义工的及时出现，排解了老奶奶对非典病情的恐惧，她的生活又恢复到以前的样子，人也变得健康起来。

在抗击非典的日子里，广州市义工联动员了数万名义工走上街头，向大家宣传防护非典的健康知识，并走到市民家中消毒送防护手册。义工们像是一个个可爱的天使，让非典这个可怕的病魔无处藏身。

5月16日，22位因参与救治非典患者而受感染、目前已经康复出院的医务工作者，联合向已经康复的非典病友发出倡议：捐出含有SARS病毒抗体的血液，用于抢救重症非典患者及进行相关科学研究。

5月19日上午，22名发出倡议的医护工作者，率先行动起来，他们开始为捐献血液进行第二次体检。

他们是治病救人的医护工作者，又是抗击非典疫情第一线的工作人员，曾经差点倒在自己的工作岗位上，可是，当身体恢复健康以后，他们没有与家人团圆，而是马上返回到心爱的工作岗位上，与同事们一起并肩战斗。本来，做到这一切已经足够伟大了，可是，这些可爱的白衣天使，却还是觉得做得不够，还要志愿献出自己宝贵的热血，来支持抗击非典的斗争。

他们的精神也感动了很多人，一时之间，全国范围内的非典康复病友们也积极响应倡议，马上行动了起来，他们积极地向所在地医疗部门献血，用自己血液中的抗体，来救治更多的非典病人。这次以广州为圆心的爱的互动，也再一次让东方的神州，感受到广州的志愿之美。

广州市第八人民医院的护士郑淑芳2月14日被确诊为非典，在经过半个月的紧急治疗后，她于2月28日出院。康复后没有休息的她，立即就与其他康复的同事一起奋战在抗击非典的第一线。现在，她又勇敢地站在献血仪器前，她在心里默默地祈祷，希望自己能够顺利地通过体检。面对着查体的工作人员，她笑着问道："怎么样，我的血没有问题吧？"

工作人员说："我真的是挺佩服你们的，你们刚刚从死亡线上走了一回，却又要来献血救更多的人，实在是太伟大了。"

郑淑芳护士说："我们做这些也是应该的，在我们患病的时候，无数的同事冒着被感染的危险，对我们不离不弃地进行救治。现在我们康复了，也应该献出我们的血来救人，因为救死扶伤本来就是我们的职责。"

也在一旁接受体检的蔡卫平主任笑了笑，握紧了自己的拳头，说："献血，对我们自己来说，不会有什么影响，但对那些正被非典困扰的病人来说，却能提供非常大的帮助，我希望通过我们的血液，可以帮到更多需要帮助的人。"

因为他们的血液是要用来治疗非典病人的，所以，广州市血液中心对他们的血液指标要求很高，每一名康复者都经过了严格的检测。最终，有6名医护人员体检合格，光荣地献出了1200毫升的血浆，这些血浆在其他病人的体内产生了抗体，为战胜非典病魔，贡献出了他们的志愿爱心。

在那段特殊的抗击非典的日子里，广州城里的志愿者们积极响应政府和志愿者组织的号召，奔走在广州城的大街小巷，与坚守在抗击非典一线的白衣天使一起，筑起了抗击非典的钢铁长城，并为最终战胜非典病魔做出了卓越的贡献。

而17年后，那些曾经抗击过非典的医护人员和志愿者们，又成为抗击新冠病毒的骨干力量，他们在岁月的年轮里，书写出了八个沉甸甸的辉煌大字：志愿广州，大爱有我！

最美丽的逆行天使

在庚子年新年的钟声即将敲响之际，“善城”广州的白衣天使们，纷纷写下请战书，毅然决然地放弃了与家人的团圆，化作最美丽的逆行天使，千里挺进荆楚大地，把羊城广州的志愿之爱，无私地奉献给了困境中的湖北乡亲。

在此后两个多月的时间里，广东省陆续派出26批医疗队共计2495名白衣天使驰援湖北。而在这些可爱可敬的逆行者中，就有一些17年前参加过抗击非典的“老兵”。包括钟南山院士在内的“老兵”们，带领着那些下定决心打赢新冠疫情的“后浪”们，怀着无所畏惧、无所牺牲的精神，向湖北疫区火速挺进，以大无畏的牺牲精神，谱写出一曲曲催人泪下的英雄赞歌。

除夕之夜，当新年的钟声即将敲响的时候，133名来自广州九家三甲医院的白衣天使，积极响应政府的号召，在广州白云机场紧急集结，连夜驰援武汉。这是广东省派出的首批精锐医疗力量。而作为国家中医药管理局应对新冠肺炎疫情防控工作专家组副组长，张忠德（德叔）也于当日从广州南站出发，孤身一人赶往武汉这个疫情的“风暴眼”。高铁在轨道上奔驰，当天几乎成了张忠德一个人的专列，因为疫情原因，当天的高铁车厢里空无一人。看着窗外飞逝的风景，张忠德不由得想起了17年前叶欣护士长曾经跟他说过的那句“这里危险，让我来”。想起这位17年前离开的可敬的战友，张忠德流下了眼泪，他在心里暗暗地发誓：一定要用最大的努力，来阻挡新冠病魔肆虐，用医术来救治更多的病人，这是我的责任，也是我当年对叶护士长的承诺！

人们为了躲避新冠病魔，都躲在家里不访客不会友，德叔却在农历大年初一到达了武汉，不顾旅途的疲惫，一出高铁站，便直奔武汉金银潭医院，与院方医护人员一起展开查房，并根据医院提供的具体情况，制订出详细的治疗方案……

因为德叔德高望重，所以，在第二批广东驰援湖北医疗队员到达后，德叔成为国家援助湖北第二支中医医疗队队长、广东中医医疗队队长。作为负责人，德叔感到肩上的责任特别重大，他给自己立了一个军令状："我是这支队伍的队长，我带着他们健健康康来，我也一定要带着他们平平安安地回到广州。"

接下来，德叔便投入到没日没夜的抢救病人的工作中，厚厚的防护服，还有医院里紧张的氛围，都让德叔想起了17年前的非典，两者相较，德叔就觉得这个新冠病魔比非典"狡猾"多了。在查房几次以后，他就发现了一个非常严重的问题：有些疑似患者并没有出现任何发烧和呼吸道感染症状，但是这并不意味着他们没有感染新冠病毒。

于是，德叔就嘱咐医护人员，要详细地询问病人的流行病学史，排查好该类病人，尽最大可能把狡猾的新冠病毒排查出来。德叔也身先士卒地投入到了对病人的救治过程中。有些病人因为新冠病毒给身体带来的侵害，心里有些绝望，每每此时，德叔总是会以自己也曾经得过非典并最终康复的事例，来鼓励新冠病人积极配合治疗，坚定战胜新冠病毒的信心。

被德叔鼓励过的病人很多，57岁的退休老师任女士就是其中一位。任女士1月23日发病，当天，被查出患有新冠肺炎的她，就被救护车送到了湖北省中西医结合医院。她病情严重，自己都觉得没有指望了，死神近在咫尺。

幸运的是，她遇到了德叔。德叔是中医专家，精通"望闻问切"等中医治病方法，所以，他针对任女士的身体特点，进行个性化的施治。看到穿着厚厚防护服的德叔在不停地忙碌着，任女士有些不忍心，她流着泪对德叔说："德叔，我的病可能已经没有指望了，您还是不要管我了，快去救其他的病人吧。"

德叔说："不要这样想，你要积极地配合我们治疗，我相信你一定会战胜疾病的。"

任女士继续说："德叔，我当过老师，我知道我的病已经没救了，您听我的，还是快去救其他的病人吧。"

德叔叹了口气，说："任老师，你真的不要灰心，我告诉你，我在2003年的时候，曾经染上过非典，当时我的病情比你现在可严重多了，你看我现在身体不是很好吗？你一定要对自己有信心！"

任女士有些惊讶地问道："德叔，您还得过非典啊？"

德叔点了点头，说："是啊，这没有什么稀奇的，医生本来就是治病救人的，传染病来了，医生就要冲在第一线，所以也最容易染病。现在的你要坚强，要相信我们医护人员一定能治好你，但你首先要对自己有信心。"

任女士继续问道："德叔，您既然经历过非典，怎么还敢来武汉啊？您不怕再感染一次吗？"

德叔说："一个士兵不能因为一次作战受了伤，之后就再也不上战场了。我是一名医生，这次来武汉支援抗击新冠的工作，和我以前得过病没有关系。"

任女士被再次冲到抗击疫情第一线的德叔感动了，她伸出大拇指来，有些激动地说："德叔，您真是一位英雄。"

德叔很平和地说："我不是什么英雄，哪有这么多英雄，我不过是个医生而已！好了，你好好地治病吧，记住，只要病好了，你就是你自己最大的英雄。"

经过德叔的鼓励，任女士的自信心也树立起来了，她积极地配合治疗。可是，当她看到一碗碗中药时，她又眉头紧皱了，就趁着德叔查房时问道：

“德叔，我们吃了很多西药都好不了，这些汤药能治好我的病吗？”

德叔笑道：“任老师，中药可是我们国家的宝贵文化，我告诉你，有些病西药治不了，可不代表我们中药治不了，你好好地吃药，相信很快会好起来的。”

服汤药几天后，她的症状减轻了很多，不由得感叹中药的效果确实不错。

经过近一个月的积极治疗，任女士的病治愈了。她特别感谢德叔，握住德叔的手说：“德叔，谢谢您，您可是我的救命恩人啊。”

德叔笑了笑，说：“任老师，你不要那么说，治病救人与救死扶伤，这是我们医生的本职工作。”

医院里，每当病人发生危险时，德叔总是会第一个冲上前，而他说得最多的一句话是“这里危险，让我来”。这句话是德叔说的，这也是叶护士长说的，更是德叔听到叶欣护士长说的最后一句话。他在武汉支援抗疫的时候，经常把这句话挂在嘴边，他每当冲上前的那一刻，就觉得叶护士长没有走远，她一直都在与他并肩战斗！

在广东派往湖北的支援医疗队中，还有很多可歌可泣的故事，在江城武汉上演着。来自暨南大学附属第一医院感染科的曾冬玉护士，是第一批援鄂抗疫的逆行者之一，她是瞒着父母来到武汉进行支援的，而她的丈夫石汉振是天河区中医医院检验科的一名医生。因为工作的原因，夫妻二人都不能在家里陪伴孩子，以至于孩子不得不托付给邻居和朋友们轮流照顾。

曾冬玉前来武汉支援时，因为怕父母担心，她就撒了一个善意的谎言，父母都以为她还在广州工作，因为怕打扰她工作，也就很少联系她。但是有一次，却差点露了馅，那时父母提出要跟她微信视频，她以工作忙为由狠心地拒绝了。她怕父母从微信视频里得知她去了武汉，而其实她的心里，是多么希望通过视频看看远在广州的父母。

2月5日，正在给病人治病的她，收到了姐姐发来的信息，说是父亲身体不适。得知这个情况后，担心父亲身体的曾冬玉流下了眼泪，没有想到，她在千里外驰援武汉，而父亲却在广州病倒了。曾冬玉找到了领队陈祖辉主任，将父亲患病的事情做了汇报。看着向来坚强的曾冬玉流下了眼泪，陈祖辉劝慰道："你放心吧，伯父的病肯定会没有问题的，你安心地工作，我这就给领导打一个电话，把你的事情跟领导汇报一下。"

陈祖辉主任马上掏出手机来，给暨南大学附属第一医院徐安定院长打了电话，徐院长对于曾冬玉父亲的病情高度重视，亲自安排，曾冬玉的父亲得到了院方很好的治疗，而曾冬玉也能安心地在武汉抗疫了。

曾冬玉想继续隐瞒，可是2月18日，自己去武汉的大幅海报在广州各大商圈LED幕上滚动出现，整个广州城在向援鄂的曾冬玉护士致敬，也就在这时，父母才知道曾冬玉去支援武汉。父亲流着泪，对着LED屏上的女儿感慨地说："孩子，你替我们争光了。"

曾冬玉不仅给全家争光了，也给广州争光了。作为一名支援武汉的医护志愿者，她把自己的抗疫工作写成了日记：76床的老阿伯，无家属陪伴在旁，他呼叫铃需要接补液，当时我正好经过，我很快过去。给他接瓶的时候，老人家连说了三声"谢谢"，还说了一句"好在你们来了，好在有你们，你们都是广东来的对吗？辛苦你们了！"。我听了特别感动，这就是我们的本职工作，但是病人却如此感恩，或许病人看到我们就感觉看到了希望！

日记不仅记录着曾冬玉护士的努力付出，更承载着广州人民对武汉人民的深情厚谊！3月9日，是曾冬玉儿子的9岁生日。如果没有新冠疫情，他们全家会一起到国外度假，可是，在抗击新冠疫情需要她驰援的时候，她毫不犹豫地告别了小家，告别了亲人和孩子。对此，她在日记里给儿子写下了这样的话：自从除夕之夜，妈妈突然和你说要驰援武汉，不能陪你一起去国外旅行了，我知道你很难过，但是妈妈希望你理解和支持！妈妈希望你将来成为一个勇敢坚强有担当、有能力去帮助别人的人！一定要好好锻炼身体，好好照顾自己，认真学习……

病毒是无情的，病毒更是可怕的，可怕的还有天灾人祸，而广东支援荆州医疗队队员王烁志愿赶往湖北驰援后，就再也没有回到他深爱着的广州。

作为广东省职业病防治院职业卫生评价所主管医师的王烁，在湖北人民最需要支援的时候挺身而出，向着疫区无所畏惧地勇敢逆行。他被医疗队派到了湖北省荆州市，这里也是湖北的另一个疫情重灾区。

年轻有为、有着硕士研究生学历的王烁特别有诗情。他曾经跟一起逆行的战友们击掌相约："待战疫胜利，饮马扬子江、会师黄鹤楼，一起平安回家！"

来到荆州以后，王烁负责开展防控疫情流调排查和巡回督导等工作。在他支援湖北荆州的26个日日夜夜里，他每天都会翻看疫情通报，看到一个个病人经过白衣天使的尽力营救而康复，他的心情都会特别激动。他经常拉着队友们的手说："我们再加把劲，相信疫情很快就会被我们消灭的，加油！"

队友们也被他乐观的精神感染了，工作起来也更加努力了。当王烁在手机上看到方舱医院里的病患数字很快就要清零的时候，他竟然哭着抱住队友们说："我们终于就要胜利了，这太不容易了。"

经过所有逆行者的共同努力，3月13日晚，方舱医院终于全部清零，所有的医务工作者都特别激动，可是，王烁牺牲的消息却传了过来，这让所有人都难以接受。很多与王烁一起工作过的同事，都默默地为他流下了眼泪。

王烁是抱着视死如归的精神来到荆州抗疫的，他没有输给新冠病魔。面对着新冠病毒，王烁的细心、周到及严防死守，不但让新冠病魔对他无计可施，也在很大程度上帮助了很多人。可是，他却因为一场车祸，再也没有回到他心爱的广州。

习近平总书记曾经语重心长地说过这么一句话：脚下沾有多少泥土，心中就沉淀多少真情！王烁同志牺牲后，人们在他的遗物中，看到了一双布满泥泞的应急靴，这双满是泥泞的应急靴，默默地向所有人讲述着王烁生前行走在田间地头与厂矿社区排查病毒的感人故事。

3月20日，广东省支援湖北武汉应对新冠肺炎疫情医疗队中医医疗队、国家紧急医学救援（广东）医疗队、第十一批医疗队、省疾控中心移动P3防疫队、第十六批医疗队等5队共523名队员隆重集合，他们驰援湖北的历史使命已经圆满完成！在驰援武汉期间，他们支援湖北省中西医结合医院、江汉方舱医院等数家医院，累计收治患者2414人，累计出院1137人，累计检验标本量1844份。他们用无私的奉献精神，向党和人民交上了一份满意的答卷，他们将带着湖北人民的感谢与祝福，返回家乡——花城广州。

当天，德叔作为广东中医医疗队队长，也出现在欢送他们的队伍当中。德叔动情地跟每一名抗疫队员握手，激动地说："战疫之初，我说过要带你们平平安安地来，健健康康地回，现在省中医院的队员们已经开始陆续返回，我的心里非常欣慰。"

虽然第一批返穗的医护工作者已经登上了列车，可是德叔却不能跟着一同返回，因为他还要继续与其他队友一起留守雷神山，他是雷神山的"山神"，他不能退，他要继续奋战在抗疫的前线，疫魔不除，他誓不还乡。

在武汉雷神山坚守的日子里，德叔一边救治病人，一边开展科技攻关。他顺利完成了化湿败毒颗粒的Ⅲ期临床研究，成为首个获批临床研究的抗疫中药，而在德叔的带领下，广东省中医院参与了国家重点研发计划3项，申请抗疫发明专利5项。德叔也成为在武汉坚守时间最长的国家级专家之一，他在武汉的奋战时间达到了73天，而在这两个多月，他一共瘦了15斤。

4月5日，德叔在圆满完成驰援湖北的任务后，终于返回了久违的家乡广州。回到广州以后，这位可亲可敬的白衣天使，并没有选择休息，而是继续用自己的知识与经验，展开各种远程会诊，把健康科普知识分享给广州的市民，继续与新型冠状病毒做着顽强的斗争。

在湖北人民最需要支援的时候，广州的白衣天使们选择与湖北人民并肩战斗，两座英雄城也因为广州白衣天使的到来，共同谱写出了伟大的抗疫史诗。

爱的互动

湖北发生新冠肺炎疫情以来，代表广州驰援武汉的，不仅仅有志愿奔赴湖北抗疫前线的医疗工作者，还有许许多多广州志愿者。他们也像可爱的白衣天使一样，成为前往武汉的最美逆行者，用爱心与行动，把“善城”广州的温暖，无私地奉献给荆楚大地的父老乡亲！

据介绍，武汉火神山医院建成翌日，在物业、保洁等配套管理奇缺的情况之下，广州珠江物业酒店管理有限公司紧急成立了抗疫志愿队临时党支部，组织志愿队驰援疫区前线，肩负起火神山医院20个隔离病区的后勤保障工作。在驰援武汉的50多天时间里，广州志愿者深入火神山医院隔离区消杀200余次，搬运医废垃圾15000余桶，拖运垃圾徒步3000余公里。

上帝七天创世，火神山十天建成！

十天！火神山的建设速度震惊了整个世界。可是，一家医院的运转，离不开方方面面的配套措施，更离不开可爱的志愿者的身影。武汉火神山医院建成以后，物业、保洁等相关配套管理急缺，怎么办？倘若配套设施不完善，又怎么能让白衣天使们安心地抗击病魔？病人们又怎么能够在这里快速地康复？人们在为中国速度惊叹的同时，也不由得好奇。

情急之下，广州珠江物业酒店管理有限公司站了出来，他们紧急成立了抗疫志愿队并为这支志愿队成立了临时党支部，其临时党支部书记，就是领队李海元。李海元已经52岁了，春节刚过，他就接到了领导的电话，领导想与他商量前往武汉的驰援人员名单。李海元没有说自己心目中的人选，而是紧握住手机请战："领导，我主动要求赴武汉进行支援。"

领导在电话里说："你是公司的老党员，做事稳重，组织上也比较信任你，可是，病毒很厉害，这次去有可能回不来，你必须做好心理准备。"

李海元说："领导，就让我去吧，我想只要做好防护措施，新冠疫情就没有什么可怕的。"

领导听李海元这么说，就说："你并不只是属于公司，你同时还有自己的家庭。听我的，你先给家里打个电话，听听爱人的想法，然后咱们再商量吧。"

领导寒暄几句便挂了电话，放下手机以后，李海元陷入了沉思，确实，领导说得没有错，这次去肯定会有感染的风险，可是，武汉人民正处在疫魔肆虐之下，在这个时候，我这个老党员不挺身而出，还对得起当初入党的誓言吗？

想到这里，已经下定决心要去武汉火神山的李海元，拨通了爱人的电话："老婆，我跟你说个事，领导准备让我去外地出趟差，什么时候回来还没有定好，我先跟你说一声。"

可是，在全国都在防控新冠疫情的时候，爱人根本就不放心他外出，就在电话里追问道："海元，现在全国都在防控新冠疫情，你们领导让你去哪里？你要是不告诉我，我就不让你去。"

李海元叹了口气，说："老婆，我本来不想让你知道，可是你这么追问我，我就实话告诉你吧，我要去的地方就是武汉。"

"什么？你要去武汉，不行，绝对不行，你怎么可以去武汉，你知道那里有多危险吗？再说了，你还患有高血压，也不是小伙子了。不行，我绝对不能让你去。"爱人着急地说。

听爱人这么说，李海元叹了口气，说："老婆，我是一名共产党员，还是一名老志愿者，现在组织上需要我，我不去谁去？至于血压高，我多带些降压药就好了。”

爱人真的急了，直接在电话里撂下了一句狠话：“我可告诉你，你要是敢去武汉，我就敢跟你翻脸，你以后就别进这个家门。”

李海元也知道爱人是个直性子，说这些气话也全是为了他好，就叹了口气，说：“这个时候，我不去谁去啊？那么危险的地方，我作为一名党员，必须冲上去啊。”

爱人听李海元这么说，着急地说：“我再说一遍，你要是敢去，我就跟你翻脸！”

说完，爱人直接挂断了电话，李海元再打回去，不接。李海元也知道爱人在生自己的气，可是，已经决定了去武汉支援的他，根本就没打算往后退。

李海元又用电话跟领导做了汇报，说是已经跟家里人说了，家里人大力支持，而其实他的心里则在盘算着，怎么才能说服爱人支持自己驰援武汉的决定。

2月3日，不顾爱人反对的李海元，带上56粒降压药，带上公司派往武汉火神山医院的14名抗疫志愿队员，就从广州出发了！

一路之上，李海元与队员们利用行车的时间，将到达武汉后展开工作的方案，做了一遍又一遍的演示，为的是到达武汉火神山医院能够立即投入工作。李海元也将各种防护措施跟队员们交代了一遍又一遍，他深情地对志愿队员说：“咱们一定要保护好自己，等到我们凯旋广州时，我请你们喝酒。”

到达武汉火神山医院后，李海元立即带领着志愿者们开始工作。面对着一袋袋带血的医疗废物垃圾，队员们产生了心理压力。看着有些惶恐的队员，作为队长的李海元笑着对大家说：“大家都不要怕，我想，只要我们做好防护措施，按照提前演练的内容来处理，那就一定不会感染的。今天，这第一袋垃圾我先来处理。”

说完，李海元就俯下身去，伸出双手，将在地上的废物垃圾搬到了指定地点。看到队长第一个冲上前，还用亲切的话语鼓励大家，队员们也就克服了恐惧心理，开始有条不紊地忙碌起来。

在这支志愿服务队里，1992年出生的侯尧是年纪最小的一位。得知武汉暴发疫情后，他将自己的请愿书递给了领导，他在上面写道："不计报酬不计生死，志愿前往武汉进行支援。"本来，他的年龄最小，领导并不同意让他前往武汉，可是，经不住他的再三请示，于是，在2月17日，他也随队向着武汉进发了。

侯尧作为后续志愿队员，来到火神山医院以后，李海元热情地迎接了他，还将工作的内容及注意事项耐心传授，并让他负责清理病人使用过的衣被和产生的垃圾。

在以后的两个多月里，不同批次共34名志愿战士，拼搏在火神山后勤保障的第一线，直到火神山医院正式封舱，他们才返回广州。

4月22日，在越秀区桃花江豪生酒店结束隔离后，广州珠江物业酒店管理有限公司赴武汉火神山抗疫志愿队的队员们走出了隔离室，而李海元的爱人则早早地等候在隔离室门口。尽管她嘴上不愿意说，但心里却为丈夫李海元的志愿义举所感动，此时的她甚至下决心与丈夫一起参加志愿行动，在家乡广州继续抗击新冠疫情，一起守护美丽的广州。

广州大学大二女生张迪，从来没有想过，她会成为一名武汉志愿者，将广州大学的志愿之爱，无私地奉献给武汉人民。本来，她准备从武汉转车回山东聊城老家过年，可是，当她于1月22日到达武汉后，却因为新冠疫情的原因，被困在了武汉。

整个武汉弥漫在一种紧张的气氛当中，很多旅馆都不收客人了，困在武汉的张迪，身上的钱越来越少，她开始为一日三餐发愁了。为了节省开支，她一天只吃一顿饭，想着往年春节时在老家的热闹场景，她感到无奈、无助。更令她没有想到的是，就连找居住的旅馆也成了问题，往往需要辗转好几家酒店，才能找到一个落脚的地方。

当张迪来到武汉中南路街汉庭怡莱酒店后，无奈的她，只好将自己的遭遇告诉了店长，店长很是同情张迪的处境，于是向所在地群建社区居委会做了报告，准备帮张迪申请滞留人员临时救助。

张迪看到怡莱酒店所在的中南路街正在向全体居民招募志愿者，便找到了店长，说："店长，听说咱们这里招募志愿者，我可以在这里当志愿者吗？"

店长笑着说："我这就帮你向社区反映，不过在我向社区反映之前，我想问问你，现在的疫情这么严重，很多人躲都躲不及，而志愿者又需要为不同的人提供志愿服务，你难道一点也不害怕吗？"

张迪坚定地说："店长，我不怕，我在广州大学上大学时，下了课就经常出去参加志愿活动。请您帮我问一问，看我能不能在你们这里当志愿者。"

店长也被张迪的热情感动了，她立即拿起桌上的电话，跟社区居委会领导做了汇报。放下电话以后，她笑着对张迪说："小姑娘，不只是你当志愿者没有问题，而且咱们店也被收编为防疫隔离点了，现在，咱们整个店全体店员，全部都成为志愿者了。"

张迪听说她可以留下来当志愿者了，激动地说："实在是太好了，我在这里当志愿者，等我再回到广州大学，我就可以自豪地告诉他们，我在武汉一线抗击疫情了，同学们肯定会把我当成英雄的。"

店长瞪了张迪一眼，哭笑不得地说："在这个时候当志愿者，没有人会羡慕你的，你想想，新冠病毒多可怕啊！一旦染上病毒，那可是会出人命的。说句心里话，要不是真的缺人手，你这么年轻，我还真舍不得让你来当志愿者。"

张迪问道："这是为什么啊？我这么年轻，还是广州大学的学生，我做志愿者来帮助别人，难道不应该吗？"

店长叹了口气，说："小姑娘，我实话跟你说吧，当志愿者确实是一件大好事，可是，让你冒着生命危险来当志愿者，我还真是有些替你担心啊。"

张迪笑呵呵地说："没事的，店长，您就放心吧，我能行的。"

就这样，张迪在店长等人的帮助下，成了一名滞留在武汉的志愿者。她穿上了厚厚的防护服，戴上了口罩和护目镜，在怡莱酒店的防疫隔离点，成了一名志愿抗疫的战士。

张迪非常热心，她天不亮就起床，协助店里给客人分发早餐，等到8点半，她会逐个给房间里的客人打电话，询问客人的体温及身体情况。在那种紧张的气氛下，有些被隔离的客人会很悲观，而每每碰到这样的客人，张迪都会以广州大学学子的热情，鼓励客人鼓起战胜新冠疫情的信心和勇气。当她跟客人讲起自己既是一名志愿者，也是一名被困在武汉的客人时，同命相怜的客人也会为张迪送上深情的祝福。

其实，被困在武汉的张迪有时也会感到很烦闷，好在来自广州大学老师和同学们的线上问候，使她坚定了战胜疫情的信心，而她又把这种信心，传递给了每一名隔离在酒店里的客人。可以说，张迪是带着"善城"广州的热情与大爱，来服务于困在武汉酒店里的客人们的。

来自广州的义工，深情地温暖着武汉，而从湖北来的义工，也参加了广州的志愿服务，志愿者们用"地无分南北，年无分老幼"的豪情，奋战在与新冠病毒做斗争的第一线。

来自湖北的肖烽夫妻带着宝宝，在庚子年春节前夕来到广州，却因为疫情的原因被困，无法如期返回，并因为日常开销而陷入了困境。当同德街街道办副主任高小河了解到肖烽的情况后，马上将肖烽的困难向社区领导做了汇报。最终，他们不仅帮助肖烽解决了住宿问题，还以有偿服务的形式，安排肖烽加入了同德街志愿服务工作队。

2月6日，在同德街志愿服务工作队的安排下，肖烽投入到街道的志愿防控宣传工作中，他协助党员突击队派发宣传单、张贴宣传海报、测体温，忙得不亦乐乎。作为一名退伍军人，肖烽还化身成“跑腿小哥”，义务为需要的居民们送菜上门。

肖烽也加入了居家关爱微信群，在那段日子里，其实，不止肖烽一家遇到了困难，因为疫情的原因，很多人的心情都比较焦躁，所以，肖烽就经常在微信群里发一些比较积极快乐的表情包，缓解群里紧张的气氛。

这天，肖烽打开微信群，看到群成员何先生发了一条求助信息：“家里的肉菜就快吃完了，能不能帮帮忙？”

肖烽几乎秒回：“具体要什么菜和肉，发一张清单过来，我们去给您买。”

何先生很快便将所需要的菜和肉列出清单发给了肖烽，肖烽二话不说，骑上电动车向着横滘农贸市场就出发了，不到半个小时，就将何先生所需要的菜与肉送到了门上。当何先生打开门的时候，他惊讶极了：“你的速度实在是太快了，谢谢你帮助我解了燃眉之急。”

肖烽笑了笑，说：“没什么的，这都是我们应该做的。您看看还需要什么，随时在群里叫我，我随叫随到。”

何先生听到肖烽说话带有湖北口音，便问道：“你是湖北人吧？”

肖烽笑着点了点头，说：“是啊，我是湖北的，听您的口音也是湖北人吧？”

何先生握住肖烽的手说：“哎哟，可算是遇到亲人了，我也是湖北的，被困在了广州。”

……

就这样，两位老乡聊了起来。何先生在与肖烽聊天的过程中，将被困在广州无法返回湖北的无奈和无助，全部都告诉了肖烽。肖烽耐心地听完老乡何先生的抱怨后，说：“其实我们都一样，您看看我全家都在这里，也回不了湖北，孩子还需要买尿不湿、奶粉，我已经捉襟见肘了，幸亏街道帮了我，您看我现在不是挺好的吗？不要着急，疫情终会过去，我们一定要有信心。”

听到肖烽的鼓励，何先生心里的焦虑感缓解了很多，他打心眼里感谢这位湖北同乡，让他在疫情居家期间，看到了战胜疫情的信心和希望。

滞留在广州，尽管街道向肖烽伸出了援手，可为了节约经费，肖烽曾经跟领导请了半天假，骑着电动车去附近看短租公寓。街道领导知道后，埋怨肖烽没有早些跟街道汇报，并立即帮助肖烽联系到一家爱心公寓。而这家爱心公寓既非常同意肖烽的遭遇，也被肖烽的志愿精神所感动，还特意为肖烽减免了20天的租金。

这是爱的互动，让留在广州的肖烽感受到了“善城”广州的温暖。当他带着妻子与孩子住到爱心公寓后，看到里面家具电器齐全、环境宽敞、光线也很好时，肖烽激动地对妻子说：“我真的没有想到，人家不但免了20天租金，连洗衣机和冰箱都给我们准备好了，广州真是一座有温度的城市啊。”

曾经在广州一家牙科医院工作过的妻子，就笑着说：“既然广州这么好，那你还不留在广州发展？”

肖烽呵呵笑着说：“好，你的提议我会认真考虑的，但是现在，我需要先做好志愿服务工作，用实际行动来回报广州好心人对我们的帮助。”

……

一方有难，八方支援，湖北发生了新冠疫情，广州人民与湖北人民并肩携手共渡难关。因为广州志愿者的无私付出，他们也感动了很多湖北乡亲，大家的爱心早已经穿越时空，让湖北与广东两省人民的心贴得更近了。

防疫社区护卫羊城

2020年春，新冠疫情这只“黑天鹅”，打乱了人们的生活节奏。为了抗击新冠疫情，广州志愿者们行动了起来，他们身着绿色马甲的身影，遍布广州的大街小巷，他们中有中国人也有外国人，大家携手并肩共同战斗，共同把对家乡广州最深情的爱，化成了最伟大最无私的抗疫行动。数百万绿色志愿者组成的抗疫大军，建起了一座新冠疫魔打不垮、冲不烂的“绿色健康长城”。

1月23日，随着新冠疫情的暴发蔓延，广东省启动重大突发公共卫生事件一级响应。此时，正在老家过年的孙金光有些坐不住了，他立即跟家人商量，说是要马上返回广州从化，与同事们一起开展防疫防控工作。

此想法一提出来，立即遭到全家人的一致反对。父亲语重心长地对孙金光说：“金光啊，不是我们非要拦着你，而是现在疫情这么厉害，你如果被感染了，我们可怎么办啊？再说了，你这才回家没几天，又要走了，爸爸妈妈舍不得你啊。”

孙金光叹了口气，说：“爸爸，对不起，本来想好好陪您几天，可是，在这个特殊时期，我作为一名党员和退伍军人，就应该发挥模范带头作用，到抗疫一线去为疫情防控做贡献。”

1月27日，大年初三，家里人拦不住，只好依依不舍地目送着孙金光发动了开往广州的汽车。一路上的山山水水，孙金光都无心欣赏，一路上的疫情防疫点，让孙金光感到揪心。

作为一名司法警察，他已经做了十多年的志愿者，他还利用自己的职业特长，在2011年成立了“从化青协法律咨询志愿服务队”。“若有战，必召回”，这是所有退伍老兵对祖国最庄严的承诺。

数千里紧急驰骋，见证着孙金光对广州的无限热爱和对人民的无限忠诚。刚刚回到广州的孙金光，马上被请进了隔离观察室，虽然人被隔离，但是工作不能被隔离，孙金光经过跟领导请示，在隔离期内利用微信志愿者群，快速地展开了防疫防控志愿工作，并成立了从化区青协防疫工作志愿服务领导小组。为了使工作更加高效，他向领导请命担任了小组负责人。

在被隔离的日子里，孙金光密切地关注着湖北及全国的防疫形势，并通过微信公众号、微博、抖音等新媒体做好宣传工作，同时在各志愿者群（微信群、QQ群）发布有关通知，开展新型冠状病毒防控系列宣传及指引。隔离期一结束，他得知社区急需志愿者协助开展返穗人员回访登记工作，就第一时间报名。

当旺城社区发现从化地区第一例新型冠状病毒感染者后，孙金光拨通了志愿服务队领导的电话：“领导，我要求去旺城社区进行志愿服务。”

领导感激地说：“金光啊，谢谢你，因为旺城发生了疫情，所以很多人都很害怕，我们的工作也不好开展，你在这个时候主动提出上前线，真的是解了我们的围啊，只是，你考虑过自己的危险吗？”

孙金光说：“领导，我是一名党员，也是一名退伍兵，更是一名人民警察，在这个时候，我不冲上前，谁冲上前？请领导放心，我一定能够做好旺城社区的志愿工作……”

2月12日，他带领着一支英勇无畏的防疫志愿服务队，出现在了发生疫情的旺城西社区，逐个楼层地进行登记排查，挨家挨户地进行信息登记。每到一户人家门口，他都会热情地将防疫小知识告诉大家，并鼓励大家树立起战胜疫情的信心，在居民们看来，他不只是最美的逆行者，他也把春天带到了家门口。

而居民们不知道的是，在孙金光参加志愿服务的十多年里，他带头普法惠民、扶危济困，把自己的爱心和业余时间，全部奉献给了志愿服务工作，累计志愿服务时长已经超过了8000小时。这8000小时，则见证着孙金光的志愿服务热情。

新冠疫情肆虐之下，无数个志愿者像孙金光一样挺身而出。1月31日，广州花都出现了一例非常特殊的情况，因为父母都在花都进行隔离观察，剩下五岁的小女儿甜甜（化名）无人陪伴，而甜甜虽然两次核酸检测均为阴性，但是也需要送到指定酒店进行隔离观察。这么小的孩子，生活根本无法自理，更需要来自大人的呵护和陪伴，可是，谁又能来陪伴只有五岁的小甜甜呢？

共青团花都区委在1月31日晚得知情况后，连夜向辖区志愿者发出号召：花都区内所有符合条件的女青年志愿者，请速来当甜甜14天的临时妈妈……

一时之间，无数符合条件的女性青年志愿者，怀着母亲般的爱心，给团区委打来了请愿电话。最终，经过团区委层层筛选，第一时间报名的黄彩云和周晓红两位志愿者胜出，经过紧急培训以后，她们将到隔离酒店陪伴“临时女儿”甜甜。

黄彩云有一个3岁大的女儿小欣（化名），女儿自出生从来没有与她分开过，这一次，为了这位比小欣大两岁的姐姐，黄彩云依依不舍地将女儿送到了父母那里。她没敢跟父母说自己是去做“临时妈妈”，而是说自己有事要外出几天。

父亲有些担心地说：“现在疫情这么严重，大家都在家里躲新冠病毒，这个时候你要到哪里去？”

母亲也说：“是啊，妈妈知道你是一名志愿者，可是国家也发出了号召，让所有人都待在家里不要外出，你这个时候出门，不是给国家添麻烦吗？听妈妈的话，不要出去了。”

眼看实在瞒不过去，黄彩云只得将实情说出：“爸，妈，实话跟你们说了吧，我是去做志愿者，给一位父母都在隔离、没有人照顾的小女孩当‘临时妈妈’。”

父母亲都知道女儿有爱心，平时也都支持她做志愿服务，但是，在这个特殊时期，他们还是害怕女儿被感染，就劝说：“这个小女孩的爸妈都在隔离，你敢保证小女孩没有问题吗？你平时去做志愿服务我们不拦着，可是现在，我们必须劝你，你如果感染了新冠病毒，小欣怎么办？”

黄彩云知道父母亲心疼自己，就叹了口气说：“那个小女孩只有五岁，家人不能陪在身边，其实也挺可怜的，这个时候，我不去照顾她谁去照顾她？你们就放心吧，我只去14天，而且在隔离酒店里，各种防疫措施也都很健全，肯定没有事的。”

父母知道劝也劝不住，只好嘱咐了一些注意防疫之类的话，便不再阻拦。怕孩子哭闹，黄彩云便趁着女儿小欣玩玩具的时候，悄悄地出了家门。走到门口，她回过头来看了女儿一眼，眼泪已经流了下来，尽管有些不舍，她却使劲地擦了一把眼泪，然后，迈开大步向着隔离酒店出发了。

2月1日下午，黄彩云与周晓红两位爱心志愿者，在接受完花都区防控办的简要培训后，便换上了全套的防护服来到了隔离酒店。当晚8点50分，黄彩云与周晓红在酒店门口，见到了她们的“临时女儿”小甜甜。当黄彩云与周晓红两位“临时妈妈”热情地跟小甜甜打招呼时，小甜甜却表现得非常拘谨。两位妈妈当然也知道小孩子有些认生，就笑着走上前，一左一右地牵起了小甜甜的手，将小甜甜带进了隔离酒店。

为了缓解小甜甜跟两位妈妈的生疏感，黄彩云还将提前准备的故事书籍、小玩具、小零食都拿出来。小甜甜看到这么多好吃的好玩的，认生的心理也淡了很多。很快，小甜甜就开始亲近这两位“临时妈妈”了，她一边吃着零食，一边将自己幼儿园的事情告诉两位妈妈，说到高兴时，还秀了一下自己的舞蹈基本功。

为了照顾好小甜甜，黄彩云与周晓红还制订了非常详细的陪伴规划，并打开手机视频，让小甜甜和远在花都区进行隔离的父母聊天。父母看到小甜甜被两位爱心妈妈带得这么好，不停地表示感谢。

甜甜的爸爸在微信里说："感谢你们帮助我带孩子，有了你们的悉心照顾，我跟孩子妈妈都非常放心。感谢你们，有了你们的陪伴，我终于可以睡个好觉了。"

黄彩云也在微信里回道："你们安心地接受隔离，请你放心，我和周晓红一定能将你女儿小甜甜给照顾好。"

尽管黄彩云和周晓红经常让小甜甜跟父母通过视频聊天，缓解隔离期间的紧张情绪，可是，自从进入隔离点工作以来，黄彩云和周晓红却从来不跟自己的孩子微信视频，因为她们知道，那会使孩子和她们都掉眼泪的。而她们也把对孩子的深深思念，化成了对小甜甜的无私关爱，让小甜甜在隔离期也感觉到了浓浓的母爱。这母爱是志愿者的色彩，也是人间最美丽的色彩。

在广州抗疫的志愿大军里，不只有广州当地的志愿人士，就连在国外上学的留学生也加入到了志愿者组织。是的，他们确实是在国外上学，可是，他们的根却在广州，他们也是在广州"志愿文化"的滋养下长大的，所以，他们要穿上厚重的防护服，与广州的父老乡亲们，一起守护美丽的家园。

1月底，因为国内发生了新冠疫情，在澳大利亚昆士兰大学读大二的潘炜龙就提早结束了假期，从广州回到澳洲准备上学。可是，谁也没有想到的是，当他来到澳大利亚后，那里的疫情也在不断蔓延，潘炜龙不得不休学返回家乡广州。当他在3月20日终于飞回到家乡广州后，第一时间被送进了隔离酒店。

潘炜龙站在窗前，看着窗外那些穿着绿马甲的志愿人员时，一种敬意便在心中升腾。再回想中国从全球疫情最严重的地区，到仅仅用两个多月的时间，就取得了抗疫战争的阶段性胜利，潘炜龙就越发觉得，是这些可爱的志愿者抛家舍业地无悔付出，才换来了中国抗击疫情的阶段性伟大胜利。同时，他又觉得很惭愧，因为人在国外的他并没有付出什么，而现在既然已经回到了家乡，那就应该为家乡广州做点贡献。思来想去，潘炜龙就坚定了自己的想法：我要当一名志愿者，我要加入到志愿者的行列中去。

就在潘炜龙寻找志愿者组织的报名电话时，他收到了共青团海珠区委发给境外返穗同胞的邀请信，希望他们在隔离结束后，能加入到海珠区青年战疫志愿者的行列，参与疫情防控工作。看到这封信后，潘炜龙握紧拳头说：实在是太好了，我终于找到组织了。

潘炜龙马上拿出手机拨打了邀请信上的电话，如愿成为一名光荣的机场转运志愿者。4月13日，他穿上了厚重的防护服，披上了志愿者的绿马甲，全副武装地投入到机场志愿转运服务的工作中。因为他是从国外回来的，所以他也特别理解旅客们刚下飞机时的疲惫。他细心地给下飞机返穗人员扫码、填写资料，每当遇到有人不耐烦时，他就笑着说：“刚回到国内，肯定比较累也比较疲惫，您放心，我很快就会帮您办好手续。其实，我也是一名刚回国人员，我理解您的心情，也请您理解我们的程序，因为这样做是为了大家的健康。”

返穗人员在得知他也是刚回国的人员后，再听到他亲切的说话语气，也就不再催促，而是积极地配合起来。

有一次，潘炜龙在志愿服务的岗位上，碰到了一位刚回国的老伯。这位老伯是带着孙子回来的，神情特别疲惫，潘炜龙很想给他建一个“绿色通道”，让老伯带着孙子马上进酒店休息，可是防疫的要求，却让潘炜龙不能那么做，只好一项一项地帮助老伯填表。老伯面对着要搜集的资料，产生了强烈的防范心理，还有一丝紧张和不安。潘炜龙就笑着说：“老伯，请您不要着急，我很快就能替您办好相关的手续，我加快我的速度，请您耐心等待，我马上就好了。”

老伯没好气地回了一句：“马上就好了，马上就好了，你都说了好几遍了，你别啰唆，赶紧给我办好，我要马上带着孙子进酒店休息。”

潘炜龙当然能理解老伯着急的心情，因为老伯的岁数确实很大了，又带着一个孙子，还是刚下飞机。

等到帮助下飞机人员办好了入境的手续后，潘炜龙又将他们带去了隔离酒店。看到老伯一手提着大行李箱一手牵着孙子的手，非常艰难地走下转运车时，潘炜龙马上走上前，对老伯笑着说：“老伯，您的箱子这么重，让我来帮您提吧，您安心地带孙子就好了。”

老伯没有想到潘炜龙会主动来帮他提箱子，想到刚才对他说话那么不客气，就有些不好意思，于是满是感激地说：“谢谢你啊，小伙子，你真的很棒。”

老伯满是感谢的话语，让潘炜龙觉得特别温暖，这种温暖不是钱能够买来的，是志愿者在付出大爱之后，得到的最高奖赏。

大爱的广州，传递着志愿者的温暖，也收获来自五湖四海的爱。在今年春天抗击疫情守护家园的行动中，不只有中国志愿者、留学生志愿者，更有一些外国人也主动加入到守护广州的志愿行动中，像安哥拉籍留学生志愿者吕威廉、布隆迪籍留学生志愿者吉恩，也为守护羊城做出了自己的贡献，他们既是广州包容文化的充分体现，也是广州“绿色健康长城”的重要组成部分。

据广州市社会组织管理局统计，在抗击新冠疫情的伟大斗争中，广州各社会组织参与社区线下防控排查50万人次。近1.5万名社区志愿者投入疫情防控，服务社区居民超过16.6万人次，无数个广州志愿者，为打赢新冠疫情阻击战，做出了突出的贡献，这是爱的力量，这更是广州的力量，正是因为有了这种力量的存在，广州才取得了抗击新冠病毒斗争的阶段性伟大胜利。

防疫社区，大爱的广州筑起健康长城；

守护羊城，美丽的志愿者永远在行动！

后　记

“你在远方的时候，有一颗心已经相牵。你在风雨之中，有一把已经撑开的小伞……我们是心灵的守护者，神圣的使命永扛在肩。我们是爱的代言人，我们的名字叫奉献、奉献……”

这是一首弘扬“奉献、友爱、互助、进步”的志愿者精神之歌，歌词款款深情如生命的暖流漫过心田；细致入微地刻画了志愿者的真诚与博爱，集中展示了他们大爱无疆、无私奉献的精神风貌。

这是一个偶然的机会，在广州市委宣传部的协调下，我有幸走近这支在广州、在全国，乃至在国际上享有盛名的广州志愿者团队，旨在用纤细的笔端去挖掘、去记录、去定格、去抒写他们那些鲜为人知的故事。

每一次采访过程，都是我灵魂洗礼、升华的过程，依稀中，他们身上有一种催人奋进、勇往直前、发奋向上的团结伟力。

每一次下笔创作的瞬间，他们抢险救援、扶贫济困、敬老护幼及在各个领域献爱心的动人场景总是跃上脑际，浮现眼前。感觉里，那是超越人间的大爱，神一般的存在。

关于理想、信仰、英雄、生命、爱情、死亡似乎是哲学家研究的课题；关于情义、背叛、苦难、金钱、理解、奉献、价值，不同的人有着不同的诠释。他们明白，在这个生命意识被唤醒的年代，人们对自我的关注超越了一切，曾有的信念，被世俗庸常的欲望与生活的需求渐渐消解，激情已远去，部分人迷茫了，关心的不再是他人的利益而是自我的生存价值。但他们更明白的是，在这个日新月异、丰富多彩、充满诱惑和欲望的时代，孕育着更多的希望和光明。故在每一次志愿服务过程中，他们有着太多、太多的希冀，燃烧着火一样的激情。这种精神动力来自他们强烈的社会责任感和对他人的关爱之情。他们深信，勤劳、勇敢、智慧、顽强、奉献既是广大志愿者的心声，更是中华民族赖以生存、崛起的强大灵魂。

对此，我想说的是，无论时代怎样变迁、社会怎样发展，我们都应敬重那些有着坚定信仰，并为之付出毕生精力的人，敬重那些始终如一为理想而奋斗的人，敬重那些重情、重义、重责任、重生命质量的人，敬重那些以博爱为旗、灵魂为足而终身奔走的人。

愿这本带着墨香、带着志愿者体温的报告文学《城市的温度——广州志愿服务纪实》，给你一个脉脉温情，也愿你从中看到青山、绿水、朝晖、夕阳。这是大自然带给志愿者的另一种性格。它赋予我们绵软可亲的抚摸力量，它让我们想到了微笑，它带给我们慰藉、休憩。哪怕是平常的问候，哪怕是朝夕的牵挂。

本书在采访创作中得到了团广州市委，广州市志愿者行动指导中心，广州市民政局及所有采访对象的大力支持与帮助，在此一并感谢。